长篇传记历史小说

东晋名将易雄

彭天翼◎著

中国文史出版社

图书在版编目（CIP）数据

东晋名将易雄／彭天翼著. —北京：中国文史出版社，2025. 3. —ISBN 978-7-5205-5067-3

Ⅰ. I247. 5

中国国家版本馆 CIP 数据核字第 2025GL1080 号

责任编辑： 方云虎
封面设计： 江　风

出版发行：**中国文史出版社**
社　　址：北京市海淀区西八里庄路 69 号
邮　　编：100142
电　　话：010-81136630
印　　装：廊坊市海涛印刷有限公司
经　　销：全国新华书店
开　　本：710 毫米×1000 毫米　1/16
印　　张：19. 25
字　　数：240 千字
版　　次：2025 年 11 月北京第 1 版
印　　次：2025 年 11 月第 1 次印刷
定　　价：79. 00 元

前　　言

——我为什么要写和怎样写《东晋名将易雄》

一、为什么要写易雄将军

我为什么在70岁时想起要写一部关于易雄将军的长篇历史传记小说呢？这要回溯到2007年的一次活动：

那年夏天的一个早晨，我应易雄的第47代孙易武兴和易维秋先生的邀请，随同浏阳市几位文化界的朋友，去了枨冲镇颂家园的蜈蚣岭，瞻仰了易雄墓，了解到易雄的英雄事迹之后，我不能不思潮起伏了！

几个朋友都是浏阳文化界的名人，他们对浏阳的历史人文掌故了如指掌。在车上，我听他们谈起易雄，才对那个曾为悠远浏阳历史添过浓墨重彩一笔的英雄有了一个大致的了解，原来1700余年来被浏阳人敬祀的易雄是那么一条“硬汉子”！

易雄字兴长，生于孙吴太元二年（252）。祖母带其父亲等人从江苏太仓迁来浏阳，就住在城外巨湖山（又称西湖山）之下。少有“神童”之誉，家贫，却爱读书，年轻时只能充任县衙小吏勉强维持生活。但易雄是个有志气的人，不久即离去。后来也只做了州的主簿，但就是在这个职位上，易雄第一次表现出了“硬汉子”精神：当时有张昌作乱，将太守万嗣俘获，易雄虽然只是一名小小的州主簿，却站出来与作乱的张昌争论曲直是非，以致惹得张昌大怒。易雄据理力争，表现了凛然正气，鄙视张昌的淫威，也不惧怕张昌的威胁，及至张昌喝令推出斩首，竟然神态自若决不低眉。三次推出欲斩，但易雄面不改色，仍然与之诘对，无任何畏惧之色，以至于张昌也感其重义轻生竟不怕死，反而将他和太守万嗣释放了！这种为正义而临危不惧的精神使易雄声名远播，旋即被荐为孝廉，擢升别驾(刺史佐吏)，然而，易雄出身贫寒，并非出自门阀世族，加上他那种“硬气”，在官场没法继续，只好辞归浏阳。但不久朝廷闻知其名，又起用他做了春陵（今湖南宁远县）县令。

这时东晋朝廷已然动荡。从历史分合来看，经过了魏、蜀、吴三国的纷争、连续多年的大大小小战事，好不容易归晋一统了，本是好事，然而西晋并没有维持多久，又在“八王之乱”中国力削弱而亡。军阀割据，南北分裂，退守江南一隅的东晋本就国力日衰，此时却又由大将军王敦把持军政，王敦的势力日益庞大，终至于东晋永昌元年即 322 年在武昌举兵反晋，大有将国家再一次拉入混乱之虞，将人民再一次投入战火之渊。当时湘州（今长沙）刺史、谯王司马承驰檄全州各地求援，然而各地郡守县令均惧怕王敦赫赫然其势汹汹，只作观望状按兵不动。唯有小小春陵县令易雄接到檄文，立即组织县兵数千人驰援湘州。数千人面对王敦派遣的魏乂两万大军，情势十分危急，加上当时长沙城池残破，粮食欠缺，虽顽强拒敌数十旬，终因寡不敌众，城池被叛军攻破，司马承和易雄等均不幸被俘。司马承在被解送武昌途中遇害，易雄被押解到武昌后，王敦以《讨敦檄》怒斥易雄，易雄却正义凛然：“檄是吾为，唯恨吾位微力薄，无能救国难耳！皇室如毁，雄安生为？今日即死，得作忠鬼，乃吾之愿!”而且一直对王敦骂不绝口。王敦恼羞成怒，后下令暗地里杀害了 65 岁的易雄！不久，王敦乱平，易雄遗棺才由武昌运回浏阳，安葬在其家乡枨冲镇颂家园蜈蚣岭上。由于易雄所表现出来的忠节大义，王敦乱平之后，东晋朝廷追谥其“靖节”，差不多1000年后的元代，元代皇帝又封易雄为“忠愍侯”，明代再追赠为“宜阳别驾之神”，并在浏阳西湖山下建“忠愍祠”，御制榜文，敕书当地官员，每年遇其诞辰进行隆重祭祀。2007年，恰恰是易雄将军1755岁了，不仅各地易氏子弟，连浏阳市政府及市民，也在积极准备隆重祭祀这位历史英雄了。

说话间，我们已到了蜈蚣岭下。这里峰峦高耸，青环翠绕，碧树层叠，从远远的乡村公路上，即可看到耸立于蜈蚣岭上的大墓，高高地静矗于翠绿连绵的山腰之中。顺着一条清澈见底的山溪逶迤进山，又见一片深蓝如黛的狭长湖泊掩映在丛树之间，进入墓地的山路上，我们看到了清代道光年间竖起的一座奉祀禁山碑，规定禁山保护古墓的文字虽已模糊，但内容仍可辨认，可见历代对易雄将军的敬重。湖泊尾有一平坦房屋遗迹，易维秋先生告诉我，这里原为墓庐，历代都有易氏守墓后辈居住的。清咸丰十年（1860）山上还修有神道和碑亭，可惜现在墓庐、神道、碑亭都毁弃了。易维秋先生说，现在全国乃至世界各地的易氏子弟有一百几十万人，易姓族人敬重自己先祖中的这位英雄，不仅墓庐将会修复，还将修好去墓地的山路神道，在墓地旁边山嘴上的一块平坦地上亦将修一座亭阁，还将把众多赞颂易雄将军的诗词刻石在路旁，立起一道诗词碑林来。易先生说这次请大家来墓地察看，就是要请各位多出主意，如何把这座古墓好好保护起来，这尤其是易氏子孙们责无旁贷的工作。大家都感到这座古墓不仅具有历史价值、文物价值，而且还具有现代旅游的潜在价值。是的，河边小镇、碧溪湖泊、青山古墓等，确实是人们了解历史、享受现实、展望将来的好去处。这是浏阳最古老的墓葬之一，在经历了1699年的历史烟云之后仍然如此雄耸，殊为难得！这座墓葬已被列为浏阳市重点文物保护单位并载入《国家文物志》里，逝去1690多年的易雄将军，以他的英勇忠节给我们留下了粲然的辉光，这正是我们每一个后人应该珍视的，岂止纯粹为易氏后代的事！

站在这座经过历代修葺现在又由政府支持其族人重修的易雄墓前，我们不禁肃然起敬！原墓本为花岗石砌筑，墓前对排两翁仲、两石虎、两石马、两石羊。易维秋先生说，这些翁仲、石虎、石马、石羊，“大跃进”时修水库均已垫做大坝石料，是重修时从农民手中再购买回来的。经过1690年的历史烟云，虽经易氏子孙的多方保护，但安葬时的墓碑早已不存，幸好还存有清代道光年间（1821）重修时雕刻有龙凤图案的墓碑，上刻“敕封忠愍侯易公讳雄夫人潘之墓”十几个遒劲的大字，旁边篆刻着“姓著易水，望隆太原”的姓氏对联，墓墙上还刻有“一门靖节死作国殇，生为人杰百代流芳”一副至高的评价对联。我仔细琢磨，却不理解为什么要书“一门靖节”几个字，这不过是一座死难英雄的夫妇合葬墓呀，为何提“一门靖节”？难道易雄死时株连了家族吗？也不对呀，他是在战场上被俘被害的呀！我有些疑惑，或许是族人的过誉之词？墓葬前面的华表柱上，书刻着一副对联，我以为作得很好，但更产生了疑惑：

浩气贯乾坤一门节烈垂千古

英名标青史万代蒸尝享太平

我更加不懂了，这副对联里又提到“一门节烈”几个字，我带着十分的疑惑请教已经82岁的市政协原副主席、浏阳享有盛名的文史专家潘信之老先生，才得豁然明白，不禁热泪涌出！对易雄将军一家的那种忠烈节义不能不肃然起敬！原来，当年易雄被害的消息传到浏阳家乡的时候，易雄的妻子潘夫人带着50余家人全数投入浏阳河深深的樟树潭里，全部跟随易雄将军以身殉国！因为是第一次听说，这使我大为震惊，朋友以为我不相信，说这是千真万确的，《县志》上记载得十分准确！难怪有“一门靖节”“一门节烈”的赞语，确实当之无愧！如果仅仅是易雄一人知难而进以至于慷慨赴死，这种事例在中国历史上并不鲜见，然而，妻子率50余家人一同死节，确实罕见！我不禁深深被古人那种以死相拼、以死谢恩的大节大义所感动！面对青山，心潮如沸！

环顾四周，青山重叠，真正是左青龙右白虎的赫然山势，四周翠绿环绕，墓前两山真如蜈蚣缠夹，碧水在墓下的层树深绿中汩汩而流，似在倾诉历史的残忍与粲然。云天开朗的不远处，浏阳河碧水长流，穿过一片宽阔的田畴。从墓葬正面望去，又有一座青山在目。一位朋友告诉我，那是笔架山，山下坑洼处，有如一方印信。我仔细打量，那山确实如同一座高耸的笔架，山下确实如同一方官印！而更向远处遥望，又一座高耸入云的巨峰，人说那山名为龙王排，耸入云霄的山峰实在气派。在轻雾云烟中，也许是数十里外吧，一山更比一山高耸！一位朋友是深研过风水的，说这位易雄将军的墓实在是占尽了这方风水之最！我想，对于这样的“硬汉子”，是理应有一个够得上他英雄行为的安息之地的！我不禁感慨万千，不是因为这风水，而是因为对易雄一家的忠烈勇气的感慨，对浏阳山水孕育的一种忠义精神的感慨，对浏阳人文教化所产生的那种“硬汉子”精神的感慨，对浏阳作为一部地方经典所拥有的浓墨重彩的感慨！在我的眼前，仿佛涌动着东晋永昌年间那场叛变与反叛变的战争中的旌旗猎猎、骏马嘶嘶的壮丽场面！我眼前似乎看到了这位长眠于此的英雄的凛然正气，看到了他在舂陵县令任上勤政爱民的情景，看到了他在湘州长沙城头与士卒同仇敌忾、气贯长虹的呼喊，看到了他在城破之日战斗到最后一刻而不屈被俘的气概，看到了他面对死亡威胁时的大义凛然！尽管易雄只是一个小小边远地区的县令，他本可为个人为家族在边远的湘南山区舂陵县里躲过一场劫难的。他可以苟且，可以偷生，可以如其他郡守县令一般坐山观望，既保了性命又保了官位也保住了家族荣富。“位卑未敢忘忧国”，他却选择了忧国忧民，选择了危难中赴险，选择了为正义为国家将八尺男儿身躯奉献！“楚才称晋用。”南北朝时的诗人庾信的这句诗，实在也表达了一种实在，《左传》说“惟楚有材，晋实用之”，当然这个“晋”指的是春秋时期的晋国，并非东晋。但这些文辞诗句，也实在是对像易雄这样的浏阳“硬汉子”的真实写照！易雄，以他的宝贵的生命，“了却君王天下事，赢得生前身后名！”他留给后世的，恐怕不仅仅是一种对国家的忠烈节义，而且是一种渗透于浏阳人心中和骨子里的“硬汉子”精神！

回程时，经过城外不远处的浏阳河湾樟树潭时，车子停下来了。我们默立潭边，心祭那毅然投河的50余英灵，充满了种种敬佩之情。我们都被易雄夫人的义举感动，想想当时，一个女人，竟能率全家50余人投潭赴死以全忠节，这是何等的忠诚，何等的节烈！流水无言，青山可证！今日的樟树潭已没了昔日的深邃，但无言的流水以其千余年来不竭的碧绿为易雄夫人和他们的家人立起了一座无字之碑，那碑上明明写着的是“忠烈”二字！仰望对面西湖山的青翠，俯瞰近处浏阳河的清澈，看漫天霞云彩雾轻翻，想当初易雄妻子率家人投河殉国之际，那需要怎样一种勇气！那才是真正地诠释了浏阳人的“硬汉子”精神啊！

此时，我虽然不曾作过诗词，却也禁不住吟出几句来，似乎不这样不能尽释心中块垒，尽表心中的景仰，诗曰：

《吊易雄》：

西湖山翠孕英雄，忠悫当年气若虹。
一自春陵张义帜，敢于湘水浴殷红。

武昌血喋沉沉日，浏郡祠成矗矗亭。
千载烟尘惟一瞬，青山彪炳篆英名。

《吊易雄妻潘夫人》：

无言浏水汇深潭，可记当年暮雾翻？
盖世忠魂追义去，垂天精魄伴仁还。
滔滔一涌冲鸾凤，荡荡千秋舞孽蟠。
对峙峰回悬日月，银光灿灿照山川。

然而，几首小诗是无法完全表达我对一位浏阳千古英杰的尊敬心情的。易雄的名字和事迹一直存留于我的心间。2012 年秋天，浏阳电视台邀约我为其《品读浏阳》栏目做几期节目，这是个类似于央视《百家讲坛》的栏目，在做了《沧桑古城》讲述浏阳古城历史的五期节目后，编辑部负责人肖志高先生要求我再做几个专题，我第二个专题就选了《千古英魂——易雄将军》，据说反响不错，于是就产生了想写一个关于易雄生平事迹的长篇历史传记小说的妄念。

这就是这部小说产生的初衷。

二、怎么写《东晋名将易雄传奇》？

怎么写呢？一部长篇小说，需要不少的资料，需要塑造不少的人物，尤其是时隔将近 1800 年的久远历史，那时代背景、那历史环境，曾经活跃在那个历史背景和环境中的人物我是很不熟悉的，这是给自己出了一个难题，更是一个很难完成的难题。

历史书籍中留下的易雄资料十分有限，尽管今天，易雄将军的后裔们尊崇易雄为天下易氏之始祖，在浏阳虽然有一座被列为浏阳重点文物保护单位的易雄将军墓葬，易氏后裔还在浏阳古港修建了由著名的易中天先生题匾的祠庙式易雄纪念馆，但有关易雄的生活细节资料是很少的，留存在世的只有司马光《资治通鉴》里的不到200字的史料，还有就是易氏后人编写的不到300字的《兴长公易雄传》，这些资料是无法形成一部长篇传记的。但这些又是珍贵的史料，是构成一部长篇的最坚实的基础。一种冲动驱使我开始了这项其实自己很难胜任的工作。因此花了几年时间翻阅历史资料，费时两月余创作了这部长篇小说，又花了些时间进行详细订正修改，才形成了这部作品。当初，该怎么写呢？我有如下考虑：

我将这部长篇定位为“长篇历史传记小说”。

第一个定位是一个长篇故事，作20万字规模安排。我以为，没有这样一个规模无以表现一代英雄，也无以塑造一位古代的英雄人物的性格形成和他所走过的坎坷曲折的成长道路。尤其其祖上经历对他的影响、时代风云变幻对他成长的磨炼、政治斗争中对其忠义节烈的考验，都不是三言两语可以囊括得了的。所以需要有个稍长的故事性强的叙述才能将这个人物的经历、性格等表现出来。而这个故事又因为人物各个历史阶段的不同经历与作为而并不是一个连贯性的大故事，是由一个个小故事组成的人物传记式的东西，应该是一个篇幅较长的画面，才能完成初衷。

关于其祖上的事迹，我这里得做一个说明：易雄之47代孙易武兴先生主编的《易雄研究初探》里，说到易雄的高祖名为易承球，曾为曹操属下一官吏，因反对曹丕废汉称帝而被杀，其夫人钟氏率领一家人逃出许昌隐匿江南之太仓，得以延续易氏香火。易承球究竟有哪些事迹，历史资料无从查考，这本《易雄研究初探》中也语焉不详。而易氏的族谱上并无易承球的记载，在其后人修撰的易氏族谱中对易雄之前的祖上的序列也是不详尽的，只提到在易雄之前有仁字辈的四位，其中提及易仁福为易雄祖父、易万年为易雄父亲。但无易仁福、易万年的相关事迹。所以后来易氏将易雄列为易姓始祖。鉴于此，我便大胆地运用了小说的虚构想象手段，将易仁福与易承球合为一个人，创造了一位大胆对抗曹丕称帝的忠义官吏。那就是易雄的祖父，我将其称为易仁福，字承球。也就是将易仁福、易承球合为了一个艺术形象，是为易雄的祖父。这或许不符合历史事实和易氏宗谱的相关记载，但正因为其族谱记载不能确定也不翔实，我就这样大胆地进行艺术虚构了。从曹丕称帝的年代算起，我这种大胆的推测从年份上说还是比较合理的。所以，小说一开始的一章就是追述易雄祖上的英雄行为，为易雄的出现，做了一种家族传承的铺垫。

第二个定位是历史。易雄所生活的时代是一个特殊的风云变幻的时代，因此对那个能够造出一位千古英雄的时代中的许多历史事实就不能不有大起大落的描述。他出生的年代已经是三国战乱稍后，归晋统一后相对有了休养生息的历史年代。但由于晋武帝的政策的错误，又造成“八王之乱”、张昌之乱，西晋仅仅维持 49 年便宣告灭亡，到以后的东晋偏据江南一隅再到五胡乱华，是一个似乎更甚于三国战乱的历史时代，所以，这一段历史就不能不随着主人公的经历而有所体现了。关于这段历史的大环境，我力求忠于历史记载，因为正是这种大环境，才可以造就易雄这样的历史英雄人物。

第三个定位是传记性。因为这不是真正意义上的传记，所以我称其为“传记性”的文字。我要写的是一位历史上的真实人物，虽然《资治通鉴》中只记述了不到两百字，但能够在《资治通鉴》那部司马光花费一生精力的皇皇巨著中，在他记述了那么多帝王将相、那么多重大历史事件时，而将下层出身的基层官吏易雄写入其浩瀚巨著《资治通鉴》中，能让易雄占有一席之地，可见这位易雄就是一个了不起的历史人物。我最感兴趣也最为敬佩的还是，在晋代那样一个依靠门阀世族选官的特殊朝代，易雄凭什么可以得举孝廉，做到别驾担任县令，最终以其忠义节烈之举，以其视死如归的浩然正气而在历史烟云中粲然而立呢？所以，这部长篇小说，是需要记述他的了不起的经历和事迹的，就有了传记的成分了。

第四个定位是小说。这是最后的也是最重要的一种定位。前面的几点已经为这部长篇奠定了最重要的基础。但要将一位离开现今1700余年的英雄描绘得丰满可信，就绝非易事了。但作为小说，就有了更为游刃自如的写作空间了，那就是避免不了的虚构和必须有的想象。所以我至少在如下方面做了相应的虚构与合理的想象：

一是虚构了很多人物。比如帮助易雄祖父易承球家属逃亡的戴安和再次逃亡到浏阳的宋文栋及其兄弟；小说中易雄的义父、恩师潘繁豫一家，以及几位州郡官吏和在舂陵任上的几个大家族里的人物，大都是虚构的。在这些虚构的人物身上才映照出易氏一家的坎坷经历和易雄成长的符合情理；其他，小说中关于浏阳县令李绛和王申的描述，这两个人物都是虚构的，但表现出易雄的能力、性格和不做县吏不为别驾之由来，都是为刻画易雄这个人物的需要而设计的。

二是事件的虚构。易氏后人所编的《易雄研究初探》一书中提及一句话，说是易雄的高祖父名叫易承球，是因为反对曹丕称帝而被杀的，他的夫人钟氏带着一家人逃到了今天江苏的太仓。根据这一句话我写出了第一章，并于第一点中所述，将易仁福和易承球设计为一个人，并且作为易雄的祖父出现。这一章两万来字，其中情节虽然都是虚构，但我以为是合理的。即便历史上确实有位反对曹丕称帝的小官易承球，他对汉室的忠诚使他站出来反对曹丕而被杀，这种事是要灭族的，因此其家属在一位柔弱女子带领下能从戒备森严的许昌逃到遥远的东吴太仓，没有别人的帮助是绝对不可能的。所以我想象了华歆因爱才而帮助了他家属的逃亡的故事。华歆是个真实的历史人物，在曹操手下就是举足轻重的，对曹丕称帝是起了重大作用的，没有这样的人物在暗中相帮，钟氏夫人是无法逃出许昌的，没有戴安也是不能逃到太仓的，没有宋文栎这样的虚构人物，怎么会逃到太仓住下后又来到了荆州（后来属于分出的湘州）的浏阳呢？我以为是不可能的。同样，在春陵任上，没有那些虚构的事件，易雄就不可能被称赞为一位廉洁奉公颇有政绩的清官，这些事虽属想象，但我以为是符合历史的和生活的真实的；其他如在湘州抗逆中的许多战斗场面，比如魏乂的掘湖灌城事件，都是虚构的，但湘州的对峙经历了 103 天是历史事实，没有这样具体的战斗场面的想象，几乎是不可能的。

三是环境的想象与虚构。湘州抗逆的整个过程有历史事实也有虚构想象，这是出于惨烈战争场面与环境的需要而必须虚构和想象的；同样，当时的太仓不是今天的繁华都市太仓，那时应该是东吴的仓储重地，所以叫太仓，对那个环境的想象与虚构我以为是合理的。同样，春陵也是个特别的地域，因为那里是古代传说中舜帝南巡劝诫农桑而病逝安葬之地，舜帝的一生为民行为，历来是华夏的光辉，易雄在这样一个地方为县令，依他的为人品性与做官作为来说，是必然会学习舜帝的。易雄在春陵处理的那一场两个家族之间的争斗，就是易雄在那里有所作为的真实写照，也是他学习舜帝为人为政的合理真实。说他在那里修建舜帝庙，组织祭祀舜帝，应该是完全可能的。事实上，今天宁远的舜帝庙，据其《县志》记载，始建于 1700 多年前，那正是易雄做春陵县令的时间，所以那个虚构的情节我以为不仅合理而且接近真实。对那些所谓南蛮地区的环境描述是虚构的、想象的，因为我没有到过宁远即晋代的春陵，但还是听到过朋友对舜帝南巡去世安葬之地的环境表述，我的想象描述正是为了衬托易雄的性格和功绩，所以我以为也是合理的。

四是对某些特殊或曰特别人物和事件的虚构和想象。湘州抗逆中的人物大都是真实的，虞悝、虞望、周畸、周该、刘翼、桓雄等以死殉职的人物都是历史上的真实人物，王敦派来攻打长沙的魏乂等人也都是真实的，但为什么王敦下令在半路杀害谯王司马承，却没有立即杀害易雄呢？（易雄是湘州抗击王敦时接替战死的虞望而为湘州的军事总指挥）？为什么王敦在杀害虞悝一族之后不立即杀害易雄？易雄、桓雄等在被押解到武昌后，桓雄被杀了，易雄反而被假意地释放了？因此我想，正因为易雄自小就有神童之誉，为官任上又多有政绩政声，王敦不完全是一个没有头脑的人，我以为其所以没有立即杀害易雄，说明王敦还是重视易雄的才能和忠义的，想将易雄拉入自己的帐下或许是迟迟不杀易雄的动因，正因为易雄的坚定忠义才最终触怒了王敦才被王敦暗地杀害。以致王敦在叛乱之后，架空晋元帝得到丞相一职积极筹划取晋而代之踌躇满志时，又容不得像易雄这样的人与之死硬对抗，及至要大怒到灭其一家的极其残忍的地步。所以我设计了王敦派甘昂远赴浏阳追杀易雄一家，就有了小说开始的西湖山大火和易雄夫人率全家50余口投入浏阳河樟树潭死节的惊天壮举。易氏后人和浏阳县志中都只有一句话，说易雄夫人在听到丈夫在武昌遇害后，率全家50余口投浏阳河樟树潭死节。我以为，如果易雄夫人仅仅是听到易雄在武昌被害就率领全家50余口集体投河，似乎有点说不过去。古人（也不排除今人）是最重视留下后人延续香火的，易雄夫人难道不想让易家留下后人吗？所以那样简单的一句话很难使人信服，如果因为听到丈夫被杀就率领全家不论大小都投入滚滚河水，那易雄夫人也似乎太残忍了，在情理上很不可信，所以我合理地设计了王敦派人追杀易氏一家的情节，以及易夫人带着全家躲入西湖山，最后被甘昂带兵士放火烧山被逼无奈才全数投河死节了，这样似乎合理些合情些。另外，易氏的家谱资料中说易雄夫妇只有两个儿子易天骥和易天骏，我以为家族谱系史料中不一定记述得完全，既然一家发展到50余口人，应该不止两个儿子，（据易维秋先生对我说，其实易雄曾有三位夫人。那个时代，有三妻四妾者比比皆是，也不足为怪。或许他因为妻子去世而曾前后娶过三位夫人也有可能。不过为塑造易雄英雄形象计，我没有采取三位夫人的说法，但可以肯定的是他绝对不止两个儿子，不然哪来的 50 余口家人？）所以，我虚构（或许还是事实）了一位一直跟随父亲左右的三儿子易天腾，以及还有几个女儿（虽然没有具体描述），这子孙很多的家庭才可能有 50 余口人。我以为王敦派兵来浏阳毁家灭族是完全可能的，士兵们放火烧山没有退路，易夫人被逼无奈才率家人投河死节，似乎更符合情理些，也更突出王敦那个野心家的残酷。我自己很欣赏这个虚构想象，以为是神来之思，不知读者诸君是否认同？

总之，这是部小说，又有某些传记成分、历史事实和环境真实，因此实实虚虚，有历史真实又有生活真实，还有艺术虚构和审美想象。因为它不是完全的历史，也不是绝对的传记，而是在尊重历史事实、尊重历史人物和环境真实基础上的一部小说。我想我没有编造历史，也没有歪曲人物，更没有杜撰环境，这是必须向易氏后人和关注易雄事迹的读者诸君做出的交代。

是为前言，期望大家指正。

序言一

老骥伏枥　文如其人

萧光明

湖南师大文学院退休教授、作家彭天翼先生与我乃为发小。

记得20世纪50年代，我们还在上中学的时候，彭天翼便邀我等几个懵懂少年，在假日课余之时，取“水珠虽小聚少成河，水珠虽贱能映太阳”之意，拟办名曰《水珠》的定期文学刊物，谁知反右的余威，竟使这个刊物胎死腹中，这是少年时代我等共同之憾事。

中学毕业后，天翼贤弟响应号召，挑起行李去离县城十多里的山村当了第一代所谓“新式农民”（那时候还不叫“知识青年”），耕作之余还要兼任农业生产合作社的会计工作，我和几个同窗曾到其下放住地看望他，深深为他另辟蹊径和坚强乐观的精神所折服。

后来他以三尺讲台为苗圃，走上了园丁之路；我亦弃文学医，抛笔捉刀，奋斗在茫茫塞北的医疗卫生战线上，直到“文化大革命”中，被当作“走资派”和“反动学术权威”押回原籍浏阳的环卫部门监督劳动改造……当时于同城之浏阳师范任教且自身也遭冲击的彭天翼，竟毅然冒险来劝慰我，使我坚定了迈出绝境的信心，方有后来的平反复职。嗣后又各赴征途，天南海北，难以聚首。

直到2013年春节，再度相聚浏阳互诉衷肠时，我已是两鬓斑白、体态龙钟的老者，而年逾古稀的他，却依旧身强体壮、步履轻盈、思维敏捷、神采奕奕，恐怕一般中年人也莫过于此。其时弟妹重病在身需要分心照料，家庭生活琐事也要亲自料理，在这种状态中居然还有大量佳作问世，不得不让人敬佩和惊讶！

我粗略地统计了一下，他的学术专著有《语文美育论》《语文教育心理描述》《语文教学系统理论教程》《写作系统概论》《写作学概论》、论文集《双管集》等12部之多，由他参编的文学理论著作《文学论纲》《中国语言文学》《语文教育学》《中华古典名著精解》等多达6种。

他的文学作品计有长篇小说《山魂水魂》《女市长的人生四季》；中篇小说集《长亭连短亭》《外乡佬》；短篇小说集《那边是红树青山》；诗歌集《蛙鼓》；散文诗集《青春河》；长篇散文《浏阳，一部地方经典》；古体诗词《学步集》等共600余万字。用“学富五车”“桃李四海”“著作等身”来概括他的成果是一点也不过分的。

我之所以如此唠叨一通，是想告诉读者，聪慧睿智的天赋、坚韧不拔的毅力、善良诚信的品格、严谨治学的精神、乐观平淡的心态，是成就彭天翼为三湘学者和德艺双馨作家的必然条件。当你细品他那内涵深刻、文采斐然的作品后，你自然会赞同我对他的评价。

关于这部历史长篇传记小说《东晋名将易雄》，说来也话长了。记得2000年春节回乡，家乡一位易姓官员，偕几位族中老者，凭《资治通鉴》有关易雄100多字的史料，邀我编撰《易雄英雄传》。一来我当时正在为《健康报》编写《清末淮川御医医话》的专栏连载文章，无暇分身；二来历史记载关于易雄事迹寥寥无几，唯恐力不从心，加上求者殷殷，难免有失使命，故此婉言谢绝。后幸有天翼贤弟执笔，才有这部极具史学价值和不可多得的传记文学珍品问世。

如今呈现在你案前的《东晋名将易雄》，是天翼贤弟依据《资治通鉴》100 多字的史料，通过作者对历史深刻的认知和把握，借助传记小说体裁特征的延展和取舍，凭借文学艺术深厚的功力和技巧，使 1700 多年前的鲜为人知的古人易雄，成了一个有血有肉、可歌可泣、感人肺腑、栩栩如生的历史英雄。为天下易姓，为古楚淮川，复活了一位忠义节烈、感天动地的千古英灵！这对于中华史学和文学艺术都无疑是莫大的贡献。

遵老友嘱，请我为之作序。此本方家之为，实不敢造次，但数十年友情绵绵，难却厚意，且言数句，充数而已，是为序。

序言二

英雄情结与担当精神

——读彭天翼长篇历史小说《东晋名将易雄》

张仲秋

与彭天翼先生相识，完全缘于文学。2012 年前后，我在湖南知青网先后发表了两部长篇小说《刘家老屋》和《风流云散》，其中《风流云散》曾一度受到部分人的攻击，说是一部“丑化知青的劣作”。彭先生在看了那些攻击的帖子后，再去看我的小说，觉得并不像攻击者所说的那么回事，就又去看了我的《刘家老屋》。之后，他觉得我的小说写得还不错，就把他读《刘家老屋》后的感受写了一篇 6000 多字的帖子《一幅地域的工笔风情画》，发到了湖南知青网。于是，我们之间便有了一些文字方面的交往。后来是在他从青岛女儿家回来后的一次文友聚会上，我们才得以正式谋面。那时，我的作品《刘家老屋》也由大众文艺出版社正式出版。后来，他又为我的《风流云散》写了书评《风流未被雨打风吹去》，我把它作为此书正式出版时的序言。正是得益于他不断的教诲和指点，我们成了莫逆之交。

其实，我与彭先生神交已久。早在 20 世纪 80 年代初，我就拜读过他的不少作品，如中篇小说《梅花坪》、短篇小说《八月夜》等，以及一些诗歌、散文、文学评论作品。可以说，对他的大名早已如雷贯耳，只是无缘相识而已。想不到的是，在文学几近低迷的时候，我们却反而因为文学而成了忘年交，这对一直崇拜他的我来说，自然是相见恨晚。接下来是拜读了他的长篇小说《女市长的人生四季》和长篇纪实性散文《浏阳——一部地方经典》，更使我对他油然而生敬意。总觉得他作为湖南师大文学院的教授，其文学功底是我等不敢望其项背的。直到有一天，我看到浏阳电视台播出他在《品读浏阳》节目中的几个专题，有幸聆听了他口若悬河、滔滔不绝的精彩讲座，更是对他学富五车的才华佩服得五体投地。后来又收看了他做的第三个专题《千古英魂——易雄将军》讲座，在大为感动和无比钦佩之余，我便冒昧地向他建议说，您完全可以将易雄将军的故事写成一个电影剧本。但彭先生只是笑了笑说：力有未逮呀！

没有想到的是，突然有一天，彭教授给我发来QQ信息，说是写了部易雄将军的长篇历史小说，已经发到我的邮箱，要我“帮忙”看看。我当时真有一种受宠若惊的感觉。

老实说，我是怀着一种十分崇敬的心情拜读小说的。这种崇敬既有对彭教授这种老牛奋蹄的拼搏精神的崇拜，也有对书中人物易雄将军忠烈报国的坦荡胸怀的景仰。是一种什么精神和动力，能够驱使一位年过七旬的老人，在家还有病妻需要照顾的斗室里，写出这部20多万字的气壮山河、摄人心魄的鸿篇巨制来的呢？

拜读之后，我一直沉浸在小说所精心描摹的人物和渲染的环境中，跟随一位1700多年前的东晋英雄，穿越了唐、宋、元、明、清等诸多历史朝代，从字里行间见证了一位古代英杰坎坷多舛而又顶天立地的悲壮历程。小说依据《资治通鉴》中仅有的100多字史料，通过作家天马行空的丰富想象，凭借着作家对历史的深刻把握和对人物成长的外部环境、人物性格形成的历史背景以及故事情节展开的生活依据的合理描述，使那段 1700 多年前的历史故事活灵活现地展现在读者面前。从祖父易仁福（承球）冒死谏言曹丕称帝时起，易雄将军的身上就已经埋下了忠烈报国的遗传基因。父亲易万年的逃亡生涯，更是铸就了易雄后来那种坚韧不拔的精神。从小就饱读诗书后又师从当地名儒潘繁豫先生的易雄，在年少时被人们称为“西山神童”也就顺理成章、真实可信了。十余年间的发愤学习和艰苦磨砺，使易雄文能吟诗作赋，武能独当一面，在学会躬耕田亩谋取生计的同时，也能主动融入社会，广结四乡八里的同窗朋友，及至后来小有名气，18 岁就进入了县衙成为一名书吏。志存高远的易雄虽然在任上展露了非同一般的才华，也做了很多被人称道的好事实事，但终究由于当时门阀等级观念的排挤和皇族权贵的打压，出身寒门而又没有半点家庭背景的他，最终志不得伸，还是只能被逼还乡归田。

易雄最初崭露头角，正是在“张昌之乱”期间。正所谓“乱世出英雄”也，面对张昌，他慷慨陈词、神色坚毅，充分展现出不屈的气节。在生死关头，易雄不卑不亢，以智谋与勇气与之周旋。他不畏死亡、仗义执言、知恩图报、大义凛然的高尚品格，不仅令其声名远扬，更在读者心中树立起一个忠勇节烈、无私无畏的鲜明形象。

“张昌之乱”之后，易雄凭借其出色的辩才，最终幸免于难。就在他幻想着自己的仕途或许从此会有所转机时，却又先后碰上了新来的庸官沈铸和昔日共过事的贪官王申，这使他报效国家的一腔热血顿时变得冰冷，最后只能是辞归，在年届六十时归隐于西湖山下。

但是历史注定了易雄光辉的一生。就在他在家颐养天年的时候，63 岁的他，命运又发生了转机。新上任的谯王司马承慕名特地从州治长沙亲临浏阳来看望他，并言辞恳切地请他出任舂陵县令。这次重新出山，不但为他施行自己的雄才大略提供了舞台，也使他后来的为国殉职成了必然。

小说描写了很多感人的情节和细节。比如魏文帝的相国华歆明里派人捉拿易承球一家，私下里又偷偷派人趁晚上赶往易家通风报信，使忠烈的易家后人幸免于难；易雄到春陵上任伊始碰到的乡民因争水而引发的族姓之间的械斗，以及他不带一兵一卒仅和一书吏深入三苗寨子，那种礼贤下士、临危不惧、化干戈为玉帛的豪侠气概；还有那“现场办公”式的就地“升堂”，把争水各方引到共修水利的公益事业上来的幽默与智慧；通过新建舜帝庙并组织集体祭祀人文始祖的活动以淳化民风的良苦用心；在湘州抗逆中，率领长沙军民浴血奋战共御乱敌的惨烈情景以及被捕后舌战王敦、宁死不屈视死如归的英雄气概，等等，无不显示了易雄将军的威勇过人；甚至包括易、宋、戴、潘等几户人家之间关系的设置，人物命运和相互关系的安排，以及易雄与潘青梅之间青梅竹马的爱情描写等等，最能体现出作家的匠心独具和独到的审美能力、文学功底。那种谋篇布局的造诣和人物刻画的独到，真是达到了炉火纯青的境界。

作为一部长篇历史传记小说，尽管它可供作家参考的史料并不多，但我们可以从中看出作家在创作中表现出来的严谨。如果没有查阅大量的历史资料，如果不对当时的历史背景有着充分的把握，如果没有作家那天马行空般的丰富想象和合理虚构，如果没有作家对他所设计的人物关系的缜密分析，如果没有作家那样渊博的知识和艺术创作的才能，那是完全不可能写出这样摄人心魄而又感人至深的作品来的。正如作家自己所言：这部小说，既有历史事实传记成分，又有艺术虚构和审美想象，它实中有虚，虚中有实，是个实实虚虚的东西。这部小说，确实是历史真实、生活真实与艺术真实的结合体。因为它既不是完全的历史，也不是绝对的传记，而是在尊重历史事实、尊重历史人物和环境真实基础上的一部小说。作家说：“我想我没有编造历史，也没有歪曲人物，更没有杜撰环境，这是必须向易氏后人和关注易雄事迹的读者诸君做出的交代。”这就是一位负责任的作家的创作心声。

另外，我对作家运用语言的技巧也由衷地佩服。通读全书，我觉得作家的语言不但有《三国演义》《水浒传》遗风，而且也融入了现代白话文的气息。特别是那些人物对话，既有文言文的韵味，又不是那么文绉绉地晦涩难懂，而是非常符合那个历史年代中的人物身份和环境场合，使人有一种身临其境、如见其人的真实感。其他叙述性语言也都很好地保持了“历史小说”的风味，是一部令人鼓舞、耐人寻味甚至是很励志的历史小说。

掩卷沉思，特别是拜读了作家真情倾诉的前言后，我觉得我似乎找到了彭先生为什么要写这样一部小说的另一个答案，那就是在他的内心深处，始终有一种英雄情结和担当精神。易雄将军这样的忠憨英烈和他那惊天地泣鬼神的英雄精神，以及那种国难临头敢于担当的崇高品质，更是给了作家以鼓舞和无穷的力量。正是因为有了这种英雄情结和勇于担当的精神，才促使这样一位年逾古稀的老者，不知疲倦地伏案于蜗居的电脑前，义无反顾地去碰了这个谁也不愿碰的历史题材。

作为一个外地人，彭天翼教授不但已经定居浏阳，而且一直以来对浏阳的风土人情和仁人志士情有独钟，并且还在深入研究的基础上，创作了大量关于浏阳的文学作品，这让作为一个地地道道的浏阳人的我来说，实在感到惭愧和汗颜。现在他的这部长篇历史小说即将付梓，又多次嘱我这样的无名之辈为他的新书写点文字。站在学生的角度，以我这样的学识能力和文学水平是不敢妄加评论的，因此也一直不敢应允。但是，作为《东晋名将易雄》的第一个读者，我又觉得写几句自己真实的读后感，那也是天经地义、责无旁贷的事情。只是因为自己不懂历史，又缺乏对历史小说的研讨，加上对彭先生这部小说的阅读和理解还很不精深，因此尽管啰啰唆唆说了以上那么多，肯定都是不得要领。

蜻蜓点水，姑妄言之，不能称为大作之序，权作是对老师所嘱的一个交代吧，相信大家也不会笑话一个学生的。

（作者为浏阳籍国土资源系统作家，著有长篇小说《刘家老屋》《风流云散》《花开叶落》等。）

目　　录

序幕　樟潭碧浪

“起火了！西湖山起火了！”有人惊呼。只见浏阳城西的那座本来郁郁葱葱的西湖山，这时笼罩在一片熊熊大火之中。

“易家塅易家被大火烧着了！”

“相邻的宋家、戴家也都烧着了啊！”

城里的人们惊奇地发现那西湖山下的易雄家连同他家旁边的两家亲戚——宋家和戴家都被人纵火烧光了！人们更感到惊讶的是，西湖山的四处路口，都有士兵守着，将西湖山层层包围起来了，各处路口也都燃起了大火，一时烟雾腾腾，火光映红了半边天空。西湖山顷刻间将会烧光！

“易大人家遭难了！”

这一惊动浏阳城内外的吓人消息，不胫而走，很快就传遍了小小的浏阳县城。

这是东晋永昌元年六月，正是天气大热的时候。看来不是因为天热失火，很快，人们就明白了：那武昌反叛朝廷的王敦派一队士兵赶来浏阳，抓捕原浏阳县吏后为湘州别驾、春陵县令的易雄的家属，但易夫人领着全家50余口躲进西湖山里了。人们一路传闻，王敦的反叛军队攻下湘州府治长沙后，易雄被押往武昌，生死不明。现在又来抓捕其家人，难道要灭族吗？人们议论此事时，一个个都替易家捏着一把汗！

没能抓住易雄家人的王敦士兵们被激怒了，竟一把火将易家烧了！连同易家旁边的两亲家宋家、戴家也一齐烧着了。他们围着西湖山，堵住各个路口，但西湖山林深树密，他们无法抓到，就在各个路口放起火来，将西湖山也一并烧着了，他们是要将易雄家属逼出山林来。

人们很快看到，易雄夫人带着一家50余口，被西湖山大火逼到了南面的一座山峦边，那里巉崖突出，底下就是著名的樟树潭了！

浏阳西城之外，碧绿的浏阳河绕着西湖山转了一个大弯，汇合了南来的小溪和自北来的淮川河，在这里形成了一处深潭，名为樟树潭。

时令是六月间，正是仲夏季节，连续几场透雨过后，樟树潭里碧浪滔滔深不可测。从樟树潭边的茅屋里，此时传来了声声急迫的呼叫："大火烧到崖边了！有人要跳潭了！"

"啊呀！大大小小几十个呢，都要跳潭了啊！"

随着声声呼叫，住在河边潭畔的几户农家人都跑出来了。但是他们还没来得及靠近，就看见平日里和蔼可亲的易雄夫人潘青梅，从突出的巉崖上率先一跃，跳入潭中。随即，竟有四五十大男细女跟随着那位本地大家都熟悉的夫人，争先恐后地跳下了深潭，一会儿就被碧绿滚滚的深潭吞噬了！

大家都惊呼起来："那样好的易家人呢！竟遭这样的大难！"

"那位夫人是易雄将军夫人啊！"更有人惊叫。

直到第二天傍晚，左近的人们才从深潭里捞出了50余具尸体！这可是怎么话说的呢？这个惊天的事件一时间传遍全县，人们自发地纷纷从四面八方赶来，哭声几乎盖过了西湖山上的松涛声！

樟树潭啊樟树潭，你为什么如此不长眼睛，竟然如此残忍地吞噬了易家大大小小50余条人命啊！

这地方，怎么能叫樟树潭啊！简直就是一个食人潭！

易家一门 50 余口，何以要如此不堪，集体跳入深潭自尽呢？

这易家一门怎么会如此刚烈呢？他们究竟来自何处，又遭遇了怎样的变故，才演绎出如此惊天地泣鬼神的故事呢？

第一章　举家逃亡

1

东汉建安二十五年十月，都城许昌。

是个十分温暖的小阳春天，阳光万里，气氛热烈。在东城的一块空地上，早些日子就筑起了一座宏伟的受禅台，这一天，许昌城里鼓乐喧天，旌旗招展，军队仪仗队在受禅台四周排开，所有大小官吏，按照地位次序，早早地就站立在受禅台四周，只等着那神圣庄严的一刻来临了。

但是，在这样庄严肃穆几乎是万众欢腾的时刻，却有一位官吏站到了受禅台上，振臂高呼："汉统永存，不能行废立之举！"

主持受禅仪式的魏相国华歆一看，竟然又是他那个手下尚书郎易承球！找死吗？这个迂腐的家伙！华歆心里骂道，立即着人上去将易承球拖下台来。

这究竟是怎么回事呢？

事情还得从头说起：

这年正月二十三日，叱咤风云的曹操在许昌逝世了，终年 66 岁。这位征战一生的政治家、军事家终于走完了他辉煌的人生之路。尽管他实际掌握着东汉的一切权力，但终其一生，也只是挟天子以令诸侯的强者，没有废掉汉献帝，尽管被封为魏王，但始终只是以丞相名号行世。

一代英雄曹操死了，魏王世子曹丕承袭魏王，掌丞相印，领冀州牧，实际上掌握着东汉的一切大权，他早已不耐烦那个名义上的皇帝了！他得废掉汉献帝取而代之，只是一时半会儿还不知以怎样的名义取得皇帝的名分。

于是，魏王曹丕于二月任命东汉大臣、曾经代荀彧担任过尚书令、后又位列三公的御史大夫华歆为相国，实际上是让华歆操作废汉代立的事宜。

华歆在朝廷是个名望甚高、举足轻重的人物。他年轻时就是闻名遐迩的名士，曾事江东孙坚。孙坚逝世之后，求贤若渴的曹操以朝廷的名义征召华歆进京为官，从此华歆算是找到了忠诚依靠的主子了。曹操对华歆十分器重，将其从尚书郎一直升到尚书令，代替荀彧，相当于副宰相了，后来又担任了三公之一的御史大夫。曹操去世，继为魏王的王世子曹丕立即任命华歆兼任魏之相国，可见华歆在曹氏父子心中的位置！

华歆是个精明的政治家，也是辅佐曹氏父子的军事家，他对三国鼎立的东汉局面了如指掌，心知曹丕想要结束三国鼎立，实现统一全国的宏图大志，靠那个傀儡东汉皇帝是无所作为的，汉献帝的旗帜已经无用，最为直接有效的办法是以魏取汉而代之。华歆对曹氏政权是十分忠诚的，他也曾屡次劝曹操代汉而立，但曹操一直没有取代汉献帝为皇帝，终其一生在名义上只是汉朝的一位丞相、一位王爷。现在曹操去世了，华歆作为东汉御史大夫又同时被任命为魏国的相国，因此他觉得是时候了，应该带头率领东汉的臣子们向曹丕劝进！

这一天，风和日丽，华歆召集朝中众多大臣在朝堂商议进表汉献帝，让其交出印玺，拥立曹丕为皇帝。

华歆为人清廉，办事果断，从年轻时起就享有很高的声誉。自从被曹操征召以来，他的为政、治军能力有目共睹，而且曾帮助曹操毒杀了企图夺权的汉献帝刘协的伏皇后和两个皇子，在朝中威信大增，早已是举足轻重的人物了。就华歆的信念说，他早就认为三国鼎立的这种纷争局面要想结束，靠汉献帝那个傀儡皇帝已是无能为力了，所以只有举起强魏的旗帜才能出现新的转机。华歆不仅能力了得，便是长相也不同一般，他身高八尺，膀大腰圆，且温文尔雅，出口成章，这位权倾一时的御史大夫兼魏王相国既然站出来振臂一呼，整个朝廷的诸多大臣本就是曹氏父子提拔或安插的亲信，还有哪个不雀跃拥护呢?!

但偏偏就有一位官吏站了出来，连呼："不妥不妥!"

华歆和众大臣一见，竟然是平日华歆十分倚仗的手下尚书郎易承球！这易承球按其族辈分本为"仁"字辈，本名易仁福，字承球，即以易承球的名字行世。他出生晋地太原，祖籍为燕地易水，年轻时就颇有文名，靠文才得到了华歆的赏识，华歆向曹操推举而成为华歆手下的尚书郎，如同今天的国家行政秘书之类的文官，品位不高，但文笔十分了得，华歆正准备将劝进曹丕当皇帝的表章交由他来执笔呢！然而，这个小小的尚书郎竟然连呼不妥，他是何用意？会堂之上一片哗然，大小官吏纷纷站出来指责名不见经传的易承球，一时间像炸开了锅。

华歆是个大度的人，叫停了众人，并不急于斥责这个仪表堂堂的手下，而是换了一副笑脸，以不耻下问的态度问道：

"易尚书郎连呼不妥，敢问有何见地？"

易承球虽然知道，若论官爵，在这样的场合自己不过是小卒一个，是跟随华歆在这个众官议论的当口，做个秘书记录而已，怎能与这么多朝中重臣相争执？但事关国体，事关一位人臣必须有的忠诚，虽地位低下，但他竟然慷慨陈词了：

“我大汉朝自高祖斩白蛇以举义旗，灭暴秦而破项羽，艰难卓绝，创建大汉，数百年来国泰民安，中经王莽篡权夺国，幸得光武帝中兴汉室，击溃新莽。我朝自光武帝中兴以来凡二百余年，大兴儒学，推崇气节，为史上风化至美、儒学至盛之朝代。各位身为汉臣，食着汉禄，却不思学学已经仙逝的曹老丞相榜样，以风化气节维护汉室，竟然冒天下之大不韪，欲图撺掇丞相世子做出大逆不道之事，岂不人神共愤?！我易承球官小力微，位虽卑却未敢忘忧国事！当今之世，只有维护汉室，剿灭西蜀、东吴等乱臣贼子，复兴汉统才是正道，岂可做不贰之臣？想我新魏王也未必愿意忤逆其父，做篡汉之贼子，背千秋之骂名吧？我生为汉家臣子死则汉家鬼魅，断然不敢附和众大臣之妄议！”

易承球在堂上这一番慷慨言谈，却只博得一片嘘声。众人纷纷指责他迂腐至极，竟然看不清局势大向，一颗鸡蛋还敢碰撞石头！但对其敢冒杀头风险的勇气，人人又在暗地里佩服。尤其华歆，平日里就十分钟爱这个手下，一时间竟不好如何处置。但忤逆魏王威仪，位卑官小竟然敢在议事堂上如此放肆，岂能任其胡说？他只得指责他：

“一派胡言，伤人者众！不是看在朝堂议事可畅所欲言分上，今日岂有你之好下场！”于是，华歆命人将易承球赶出议事堂，实际是他毕竟爱才，不愿加害于他，并于会后暗暗派人去到易家，让他赶快离开许昌，走得越远越好。

没承想这个迂腐的家伙，竟然不走，在今天这个十分神圣隆重的时刻，还敢站到受禅台上，搅乱魏文帝的受禅仪式，这不是找死吗？这种时刻，他华歆就是再爱才再良善，也无能为力了！

等待着易承球的，还有何活路吗？只怕全家都要遭到杀戮！华歆不禁深深地叹了口气！

2

在众多大臣官吏都换上了魏国朝服的时刻，那易承球竟仍然身着汉朝官服，在人们不经意间蹿上了受禅台，向着还在台上正位坐着的汉献帝三跪九拜，然后转过头来，向着台下众多官吏与士兵演说起来！

“汉统永存，岂能行废立之举！我朝自高祖立国以来，国泰民安；光武帝中兴汉室，凡二百余年，风化至醇，臣忠民孝。今江东、西蜀为贼人割据，我魏王曹老丞相终其一生，以统一国体为己任，鞠躬尽瘁匡扶汉室。新魏王岂能逆天而动？不仅违背曹氏祖宗父辈匡扶汉室之初衷，而且逆天下欲安居之百姓，不思进军统一全国，竟在大臣们簇拥之下，行此大逆不道之举！官员士兵岂能同意?!”

说完，便跪拜在坐于献帝旁边准备接受禅让的曹丕面前说：“望魏王秉承父辈遗志，继续辅佐皇上，为匡扶汉统而鞠躬尽瘁！”

这就令那措手不及、只准备受禅稳坐帝位的曹丕神情十分尴尬了。事实上，曹丕为了掩人耳目，曾三次假惺惺对真诚劝进的官吏和献帝被迫禅让而予以拒绝，现在这种水到渠成的时刻，却钻出个小吏来如此扰乱，但又不好直接发作，只好对华歆报以责难之色。

华歆没等易承球说完，就立马在台上交代一带队军官，带领三个士兵，迅速将易承球拖下了受禅台。

这真是一种蚍蜉撼树之举！但易承球的大胆正义得到许多私下亦对曹丕篡位腹诽不满的臣子们的赞赏。不过这仅仅是热烈受禅仪式中的一个小插曲，很快就平静地进行了受禅仪式，曹丕正式成为新建的魏朝的文皇帝，并追封其父曹操为武皇帝。已经失去帝位的汉献帝刘协，走下皇位，请曹丕高坐其上，自己俯首称臣，曹丕则封其为山阳公，连王的尊号都没有了，而且被赶出京城。可怜汉朝这最末一位皇帝，从初封陈留王到做傀儡皇帝，先被董卓劫持，后为曹操控制，最后落得如此下场！以山阳公之名屈辱 14 年后，郁郁而终！

魏文帝上台之际，易承球则被投入了监狱，等待发落。

曹丕虽然曾经假意三次谢绝劝进，现在已是皇帝了，却不能宽宏大量，对受禅台上发生的那一幕，一直耿耿于怀不能释然，他着人叫来华歆，欲下诏将易承球立即处斩，并令其将易承球家人全部杀戮。

华歆其实是很器重那个看起来太过迂腐的属下的，尤其听到要将易承球全家处斩的话后，仍然对易承球不忍下手，就劝谏曹丕道：

“皇上新立，就开杀戒，臣以为不妥。何况要将易家灭族？这将会对群臣带来相当的压力。我劝皇上采取大度的方式，可下诏将易承球削职永不录用，将其全家赶出京城也就是了！”

曹丕十分愤怒：“相国岂能如此女人见识?！连小小的尚书郎都竟然如此胆大，那还了得?！这在群臣中将会造成何等混乱？正因为新朝刚立，就更需树立威权！小小一个书吏，竟敢于朕受禅之际胡作非为胡说八道，那还有新朝的威望吗？此等奸邪不除，朕今后在群臣面前还能有脸面吗？速速拟诏，当众将易承球斩首，灭其一族！”

华歆知道再谏已经无益，只得唯唯应诺，回答曹丕说：

“臣即就拟诏法办易承球，马上着人去易家捉拿其全家老小到案！”

华歆知道易承球是没法救了，于是下令手下为曹丕拟诏将易承球处死。但他仍然心软，不忍心杀了易承球全家，然而要想个两全的办法，在处死易承球的同时让他们全家逃出许昌才好，幸好他是相国，他还是有着充分的时间来天衣无缝地安排一切的。

于是华歆一面派一亲信私下里偷偷在晚上赶往易家通报消息，一面为拖延时间好让易家人趁机逃跑，就煞有介事地组织了一场对易承球的审判，声言要查出他的后台和同谋者。

华歆着人将易承球从监狱里带出来，让司徒对其进行审讯。但是审来审去，折腾了一天时间，却没有审出任何东西，既无法找到后台，也无法揪出同谋。庭审中易承球仍然慷慨激昂，申述他固有的观点，直到午后，华歆估计易家人已经逃出京城了，才下达魏文帝的诏书，将易承球缚往刑场，当着许昌的市民，郑重其事地将易承球斩杀了。然后，华歆又暗暗派人将尸体厚殓送往郊外埋葬了。

华歆这才宣布魏文帝抓捕易承球一家的诏书，让京城司马派人迅速去易承球家捉拿其全家人。华歆心想：但愿那易承球妻子能够不在悲痛中迷失方向，可以带领全家人逃脱。

到了晚上，派出捉拿易家人的司马气急败坏地赶到相府报告华歆："相爷！我们去晚了一步，那易承球妻子带着全家人逃跑了！"

华歆佯装大怒："你们都是些废物！竟然让一群妇幼老弱逃跑！让我怎么向皇上交代？"

司马诚惶诚恐地匍匐在地，等待着对他的处罚。

华歆迟疑片刻，打发那司马说："你们也辛苦了，回去吧！我这里再另外派人去追！"

司马本想得到了一个相爷赏识的机会，却不承想失去了，只好悻悻地离开相府。华歆立刻叫上心腹都尉陈畅，在内堂对他耳语一阵。然后来到相府大堂，对手下人说：

"易家可是皇上钦点的逃犯，岂能任其逃出京城？"然后对陈畅下令说："陈都尉，令你立即点集一支人马，一边在城里各处搜索，只要发现易家人躲藏、逃跑线索就立即行动。务必将他们抓回来，如遇抵抗立即处死，才好向皇上交代哪！"

陈畅故意大声回答："相国放心！保证将易家全部捉拿归案，如遇抵抗就地正法！"

到了这时，华歆才稍微安心了，心中默默地念叨着：易承球啊！

你安心去吧，但愿你的子孙今后能有出息！

于是华歆进到书房，坐下来拟表向曹丕报告处理易承球的情况，至于其家属的逃跑，那他可没有办法，是京城卫戍的疏忽啊！

3

易承球的妻子钟氏本是齐地黄河岸边人氏，具有北方女人的豪气和大度，而且从年轻时就与村中少年学得武艺，是一位女中丈夫。自从嫁给易承球以后，就只在家中相夫教子，平常虽很少抛头露面，却是一位深明大义敢于担当的女人。

当易承球从相府回来，向她谈及华歆欲召集百官向汉献帝上表请其禅让皇位于曹丕时，她也与丈夫有着同样的义愤："曹丕那厮就是叛逆！"

易承球对妻子的深明大义甚为赞叹，就说：

"夫人，这次我豁出去了！尽管华大人宽宏大量，没有追究我，然而我将登上受禅台斥责曹丕，结局你是可想而知的，不仅我会掉脑袋，恐怕全家都得遭殃啊！你是不是先带着家小逃跑到南边去呢？我的几个本家兄弟仁祯、仁祥、仁禄他们都在南方，只有我仁福一人滞留北边，你们去了南边，或许可以求得他们的帮助，将我易仁福这一支脉延续下去。"

"夫君，"钟氏十分平静地回答，"我们暂时不会走！除非你真正被曹丕残害，为了易家的血脉，或许我会带着家小想法逃走！"

"那谈何容易啊！只怕一家老小均遭不测呢！"易承球摇摇头。但钟氏坚决不肯离开，易承球也就不再多说，心想那就听天由命吧！

受禅那天，钟氏是既亢奋又担忧的，在那样的场合，丈夫的正义凛然定当载入史册，但毕竟是一种鸡蛋碰石头的举动。当钟氏听说丈夫已被下监，她便想方设法前去探监，但监守没有让她进入。她相信丈夫是难以逃过这一生死难关的了。

于是易夫人请住在家里的戴安出门去打听情况。但是这天晚上，戴安带回的消息是，易承球已经被曹丕下诏杀害！而且遗体已被秘密转移，没有人知道藏在哪里！

易承球夫人从容平静地面对一切变故。她知道如今曹丕已是新皇帝了，忤逆皇帝那就是灭族的大罪！在这种生死存亡的关键时刻，她需要的是镇静。她一面安排一双儿女和易承球的老父亲及家里其他人等逃亡，一面下决心要寻到丈夫的遗体并请人将其装殓下葬。即使她也要被处死，也只好平静地跟着丈夫一同去了！但是儿女们怎么也不肯丢下母亲先行逃走，再说，他们又能逃到哪里去呢？所以一家人就只好待在家里。

是的，正在曹丕篡位称帝的当口，你小小一个尚书郎，竟敢如此张扬，这一家子还能逃到哪里去呢？戴安依照钟氏的吩咐外出打探易承球的遗体究竟藏在哪里，傍黑才回到家里，带来了更为震惊的消息：可能曹丕将要下诏捉拿易承球全家！

戴安说："夫人！情势危急，只能赶快趁黑离开京城，逃出去！"

夫人也觉得不能再等，就当机立断："戴先生！那就只有烦你迅速带着犬子和全家赶快逃吧，一定得为易家留下一支血脉啊！我得留下来，一定要找到承球将其安葬！"

戴安说："夫人，你不能再固执了，此等时刻，只有随我逃亡江东了！"

戴安其实是易承球的一位至交，他从江东来，暂时住在易承球家，准备遇到适当的时机，能在京城谋得一个出身。

说起易承球与戴安的交往，还有一段故事呢！那还是易承球年轻的时候，听说江东孙坚广纳贤才，就千里迢迢到了江东，恰恰遇上孙坚战死，大儿子孙策接位。此时的孙策急于为父报仇，出兵向北。他根本就没有注意一个北方来的文士。易承球到了江东地面，人生地不熟，以致穷愁潦倒犯下病来。幸好在漫游中结识了太仓一位守仓武士戴安，才由戴安用独轮车载到太仓家中，由于戴家上下的精心护理，才转危为安，留下了一条性命。易承球在江东没有谋到出身，只好悻悻然回到齐地一本家兄弟处等待时机，也就在那里由本家兄弟作伐，与钟氏成了亲。与钟氏结婚不久，易承球到许昌拜见曹操从江东征召的华歆，这时华歆已经身居高位，华歆对易承球的文才十分赞赏，就留他在手下做了一名尚书郎。几年以后，戴安听说曹操礼贤下士广罗人才，也来到许昌。两位朋友在许昌偶然碰见而相聚，易承球提议戴安暂时在易府上住了下来，准备向华歆推荐，等待晋见曹操的机会。没承想曹操遽然去世，还没来得及向华歆举荐呢，就遇到了这样的变故。戴安是位义士，对易家遇此变故，只有义不容辞帮助他们了。戴安想来想去，只有迅速带上易家人赶快逃亡这一条道了！所以向易夫人提议：跟着他逃回江东去！

但没想到的是：戴安前脚刚刚进屋，后面华歆派出的都尉陈畅就随之进了屋子。这就令易承球夫人钟氏和戴安十分地警觉了：难道陈畅是曹丕派来捉拿易家人的吗？

陈畅平时与易承球是有交往的，也是其一位朋友。现在他只身来到易家，有些蹊跷。看样子又不像是官方派来捉拿他们的，因为他并没有带来一兵一卒。

陈畅进屋，没有落座就对钟氏转述了华歆大人的秘密安排，最后说：

“易夫人，华大人实在是想保住易大人的，但易大人也太较真了，他没了办法，只好依诏执行了！易大人的后事自有华歆大人安排处置，当务之急是：皇上已经下诏捉拿你们全家，将要灭族呢！华大人特地秘密叫我来，就是要夫人您带着全家赶快逃出许昌，跑得越远越好！”

钟氏已经明白了一切，虽然不能再见丈夫最后一面了，但事先丈夫已经说明了一切，她心里早就有底了，于是对陈畅跪拜下去：

“请将军代华相国受我一拜！我易家如果能留得一支血脉，全仗华大人再生之恩了！”

陈畅说：“夫人速速离去吧！朝廷说不定就会派兵来了！不能再等了，你们速速启程吧！”平时易承球曾经与陈畅、戴安一起喝酒畅谈，陈畅对戴安的武艺是十分佩服的，于是转而对戴安说：

“戴壮士！我们这位朋友易承球遇害，华大人本着一片良善之心，意欲秘密救助易家。如今这孤儿寡母逃亡，一路危机四伏，困难重重，只怕还得请戴壮士为之壮行，没有你的陪同，是很难逃出虎口的！”

戴安向陈畅拱手拜揖道：“华大人大恩，陈都尉仗义！我戴安在这北方算是见识了大仁大义了！易大人为汉室仗义，我等岂能不为易家舍生忘死以报承球的一番忠心！陈都尉奉华大人命，冒险来传信息，令戴某敬佩终生！我戴安为易承球挚友，您亦是易大人至交，我们这就豁出去了，舍了性命也得为易大人保住一家啊！我这就带领其全家迅速逃出城去！”

陈畅悄悄地对戴安和钟氏说：“你们要趁黑悄悄出城，大肆张扬是很难逃出去的了！我这里有早已准备的出城令牌一张，你们且把家中一切丢弃，只带细软迅速出门！估计马上就会有捉拿您家人的士兵来了！事不宜迟，华歆大人交代我务必迅速知会你们逃出家门，他们扑空以后，华歆大人在佯装大怒之后会派我带一队士兵随即追杀，一路上你们要奋力拼杀，杀出重围。当然我会在暗中相助，愿你们早早到达江东，就此别过，我们后会有期！”

陈畅说完，匆匆出门离去。

钟氏强忍眼泪，让全家人在祖宗牌位和新立的易承球牌位前跪拜之后，迅速收拾简单行李，钟氏和男丁们都骑着马匹，女眷和老人们坐在一辆车子上，车子里暗暗放着些刀剑等武器，准备不时之需。

他们立即出门，迅速在夜幕中消失了。

4

凭着陈畅所给的出城令牌，钟氏和戴安带着一家人顺利出了许昌城门。

仅仅是一个时辰的时间差，陈畅又煞有介事地带领一队人马奉相国指令出城追赶那易家人，似乎许昌城里的士兵民众尽都知道那扰乱受禅的易承球本须灭族，现在家人却逃跑了，因此相国令都尉陈畅追杀上路了！

钟氏、戴安带着大大小小十数口人，乘马驾车向荒郊疾驰而去，天亮时分就已经到了豫州地面上了！

面前是一片湖泊，戴安对易夫人说："此地不宜久留，必须尽快绕过湖去才是。如今已进入冬季，是枯水季节，且已结冰，但冰层尚薄，湖上是不能行走的。夫人您带着子弟轻轻跟随我拣路而过，绕过这片湖泊，就进入大山里了，那时有山林庇护，或许可以稍事休憩一宿，然后再赶路如何？"

易夫人说："全仗恩公指点！"

于是马不停蹄人不解鞍，他们背着凛冽的北风，急不择路疾驰向南。面前又横着一条长河，不能再绕了。幸好昨夜北风狂号，河上结冰还算厚实，众人下马，牵着马匹，拣狭窄的河道，踏着河冰，小心翼翼地半抬半推着车子过河，终于顺利地过了这道横在面前的长河。

易夫人钟氏看到前面已是一处山林，黑压压云遮雾罩，不再是没有遮拦的平原之地了，大家算是暂时松了一口气。

找到一处背弯的山峡，四面高山耸峙，中间有一片平地，四外也没有人烟，戴安觉得这地方适宜暂时歇息一晚。钟氏夫人看看四周，也觉得没有比这里更好的歇息地点了。就让家人下车下马，准备生火做饭。

戴安说："夫人，只怕今天还得辛苦大家，不能生火，以免节外生枝。不知带的有干粮没有？"

易承球的大女儿易玉枝虽然才 17 岁，却是个既美貌端庄又做事细致的姑娘，就接话说道："幸亏我带着一些干粮，我们就在这里先填填肚子吧？明天过了这座大山，中途再找个地方自己做点饭食。"

钟氏不禁对女儿十分赞赏，戴安也非常高兴，看到这 17 岁的姑娘如此细心，不禁又想起了易承球。易承球曾经对他说过做儿女亲家的事，想起自己那 20 岁的儿子戴旺，禁不住心中一喜，如果能顺利回到太仓，或许这两人倒是天作一对？但他也只是瞬间一闪念，如今逃亡路上，前面凶险甚多，哪还有心思想得那么远？他不禁自嘲般地笑了笑。

众人正在吃着干粮，准备晚上歇息于此，却不料此时从后面山崖上传来一片人呼马叫喊杀之声！戴安与钟氏以及易承球的大儿子——18 岁的易万年迅速从车子底下抽出刀剑，让其他老少人等骑马上车，尽快朝前面山路狂奔，他们三个就挡在山路背阴处，准备迎击追杀者了。

一会儿工夫，陈畅就带着一队十来个人追到了下面的山峡里。只听陈畅大呼小叫道：

"原来你们到了这里！幸好我们来得及时，不然过了这个山口，就是淮阳地面了！尽管淮阳太守是朝廷命官，但那家伙还对汉室没有死心，如果让你们到了他那里，岂不要逃脱了出去?！这里山路狭窄，行动不便，你们没处可逃了！除非出得山口。我们好不容易追了上来，终于见到了你们这些逃犯！快快下来就擒吧！”

陈畅一口气说了这许多，其实等于是向钟氏和戴安报信：赶快连夜逃出山口进入淮阳地面。既然淮阳太守与易承球是同样心思，也就相对的安全了，怎么可以在这里歇息?！

但追兵已到面前，现在只有面对那些陈畅带领的士兵拼死一战了！

戴安故意说道：“好个陈畅！竟然不记前情，想当初你与易大人也是至交，竟然带人来追杀易大人的孤儿寡妻，想擒获这易家人回去讨赏吗？先吃我一刀！”

陈畅佯装大怒：“你是何方蟊贼，竟敢劫持朝廷钦犯？弟兄们，给我上，先杀了他们！”

陈畅知道戴安武艺高强，也曾听说易承球夫人自小习武，而且亲眼见过易承球之子易万年也是武艺十分了得，只要自己不上去，三个人对付这十来个士兵是绰绰有余的。于是他一边怒骂督促，一边乱挥手中的宝剑，赶着十数人就向山上爬来。

戴安与钟氏挡前，易万年背靠着闪在后面，只见刀光剑影，寒气闪闪，一阵阵呼喊杀戮之声，弥漫在这个黄昏的山峡里。手起刀落处，戴安和钟氏竟然一剑一个，杀了两个士兵，易万年也将一士兵剁伤了手臂。其余士兵招架不住，只得迅速败下山坳。陈畅故意大声疾呼，恼怒地骂道：

“一群孬种！竟然对付不了几个疲惫逃犯。都退下去，看我陈某人的！”

只见陈畅一人冲上山坳，故意对三人狂呼乱砍，并示意三人赶快退却，且战且退中，士兵们没有得到将令，都不好跟上，其实他们都发现这三个人武艺不凡，不敢恋战，都只是作壁上观。看那陈都尉一路追杀下去，直达那远处的山口，似乎就要追上那辆奔驰的车子，几个骑马的逃犯似乎都要坠下马来了，却被一山崖挡住了视线，士兵们没有看见带队官的身影了，这才似乎醒悟，追上山坳，朝陈畅的方向奔去。

陈畅看看山崖挡住了士兵们的去路，才停下脚步，匆匆对钟氏和戴安说：

“嫂夫人！戴壮士！一路辛苦了！其实我一直尾随在你们身后哪！看你们到达这个山峡竟然想停下来歇息，我才出此下策露面追杀了！因为此处是豫州与淮阳交界处，是不能久留的！前面是淮阳了，太守梁宇曾是我幼时朋友，你们赶快出这山口，到了淮阳，即求见太守报上我名字，或许他会想法子让你们迅速通过淮阳，赶到长江边上，只要过了江，到了太仓，就是江东孙权地面，也就万无一失了！送君千里，终须一别。我将暗暗跟随你们直达长江岸边，你们快走吧！”

说着，陈畅一抬手，向两人作了个揖，几乎是一眨眼之间，见陈畅剑光一闪，他的左臂已经鲜血直流！

戴安大吃一惊，几乎说不出话来：“陈畅将军，你这是……？”

陈畅忍住疼痛，笑了笑：“不这样又如何拖延时日？又如何向曹丕交差呢？”

钟氏感动至极，一头跪拜下来，连连叩头：

“恩公啊！我易氏如能留得一男半女，均是将军再生之德哪！我们必定为你设置生敬牌位，祝愿你一生平安发达！”

陈畅立即用右手扶起钟氏，急急地说：“什么也不说了，赶快走吧！一会儿士兵就要赶上来了！”

于是戴安匆匆作别陈畅：“壮士啊！挚友啊！后会有期，暂时别过了！”

钟氏带着儿子，跟着戴安，匆匆消失在山口夜色中。

这时，陈畅才因为伤痛躺在地上。那群士兵见带队官受伤，连忙赶来包扎，几个人就要继续追杀前去。

陈畅摆摆手，道：“都逃得无影无踪了！算了吧，这几个家伙武艺厉害，暂且退回客栈歇息一晚，我还得养养伤痛呢，过一两日再说吧！”

5

淮阳本是古韵悠悠、人文荟萃之地。这里曾名宛丘、陈州。

据传，三皇之首太昊伏羲氏在此定都，创下先天八卦和龙图腾，与女娲氏“抟土造人”，繁衍了中华民族。后来炎帝神农氏又在此建都，尝百草、种五谷，开创了华夏农业和医药之先河。周朝时，周武王封舜之后人妫满于陈，首建陈国，周武王以国赐姓，称他为陈胡公。陈国为陈姓的老家，陈胡公为陈姓的得姓始祖。道教始祖老冉也出生于陈国苦县（今鹿邑），这里是道家文化的发源地。“天下文官祖，历代帝王师”的孔子，曾三次来陈，为他儒家学说的形成奠定了思想基础，并且留下“陈蔡绝粮”的千古绝唱。公元前 209 年，陈胜、吴广领导的农民起义军在这里建立了第一个农民革命政权——张楚，推动了中国历史的发展。西汉刘邦封其子刘友为淮阳王，建淮阳国。226 年即曹丕称帝 5 年后，其备受他打击的弟弟——“才高八斗”的曹植封地也为此地，是为陈王。

三国纷争初期，淮阳即陈州是袁绍的地盘，他将其外甥高干作为陈州刺史驻守这里。袁绍失败后，曹操虽然掌控了淮阳，但高干的影响还是很深的，后来曹操命梁宇为淮阳太守，曹丕接位时仍然由梁宇掌管。陈畅老家就在此地，梁宇这人与陈畅曾为莫逆之交，也与易承球成为挚友。所以陈畅让钟氏和戴安出许昌后向东走，先去淮阳，或者能逃出一条生路来呢。陈畅的这一安排无疑是十分正确的。

戴安带着易承球一家，悄悄地进入了淮阳，他先将钟氏夫人等安排在淮阳郊外的一家不起眼的客栈里，依照陈畅的暗示，去城里找淮阳太守梁宇。但是门卫不让他进去，戴安只好给了门卫一些银两，让其通报说许昌故友陈畅令其来此有要事禀报。一会儿，只见梁宇亲自从府里出来，执着戴安的手，十分亲热地将他让进府里。屏退左右后，急急地悄悄对戴安说：

“戴义士，一路辛苦！昨日夜间陈都尉已经到过我这里了！一切我都已知悉。”

戴安感到十分惊讶：“陈都尉都自己刺伤了手臂，竟然先我而到了吗?！那他是另择一路来的了?”

“是啊是啊！”梁宇说，“易大人也曾与我交好，他的事，我早已听说了，大忠大义之人哪！现在其家小既然逃至我之辖区，我理当善待，请戴义士放心！”

戴安这才真正放下心来，就问道：

“不知陈都尉现在还在此间否?”

“为虚张声势，陈都尉已经带伤故作追赶你们，赶往前面去了，将一路追随，最后在长江边等待你们！”

戴安无限感慨：“陈都尉哪是在追杀易家人啊！那是在护送呢！这种大义，不仅易氏一家，便是我戴安，也是心存十分感激无以为报呢！”

“处此乱世，能有您这样的义士相帮，也是易承球大人积存的阴德哪！这也都是华歆相国大人的恩德呢！”梁宇说，“但不知易氏夫人家小现在哪里？这样吧，戴义士，我本应将其接入府中养息几日再行上路，但此种时候，耳目甚多，太为敏感，还是不进府中的好！

我只能派一亲信，也是我的侄儿梁尚，先将你们安置到一秘密处所，先行休息几日，就由他送你们上路，过了长江，也就安全了，也算我为易承球大人尽一份心力吧！”

戴安立即拜倒在梁宇脚下：“梁大人！我代易承球大人全家谢谢你了！易大人在天之灵也会感到欣慰的！”

辞别梁宇太守，戴安立即跟随梁太守侄儿梁尚，找到一处偏僻的住所，将易家大小暂时安顿住了两日。梁尚和戴安都觉得在淮阳不能久待，以免影响梁宇大人，就迅速再往南赶路了。

一路风餐露宿极尽艰苦，他们不敢走官路抄大路，只是拣山路小道飞快奔走。过了淮河，便都是平坦田地水网地带，戴安与钟氏、梁尚商量，将马匹车辆就地卖掉，买了一叶舟楫，一路遇水前行，虽然水路弯曲，但似乎相对安全。戴安和钟氏都隐隐约约感到岸边似乎总有人马随之奔驰，却不打扰他们。钟氏知道，那一定是陈畅引领的那队人马跟随在他们舟楫的旁边，不禁深深感动。她默默向空祷告：夫君，你的为人今天得到了天帮人助了！没有华歆大人、没有陈畅都尉、没有梁宇太守，我们怎能逃出啊！你的在天之灵可以安息了，我一定会尽毕生之力延续我易氏血脉香火的！”

数日之后，他们的舟楫到达长江边上。但那舟楫太小，是无法涉越风高浪急的长江的。戴安说：

“夫人，我们只好暂时上岸，要想别的办法，至少要买得大船找到水手才能顺江而下到达太仓哪！”

钟氏同意：“全仗恩公了！我一妇道人家，不知底里的，您就做主吧！”

戴安说：“夫人，您才是女中豪杰呢！哪是什么妇道人家？”

说着，他们趁夜上了岸，在岸边一小集上找了家客栈，准备住下再打听过江之事。进得客栈住下后，戴安和钟氏才发现陈畅已在店堂了，他带领的那十数士兵竟一个个喝得酩酊大醉，趴在酒桌上呼呼大睡着呢！

陈畅迅速将钟氏、戴安、梁尚拉过一旁侧室内，匆匆地说：

“夫人！戴义士！我知道你们会到达这里想法子转乘大船下长江的，我故意让士兵们喝了个酩酊大醉不省人事，这样就可遮人耳目了！我早已为你们准备了一艘大船，你们就不要住店了，赶快连夜过江吧！我会在江边守着，只要过了江，就是江东孙权地面了，去太仓亦可顺流而下，我们就此别过吧！夫人，愿你易氏一族来日兴旺发达！”

钟氏早已是泪流满面，急忙跪下，连连叩头。

陈畅赶忙拉起钟氏：“夫人决不能行如此大礼！我与易大人相交一场，情同手足，能有这等护送其家小的机会，是我终生难忘的一次远行。华歆大人听到我的回复，也会释然的。梁尚先生，送过他们上船之后，您也速速回程吧！”

梁尚微微点头。钟氏与戴安在陈畅带领下，尽快趁黑到了江边。只见一艘大船停在岸边，艄公水手都已就位，钟氏这时再次下跪，别过恩人，上了大船，正值北风吹拂，顺风顺水，很快，钟氏在泪眼模糊中就不见了陈畅与梁尚的身影。钟氏大喊道：

“承球！你如有灵，这就随我们过江去太仓吧！你且放心，此去经年，有戴安这样的义道朋友相助，我易氏一族定当兴旺发达！”

6

太仓在长江出海口附近，因为江流冲积，形成了一处陆地，却是一片不毛之地，年深日久，倒也有了一些住户在此围垦，住了下来。孙权继承其父兄的事业以后，江东日益发展，竟在此地修建了一处万担囤粮仓储，就被称作太仓了。

戴安一家本就穷苦，祖上来到这片冲积土地上开垦种植，算是躲开了战乱纷扰，倒还安居乐业了。但好景不长，孙权的官吏谋中了这个地方，变成了军队的囤粮基地，修筑了万担囤粮仓以后，戴安一家就和不多的村庄人等一样，与一大队士兵一道，成了这仓储的守护者，官府发给他们一定的粮食和物品，不让他们再行种植了，村里人就合族而居，在这个仓储之旁建起了一个小小的镇子，也算不错了。

戴安自幼学得一身武艺，怎会甘心在此做一守仓者？由于这种守仓者的特殊身份，他没有被征召进入孙权的军队，也就断了升迁之路。而他的出身低微，在江东孙权的守仓军队里，也是很难得到提拔的，所以一直只是个守仓士兵，也没有进入孙权的正式部队。戴安不甘心这样蜗居在太仓这个官府的仓储里销蚀岁月，所以在结婚生子20年后，听说曹操礼贤下士不计出身招募武将，他竟然在40岁时冒险北上，去投奔曹操，寻找出身，想建功显耀。没承想在许昌偶遇当初在建康救助过的北方文士易承球，本想靠着易承球的推荐进入曹操军队一显身手的，却不料遇上了易承球家这样的变故，只好带领朋友一家逃亡，千里迢迢地又回到了太仓！

这一日傍晚，在南方夕照的余晖中，他们的船终于到达了太仓岸边码头了。士兵们大都认识戴安，还以为他这段时间奉命出差了，所以没有遇到任何麻烦，他就将钟氏及家人带入了自己的那座茅屋。

家里人不多，父母亲早年已经去世，只留下了妻子茅阿梅和儿子戴旺以及女儿戴小梅在家。当茅阿梅一出茅屋大门，一眼见到丈夫时，那种欣喜若狂的神态几乎没法描述，茅阿梅赶忙呼叫儿子女儿，三人一齐跑出茅屋，泪眼婆娑地将戴安抱住，竟至啜泣起来！

茅阿梅这才看到丈夫背后竟然站着十来个大大小小的陌生人，她一时半会儿还真傻了眼！

戴安连忙向妻子儿女介绍：“阿梅！你们看，这是当年落难于我家的易承球先生的家小，我现在把他们带来太仓了！”

戴安简单地将易承球遇害和他们逃亡的过程叙述了一遍。阿梅和子女就更加高兴了，赶忙将众人让进屋子。茅屋虽矮，但房间甚多，家里老人过世后，更是宽敞。于是戴安一家如同迎接亲人一般将钟氏一家暂时安排在自家住下。茅阿梅让儿女们赶紧烧火做饭，迅速找出家中所能找到的鱼肉和园中小菜，满满登登做了两桌丰盛的饭菜，两家人亲亲热热在一起，算是吃了一餐团圆饭。这么多天风餐露宿，历尽艰难，钟氏一家算是度过了一个最安心的夜晚！

在戴安夫妻的安排下，钟氏一家算是在太仓安顿下来了。戴安为了这两家人，就再也不打算外出寻找出身了。他向太仓守仓官吏陈述了钟氏一家的遭遇。那守仓官听说是这么一位忠诚义士的家属逃亡来到江东，就向上级报告。孙权的扬州太守竟然派来手下的司马亲自登门，拜见了钟氏，并下令士兵为钟氏一家修建房屋，当那司马问及戴安为何北上时，戴安巧妙地回答是因为早年与易承球的友谊，特地冒险去许昌看看老朋友，没承想遇上了易承球遇害。那司马也没有深究，还极力夸赞戴安义道，向太守报告，太守也很感动，就提拔他做了太仓的校尉，成了太仓守将的副手，还让易承球的儿子易万年和戴安的儿子戴旺都做了分仓副官。钟氏一家没想到能在这里暂时栖身，留得了一家性命，已属万幸了，因祸得福，戴安和儿子们还做了小官，生活算是有了着落。她对戴安一家自然感激不尽，因此两家就成了至亲挚友了。

易承球的儿子易万年和两个女儿易玉枝、易琼枝与戴安的儿子戴旺和女儿戴小梅也就成了最为相契的兄弟姊妹了。五个孩子跟着戴安和钟氏一边守仓一边种植庄稼，日子倒也过得顺畅。易万年与戴旺同年，都是 20 岁了；易玉枝与戴小梅也是同年，都过了 17 岁，只有易承球的小女儿琼枝 15 岁不到，但也长成大姑娘了。慢慢地，易万年和戴小梅、戴旺和易玉枝，双双都相处得甚为亲昵。戴安和钟氏看在了眼里，也悠转在心里，似乎都觉得这两对是天生绝配。易万年像他父亲，生得文质彬彬，不像个行伍的军官，但武艺很高强；而戴旺却相反，倒像是北方长大的，腰圆体壮。易玉枝和戴小梅简直像是一对双生姐妹，除了脸相不同之外，高矮胖瘦几乎一样。而钟氏的二女儿虽然小两个姐姐两岁，似乎也与其姐一般，里里外外都是一把好手了。

戴安自然记起了在许昌时易承球说过要做儿女亲家的事了，看几个孩子如此亲爱，在这种乱世之时，如能与钟氏就儿女亲事说得成功，或许也可慰朋友在天之灵呢！

到第三年的八月初一晚间，戴安夫妇特地来到钟氏一家住的屋子，看孩子们尚未着家，就嗫嚅着对钟氏说：

“嫂夫人！幸好这几个孩子都十分懂事也勤快，也省了我们许多操劳了！”

钟氏带着十分感激的情绪说：“这全仗恩公一家积德行善了！没有你、没有你们一家，只怕我们孤儿寡母的，早都去见阎王爷了！”

“可不能这么说话！”戴安妻子茅阿梅嗔怪般地回话道，“在许昌，没有你易大人、钟夫人照顾，哪有我家戴安的安身之地啊！我们两家是前世有缘哪！”

“就是！就是！”钟氏十分动情地说道，“天可怜见，让我家承球在南边结识得你戴安义士，得以生还许昌；如今又承您带领我们来到此地安家就业，我易氏如能再造，其恩都在你戴家啊！戴安义士、茅氏夫人说，我记得在许昌时，承球几次跟我提过你戴家女儿小梅，只想与你家联姻呢！可叹他不能在许昌招得到小梅这样的贤媳了！”

钟氏说着，竟然又抹起眼泪来了。

戴安没想到钟氏竟然率先提及了易承球曾经讲过的话，正要回话，茅阿梅却抢先说开了：

“嫂夫人哪！我们夫妻今日特地来拜望，就是想高攀哪！你看，你家万年与我家小梅，这些日子来实在也相处得不错，两个孩子也十分般配。如若不嫌弃我们戴家出身低微，敢请夫人接纳我们家小梅做你儿媳吧！”

钟氏一听，喜不自胜：“我就怕我们易家乃逃亡路上之人，你们戴家看不上眼呢！这多半年来，我是看得出来，你们家戴旺与我那大女儿玉枝也是形影不离，十分亲爱。依我看，不如就将这两起喜事一并办了，也了却我们做大人的一番心事啊！”

“这真是喜从天降！”茅阿梅禁不住手舞足蹈起来，“易夫人如此大义，我们戴家也算是得福了！”

戴安也抢着说：“嫂夫人，如蒙不弃，我这就赶紧准备，把这四个孩子的喜事趁早一并办了！家里喂的那头猪也肥了，长江里有得是鱼，园中小菜吃不完，江边蘑菇多得是，我们这就喊起几个孩子，着手办事吧！我要将仓官士兵们都请过来，趁着八月十五月明夜，我们两家把孩子们的婚事办了！”

钟氏早就对戴旺和小梅心仪了，而戴安一家对易万年和易玉枝更是钟爱，事情似乎不需要过多地说话了。而且在这种战乱频仍的年月，早一点将儿女婚事办好，或许是他们此时最好的慰藉了！

很快，易万年和戴小梅、戴旺和易玉枝，都知晓了双方大人的决定，四个人都欢喜得只等八月十五到了！

这年八月十五，在太仓这个孙权的军粮仓储地，一场极为隆重的婚礼如期进行。戴安和钟氏联名，请所有邻居村民和管仓军士参加婚宴。新房虽然只是茅屋，却被村里集上的姑娘们收拾得十分温馨清洁；既然是仓储校尉副官长家的婚事，仓储守将也早就传令士兵们帮忙杀猪宰羊捕捞鱼虾，煮酒熬糖，做饭做菜，几十桌丰盛的酒菜摆在了仓储地坪里，到月亮升起时，两对新人由父母领着，由仓储官主持，拜祭了天地，拜祭了易承球的灵位，一场热热闹闹的婚礼在长江边上、在圆满的月亮底下举行得十分简便又得体。

钟氏和戴安夫妇都流泪了，钟氏这一晚没有睡着，戴安也没有睡着，他们集聚一堂，直到天亮了，还在兴奋地聊着。

士兵们除了守卫的，一个个都喝得酩酊大醉。到半夜，守卫的士兵换班之后，戴安又另外开席，让先头守卫的士兵接着吃喝。这一日，成了长时沉静的太仓的一个节日！

钟氏后来躲进房内，暗暗祷告：易氏祖先啊，承球啊！幸赖恩公戴安，我们才有了今天！求祖先福佑你们的子孙吧，但愿明年能添上孙子，延续我易氏血脉，发达兴旺！

7

但是这样的日子没有多久，战争的硝烟在那个纷争的年代必然要粉碎他们的安宁了！

仅仅过了两年相对安定的日子，到曹丕称帝的第三年（222）年底，一场大火，将他们两家又推向了毁灭的边缘。

这中间，易承球的老父亲因为常年犯病，加上儿子遇害伤心，逃亡时历经辛苦，病体沉重，已经有些神志不清了，虽然到达太仓以后，65 岁的老人身体有了一些好转，特别是看到孙子孙女都成亲了，也迷迷糊糊地觉得欢喜，但终究没有逃过死神的威胁，到太仓的第三年初冬就遽然长逝了。戴安带着儿女女婿帮着钟氏安葬了易父，这时易玉枝已经怀孕，戴小梅也几乎同时怀孕，两家并未因易父的去世而十分悲痛。毕竟后来者将要到世上了。

不久，管仓守将做媒人，将自己的一个手下校尉宋文栎介绍给钟氏的第二个女儿。那宋文栎是荆州浏阳地方人氏，浏阳是个新立的县份，曾被孙权赐予其爱将周瑜作为封地。宋文栎父母早逝，只有三个兄弟。他投军后被辗转派到这入海口的太仓做个小官，为人忠实可靠，一来二去的，易家小妹也很喜欢他，亲事就很快成了。那宋文栎本与易万年同僚，平时相处十分友善，因此在易家常来常往，钟氏和戴安都很喜欢这个荆州人，易万年更是同意将妹妹易琼枝嫁给宋文栎，但母亲钟氏的意见是：毕竟易琼枝才 16 岁多，对家乡远在荆州浏阳的宋文栎尚不十分了解，所以只同意暂时订婚，还不同意他们马上结婚。

“待到过大年的时候再结婚吧！那时热闹些，也符合我易家的规矩。”钟氏对宋文栎说。

对于远离故乡的这个荆州浏阳年轻人来说，这门亲事无疑是天大的喜事，就表示说：

“全仗母亲和戴叔叔、万年兄长做主吧，我这一生就交给易家了，交给琼枝妹妹了！”

于是也在管仓官的主持下，举办了简朴又隆重的订婚礼。宋文栎既然没有了父母，只有几个兄弟还住在老家，因而实际上易家就是他的家，等于他将要成为钟氏的倒插门女婿了。

钟氏想：看来跟随戴安来到这里，算是很快找到了栖身之所了，或许自己也可在这里养老，唯一希望的是儿孙们将来能够光宗耀祖，也不枉了易承球一世英名了。

然而，天有不测风云，尤其是在这三国纷争的战乱年代。钟氏他们到达太仓的第三年年底，在一个黑漆漆的夜晚，易万年从仓储回家，突然看到夜雾弥漫之中，有一队黑影子悄悄摸上了堤岸，于是大叫：

“什么人?”

易万年这一声呼叫，惊动了仓储官和士兵们，他们一齐从营房里冲出来，但是在黑暗中他们遇到了十分凌厉的攻击。原来是魏国一队轻骑兵趁着黑夜，偷渡过了长江，神不知鬼不觉，悄悄地潜入太仓军粮仓储，他们是奉命来此烧毁太仓万吨仓储的。一时间喊杀斗剑之声响彻四周。天黑风高，甚至辨不清方向，但敌人似乎是早有准备来的，竟然能迅捷地直奔仓储而去。

管仓官对易万年呼喊道：

“易万年！快去集上，敲击大鼓召唤众人，想必是敌人过江偷袭来了！”

易万年连忙领命奔向集上，巧遇戴安从集上回家去，听到易万年说魏人偷袭，戴安二话没说，抄起挂在身边的长剑就冲入仓储中去了。易万年赶到集上，急忙召集众人，一齐投入保卫仓储的战斗中去。但是他们赶到军粮仓储时，就只看见一片大火熊熊向天升起，烟雾腾腾中，四处已是一片火海，而且趁着风势迅速弥漫开来，各个仓房都已烧着，几乎没有办法救得了了！

到第二天天亮，所有太仓仓房就已经被烧得一干二净了！

人们面对满目疮痍的仓储，一个个都傻了眼。所有仓房都已烧毁殆尽，灰烬中横七竖八躺着的是双方士兵几近烧焦的尸体，易万年好不容易才从东边的仓储废墟中找到戴安的遗体，只见他死死地卡住一个魏国军官的脖子，手指已经掐进那军官的喉管里去了。而在西边，戴旺也找到了守仓将官的遗体，同样是与敌人滚扭在一起，然后被大火烧死了！几乎所有的守仓士兵都与敌人同归于尽了，在各处仓房前与敌人扭成一堆，那场景惨不忍睹。或许还有许多敌兵已经跑出去了，不然怎么会在那么短的时间之内，大火在四处燃起？他们必然是早有算计，四面围住之后就趁着风势放起火来。易万年看到的只是其中一个小队而已。当然，很快就随风就势，一夜之间，一个万吨太仓仓储就全毁了！

守仓军士中唯一幸存的就只有跑到集上呼叫村民的易万年和恰恰在这天出差去扬州采购，第二天上午才回来的宋文栎。钟氏感到些微欣慰的是自家的孩子都还活着，而令两家人最为痛心的是戴安竟死得那样惨！

钟氏紧抱着茅阿梅，欲哭已经无泪。两家的妇女们都搂抱在一起，不好如何设法，连易万年这个男子汉也都一时没了主意。幸好宋文栎第二天赶了回来，但看到这个情景，也几乎失去了主意。稍事镇定之后，宋文栎与易万年商量：必须动员集上的所有村民，将所有牺牲的士兵埋葬，同时也挖个坑将敌军死去的士兵撂在一处掩埋了。最后剩下戴安和守仓将官的遗体，他们郑重装殓之后，选了一处高地，将两位守仓将官安葬了。

钟氏和茅阿梅的痛苦，在此时实在是无法描述的！

一个东吴的万吨大仓储竟然毁于一旦，虽然在战争期间，这是常见的失败，但事情似乎十分蹊跷。很快，扬州太守派来了以司马为首的调查大队进入了已经毁灭的太仓，将宋文栎和易万年两个仅存的军官叫去问话了。

首先，司马对守仓将官给予了极高的评价，并代表太守宣告给殉职将官以及与敌同尽的英雄行为，将上报吴王，给予奖赏。就在太仓集上召集大量村民，给守仓将官举行了隆重的追悼仪式，而对戴安却只字未提。

这位司马一反当初来此安抚钟氏一家的情状，显然对此次仓储被魏国偷袭军士烧毁而对从许昌逃亡来的钟氏一家不再信任，因而也就牵涉到戴安一家。这两家人均被告知不能随便离开太仓，形同软禁起来了！只是门前没有看守而已。

只有宋文栎是因出差扬州而没有干系，而且这位司马还不知道宋文栎是易家的准女婿，他算是可以自由出入的唯一一名幸存军官，并且参与了对事件的调查。

就要过大年了，司马没有回家去，仍然留在了太仓。对这一十分严重的事件，无论太守还是直接调查处理的司马，其实都得有个向吴王交代的结果。司马认为这绝不是偶然的事件，因此向太守表明了他的疑虑：从许昌所谓逃亡来太仓的易承球遗孀及其儿女与戴安勾结一起成为里应，恰恰在这个月黑风高的夜晚与偷偷过江来的魏军外合，造成了万吨太仓仓储的丧失，应该对这两家人采取必要的抓捕措施！无疑，太守感到这样的结论既没有证据，也没有道理，毕竟易承球死于曹丕之手是天下共知的事实。但太仓出了这样大的事，太守是没法向吴王交代的。不管怎样，必须找到替罪羊，易家与戴家就难辞其咎了！

幸好有个宋文栎！司马和太守并不知道宋文栎其实已经是易家的准女婿了。出于这个缘故，司马对宋文栎没有任何防备，并且令其在大年三十那天，率领一队人去易家和戴家将全部家人抓捕起来，趁正月十五前送往吴王城堡，听从吴王发落，这样，太守就可以从其防守不严的指控中得以逃脱，而魏国奸细里应外合地破坏就可以搪塞这件大事了。但是太守没有想到的是，当初不是你安排易氏一家住在太仓的吗？幸好这事吴王并不知道，守仓的将官也已经战死，太守想只有这样才可以逃过惩罚了。于是，太守指示司马立即抓捕易家和戴家等人。

易家和戴家能够生存下去，幸好还有个守仓军官宋文栎在，而且司马指令他去抓捕这两家人。

宋文栎已经与易家二女儿订婚了，这是个忠实真诚的年轻军官。他不能眼看着岳母家和戴安义士一家受戮灭族，他得利用这个方便救出大家来。

那司马毕竟也是个凡人，过大年了，他得回去与家人团聚。于是将抓捕两家人的事交给了宋文栎先办，待他过完年回来后再将两家人押送吴国的首都去交差。

宋文栎接到命令，当机立断，表面上信誓旦旦立即召集士兵，但等到司马离开太仓以后，他却先让兵士去集上一家酒店，请众士兵吃过年酒席，大块鱼肉大碗酒饭，将士兵们一个个灌得烂醉后，他独自一人赶往岳母家中。他将易、戴两家人迅速召集来，向他们转述了一切，并且果断地带领两家十数人连夜逃亡，他计划先逃往会稽山中去躲避一时，然后再带领大家逃回荆州浏阳去！

8

当钟氏看到这位准女婿急急忙忙甚至慌不择路地跑进屋子，还带来了背着简易包袱的戴安妻子儿女和自己的女儿易玉枝时，心中已经明白又要逃亡了！

其实自从安葬戴安之后，钟氏的心中就没有平静过。这件事来得太突然了，不仅打破了他们的相对安宁，而且是一个无法说得清楚的大事件。太守派来的司马只对牺牲的守仓将军给予了追认奖励，对同样与敌拼死而亡的戴安只字未提，钟氏就想到这情势凶多吉少，正不知如何办才好呢。这时宋文栎已经当机立断将两家人召集起来，并且说明了只有逃亡一条生路了。钟氏立即叫家人迅速收拾能够带在逃亡路上的行李什物，牵出马匹，又驾驶一辆四轮车，让已经有孕在身的玉枝和小梅在琼枝、茅阿梅的保护下坐上车子，宋文栎驾着车子走在前面，钟氏和其他人则乘上马匹带上行李什物，趁着黑夜冒着北风悄悄地、急急地向南奔去了。

经过数日的奔波，他们到了会稽山中，找到一处荒僻险峻的山峡，那里竟有一处废弃的茅草屋子，看看四周似乎久已没了人烟，于是暂时住了下来。

由于道路颠簸、风餐露宿，戴小梅到达这个山峡的当天晚上就小产了！好在玉枝强健，孩子没有问题。小梅一直哭个不停，钟氏虽然因失去孙子感到十分难过，但这种时刻也就顾不得许多了，她和茅阿梅极力掩饰她们的苦痛，尽量安慰小梅。

但在这么一个前不挨村、后不着店的地方，生存是极为困难的。这一日，易万年留下戴旺照顾女眷们，自己和宋文栎试着出去找找集镇村寨。到傍晚回到住地，易万年和宋文栎十分惊慌，对钟氏和茅阿梅说：

“母亲，我们得赶快离开这个地方，趁夜就走！”

宋文栎说：“我们这次向东走，过江州去，不能停歇，一直赶到荆州我家乡浏阳去吧！”

钟氏知道一定是事态紧急：“那就走吧，不要停歇！”

原来易万年和宋文栎出了山峡，寻得一处集镇，有十来户人家，三五个铺子。当他们在一小伙铺里打尖时，赫然看到墙壁上贴着扬州太守通缉他们两家的告示，并且在集镇上看到了一队追兵。这一惊非同小可，他们立即就转了回来，又只好迅速带领两家人赶路了。尽管小梅尚在流血，玉枝也因怀孕行动不便，但没有办法，只能继续逃亡了！

原来扬州司马过年回到太仓之后，才发现易、戴两家在宋文栎的引领下早已逃亡。他这才从村民口中得知宋文栎是易家的准女婿，那司马直骂自己大意糊涂，悔恨得无以复加。他向村民们打听两家人的去向，但太仓集上的人们谁也说不清他们逃往了何处，那些喝醉了酒的士兵更是一无所知。司马一时气得跳了起来，将喝得大醉的几个士兵狠狠地抽打了一顿，怎么办呢？这事是不能不向太守报告的。太守听到后更加气急败坏，对他这个司马一顿臭骂，感到自己很可能要就此丢了官职呢！他一面让手下四处张贴通缉告示，一面责令那司马立即带领一队人马在所辖境内搜寻追捕，幸好易万年与宋文栎在集镇上看到了告示也看到了追兵，只是他们行动迅速，躲过了追赶他们的司马的双眼，算是逃过了一劫。如果在那集镇上恰恰被司马看到，岂不前功尽弃？

易万年认为，只要能逃出扬州地面进入江州，那太守就不好追赶了。宋文栎觉得在理，说道：

“母亲、兄长，那太守必定是因为出了仓储被毁的大事无法交差，必要将我们两家做其替罪羊。他是不敢过分声张的，只要我们能尽快逃出扬州地面，到了江州地面，他们除了暗暗跟踪追捕之外，是不好在别州地面贴告示的，他们也就不好管了。到了江州，没人认识我们，沿着山路小心地逃吧，大家都辛苦点，直接往荆州浏阳逃去吧！到了浏阳，那是我的生身之地，又有我几个哥哥在，或许我们能得到暂时的安宁也未可知！”

这个时候，易万年与钟氏都觉得幸好有这个准女婿，而且是家住荆州地面。虽然说是个逃兵，有着十分的危险，但如果没有他，他们这两家还能怎么逃命呢？

他们一行就这样继续逃亡了。一路上小心翼翼，只拣山路险路走，所以车子是没办法在那种路上颠簸的了，只好丢弃了那辆四轮车，女人们在男人的扶持下骑马奔跑，三个男人则跟随着急速奔走，几天下来，一个个累得都散了架子了。特别是小梅和玉枝，一个小产了，一个怀孕几个月了，几乎都要崩溃了！

但是他们必须得走，似乎总感到有追兵在后，令他们心惊肉跳不得安宁。这样，在极度恐慌中逃了两个来月，终于到了江州西边一个大山峡里的小集镇，唤作铜鼓。

宋文栎高兴起来了，赶忙让大家在集镇上一家客栈住了下来，悄悄对钟氏和茅阿梅说：

“两位母亲，危险很快就过去了！再有两天路程，我们就到达浏阳了！这里离浏阳也就是三百来里山路了！”

女人们都很高兴，逃了这么两个来月，一路艰辛真是无法述说。现在竟然只要两天就可到达宋文栎的家乡了，至于到达那里以后怎么办，就只好到哪座山上唱哪座山的歌了！这一夜，三个男人还是十分警惕，只能轮班睡一小会儿，易万年让女人们住进房间，叫她们安心睡上一觉。

“母亲，叫她们好好睡，明天我们就可到达浏阳地面了！”

钟氏这时才将压在心中的几句话向儿子说出来：“万年，幸好有文栎，我们易家和戴家才逃出了一条活路。看来这孩子靠得住，我们琼枝以后也就有依靠了。待到了浏阳之后，我们得在宋家兄弟帮助下自己立起家园来。首先第一件事就是让琼枝与文栎成婚，我看也不要举行什么结婚仪式之类的繁文缛节了，一边还得让文栎另寻一个住处，改名换姓。因为他是在册的军士，在浏阳即使有兄弟相帮着，也很难逃过官府的追查的，他们夫妻得与我们暂时分开住着，一段时间内不能往来。”

易万年觉得母亲想得周到，思虑至为有理，就对宋文栎说出了母亲的打算和担忧。宋文栎说：

“到了浏阳就无妨了，我们宋家在浏阳县城四十余里外的一个叫大园地的地方，还有一份祖业，我们兄弟虽然没在那里住过，但只需想个办法，我与琼枝就可暂时在那里安身。而你们，则就在城边的西湖山下栖身吧，我的几个兄弟都住在那里，也好有个照应。”

易万年觉得那是最好不过的事情了。

第三天深夜，他们就悄悄地到达西湖山下宋文栎长兄宋文樟家门口了！

第二章　西山神童

1

湘州浏阳属禹贡荆楚大地，古为三苗之境，周时隶属于楚，秦之王翦灭楚后，以其地置楚郡而长沙既立。所以这里一直被称为南蛮之地。直到东汉十四年（209）东吴孙权才在浏阳置县，并且将这一块地盘赐给了他的爱将——都督周瑜，这里实际上是周瑜的封地。

因此钟氏他们逃到这里时，作为一个县份，还是刚刚建立 14 年的事。

进入铜鼓时，钟氏就感到迎面而来的是一座座高耸入云的大山、密密匝匝的树木，黑压压阴森森似乎路上总是湿漉漉的，没有干地。钟氏不禁想起了许昌，想起了北方那一望无际的平原大地，也想到了太仓，想起了太仓那海水在远处闪耀的情状，这个江州与湘州相连的边远地域，就只看到山连着山，好像到了另一个世界。他们或许要在这个世界里生存养息呢！前途将会如何呢？她没法揣测。他们两家人跟着宋文栎在这样的一山更比一山高的境地里，跋涉了三天，终于在这天夜间看到了一片灯光，似乎还听到一阵阵河水的咆哮。

“母亲，浏阳到了！”宋文栎十分兴奋地说，“终于到家了！”

这就是浏阳吗？除了大河边有几点闪闪烁烁不甚明亮的灯光之

外，仍然是黑压压的树木森林，四周也是高高的山峰围裹着。

他们没有进入那小小的县城，黑夜里也不能知悉那县城是个什么样子。宋文栎领着大家从北面绕过县城，面前有一条不算太宽但水却很深的小河，宋文栎说这条河叫淮川河，乘小船过了小河，在离城三里之处的一座叫西湖山的山脚下，有他的三个兄弟住着的屋子，那就算到家了！

他们在月黑风高中过了河，就到了西湖山下的一栋屋子门前，屋子似乎很宽大，背靠着大山，面前除了这条小河之外，在一里外处，似乎听得到有条大河的咆哮水声。

在屋前，宋文栎轻轻地叩击着大门，大门“咿呀”一声开了，门口一个酷似宋文栎的30多岁的男子提着灯笼看到面前的人时，一时半会儿还真被惊住了！

“文栎？文栎！是你吗？文栎！”那男子竟然将灯笼抛到一边，也没有顾及宋文栎后面还站着一大群人呢，就紧紧地将宋文栎抱住了，“啊呀，真是你呢，我的个杳无音信的老弟啊！”说着竟然呜咽起来。

听到那男子的哭喊声音，屋子里出来一大群大男细女，将宋文栎团团围住了。宋文栎好不容易才从众人的围裹中抽身出来，向那男子说：

“大哥，这是我岳母，这个是我婶婶，这个是我舅爷，这个是我未婚妻子，这个是我连襟……”说着，又转过身来对钟氏一行介绍，“母亲，万年哥，这是我大哥，宋文樟，这是我大嫂，这是我二嫂，这是我三嫂，这是……”

这么许多人，似乎一时还介绍不过来。大家都很惊喜，那宋文樟跛着一只脚，连连点头哈腰，连声地招呼众人：

“好！好！好啊！亲家人等都请进屋吧！”

进得屋里，在宽敞的厅屋里各自坐下，那宋文栎的大哥宋文樟连声地感叹：

“哎呀，文栎你一去数年，没有音讯，都以为你早死在战场上了呢！如今回来了就好，还给我们带回来一位如花似玉的弟妹，太叫人高兴了，太叫人高兴了！”

宋文栎没有看到二哥和三哥，就问道：“大哥，我二哥、三哥呢？”

“唉，你投军去之后，你二哥、三哥也被周都督的军队带走了，一走数年也是没有消息啊！是死是活，哪个晓得啊！”

原来宋文栎父母生下他们兄弟四个，没有女儿。这四个男子汉都以山上的树木取名，大哥文樟，二哥文槐，三哥文椿，四弟文栎。父母早早过世之后，几兄弟都团聚在大哥周围，一家人本来居住在离县城五十多里外的叫大园地的地方，那里还有栋祖屋。父母过世后，大哥文樟带着他们迁居到这县城外的西湖山下，平时种些菜蔬养些鸡鸭，运到城里做些生意，维持一家的生活，由于勤扒苦做，也就积攒了一份家业，在这西湖山下，也算是富裕人家了。然而三国之间连年的战争，除了大哥因为自小落下残疾，留在了家里之外，三个兄弟都相继被招去当了兵，家里就全靠大哥带着弟媳子侄们耕作门口的数亩水田，种植些菜蔬养殖些鸡鸭，经营些土特产品，一家人算是维持了下来。

“这些年，我们是日日念叨着你们在外的三个兄弟哪！天天不停地敬神拜佛，但愿你们能全须全尾地回得老家来啊！这就好了，你回来了，还结了亲，还带回来亲戚家人，我们也就更有依靠了！”听着大哥满怀亲情地唠叨着这些，宋文栎不禁眼泪双流，一边流泪一边叙述易家和戴家的遭遇，也简单地讲述了自己带领他们两家逃亡的艰苦历程，一家人听了，好像并不感到惊讶害怕，似乎弥漫在屋子里的就只有高兴与兴奋。

“没关系！没关系！”大哥宋文樟大度地说着，“没关系！这年头，能逃出命来就是本事！亲家母他们如今到得这浏阳县里，天高皇帝远，县里的官吏们都喜爱吃我家的菜蔬鸡鸭，我和他们混得不错，他们不会对我的兄弟怎么的。那太仓的事，离得有天远地远，不怕！文栎，不必隐姓埋名，就跟我在这里作田做土，只说你是受伤回来的就是，这里民风好，没有人多事，不怕！”

宋文樟转过头来又对钟氏和茅阿梅说道：“两位亲家母，你们也就只管放心，在这里住下去。只是这个地方山高林密，不比你们北方和太仓海边那样的大地方大口岸热闹，生活上吃口饭只要勤快就糊得住。再说，那太仓的事也都过去那么久了，那扬州地方也管不到我荆州地面，中间还隔着个江州呢，尽管放心住下来！我宋家也是有头有脸的人家，在这里我宋文樟虽然不是一霸，却也是地方人看得起听得进话的人物，官府我也走得起，这里人不敢把你们怎么样！你们暂时就在我们这屋子里挤挤，赶二天我们找些地方邻舍朋友来，为你们两家做几间屋子，这西湖山里多的是树木，这山下也多的是荒坡草地，开垦些田土出来，官府也是鼓励的，开出来就归自己啊，你们两家就在这里作田做土，没有过不了的活路的！”

听到宋文樟这么爽快地说了许多，钟氏和茅阿梅算是有些释然了。

钟氏起身作揖道：“亲家哥啊！我们孤儿寡母千里逃难，自北向南从东到西，来到贵地，要给你们亲戚添麻烦了！既然文栎带我们来到贵地，能够求得一条生路，就是万福了！全仗亲家哥操持了！”

宋文樟挥挥手说：“亲家母放心！一百个放心好了！”然后转过头来吩咐几个弟嫂说：

“二嫂三嫂，都还傻站着呢！快做饭炒菜哪！他们一定还没吃晚饭呢！多做几个好菜，烫一壶谷酒，我们得好好迎接亲家哪，我得和两位亲家哥好好喝上两杯哪！”

于是两位弟嫂连连应诺，小小的农舍里，这晚就充满着温馨了！

2

第二天一早吃过早饭，宋文栎、易万年、戴旺就跟着上街卖菜送菜的大哥先去县城里看看。

一路上，只见人们都跟宋文樟打招呼。

“宋大哥，早啊！”

“宋大哥，家里来客人了？瞧这几个小哥，几多俊俏精神！”

“宋大哥，这是你老弟吧？回来了？打了几年仗，留得人回来，就不错了！”

宋文樟也不断地回话：“就是，打仗打出了伤，这不回来疗伤了！还在外边带回来一位俊俏女子哪，我那弟嫂子漂亮哪！连亲家母跟连襟一家都带过来了！”

“那好啊！我们这浏阳地面，立县不久，活人还是可以的。但愿不再打仗了！”

宋文樟似乎一点也不顾忌，看来宋家与邻里关系好，与城里的生意人家也很熟悉。他是故意让大家知道家里添了人口。那年月，哪个家里添丁添口就是一种荣耀，因为战乱因为饥荒因为天灾，有些地方十室九空，能有家口添进，竟然是很荣光的事情，尤其在这个相对偏远的深山地域。

易万年注意到，这县城很小，比起许昌来，简直没法比！与太仓相比，也似乎差了很多，虽然那太仓在沿海不过是一个集镇，但万吨仓储气势庞大。然而这浏阳县，似乎就是四面崇山峻岭围裹的一个小小集市。由于立县才 14 年，城里也就两条稍微大点的街道，一条自东往西几百丈长，十数个铺面连接，称为朝阳街，中间一条百十来丈的向北街道，称为紫薇街，像条丁字腿伸向北边一座山岭，连接这两条大街的也就几条小巷子。在朝阳街和紫薇街相夹峙的地面，倒是还有一个衙门，那就是管理全县的县府了。县城南面靠河，没有筑城墙，西、北、东三面的城墙也就是草草筑起的土墙，与江州、扬州地面的许多县份比起来，那就叫一个寒酸！

但有一点与别处差异甚大：这里的民人似乎比哪里的都淳厚诚实且热情好客。

宋文樟首先到县府衙门前去送菜，易万年发现县府的上上下下都对他甚是亲热很为客气，府里的小官小吏对这么一个送菜送肉的跛脚农民竟然接进送出。原来，这时的县令名叫谷朗，建安十八年来到浏阳担任县令，已经做了好几年了。谷朗是耒阳人，为人谦和，与这位送菜的宋文樟竟然成了莫逆之交，所以宋文樟敢于大话说弟弟回来不必隐姓埋名躲到大园地祖居山里去。县令谷朗还常常到西湖山下宋文樟家去一道喝酒聊天，他们的亲密关系令县城里的住户都对那菜农宋文樟刮目相看。在街道上，许多人都很热情地与他交谈，易万年过去在许昌没有看到过这种乡亲之间的真诚亲热，更别说官民之间的交往了。在太仓也只有他们易、戴两家的亲情，与集镇上的人们也只是淡淡相交，在这里，一个早晨看到的一切，使他对这个地方的民风之真诚亲爱，印象颇深。

易万年对戴旺说："他舅老爷，看来我们跟着文栎来到这里不错，可以求得暂时的喘息了！"

戴旺也颇有同感："妹夫说得是！我们也只能这样了，看宋大哥的为人处世状态，或许我们可以不再逃亡。"

中午，几家人又是亲亲热热地团坐一起，吃得畅快。饭后，易万年提议，几个男子汉上那西湖山上看看。于是，易万年、戴旺、宋文栎在宋文栎的几个小侄子的引领下，穿过密林，沿着小道，爬上了高耸的西湖山，透过树林叶片，他们看到了很好的景致：

北面，有一条小河从远处逶迤而来；南面，也有一条小河逶迤而至，从东边山峰中，一条大河气势磅礴地奔涌着碧绿的水流，绕过小小的县城，直向西边这西湖山下冲刷下来，将两条自北自南而来的小河水集纳着，在这西湖山下汇聚成一个深深的宽阔的水潭，水潭很宽，大概这就是湖了？除了这里可以称为西湖之外，其实站在山顶，向西看不到什么湖面，为什么这山叫西湖山呢？

宋文栎解释说："瞧西面那一片地面，据说古代是一片湖呢！所以叫西湖。这座伴着西湖的山就叫西湖山了，有人又叫这里为巨湖山、大湖山，想必远古时这里确实有个大湖呢。"

易万年看到这座高山，密林相连，巨崖耸峙。远望东边，从大山里流出的那条大河，绕过西湖山，浩浩荡荡向西流去，觉得在这里安身实在没有话说。即使有人要再来抓捕他们，出，可以顺流往西；进，可以遁入深山密林之中，何况在西湖山下，还有那么多荒坡草地，可以任意开垦，作田做土，暂时安身是没有问题的了。几个人都很高兴，易万年更是决定在此落家，不再逃了！

当务之急是为妹妹易琼枝与宋文栎完婚。易万年与两位母亲商量，虽然现在还寄人篱下，但从这一段逃亡看，宋文栎无疑是最佳女婿，所以钟氏与宋家大哥就郑重其事地谈及两人的完婚之事，希望简单一点，收拾个房间，就家里这些人吃个饭，拜了祖先，将二人送入洞房就是了。

宋文樟当然高兴，但坚决反对这样简单办理弟弟的婚事：

"亲家母，那可不行！我宋家的婚事一定要办得热热闹闹体体面面！再说了，草草率率地也对不起亲家千里送亲的大仁大义哪！我得把小弟与令爱的婚事办好，一切都不用你们亲家人等操心，我会让家里大小都做起事来，将亲朋好友都请过来，让这浏阳城里人羡慕死我宋家！"

拗不过那热心肠的大哥，钟氏只好同意由他去操办了。

宋文樟又说："亲家母，我先得请乡亲们来为你家和戴义士家在我这旁边建两栋简易的屋子，让你们先安安心心住下来，再来举行婚礼。我们这浏阳有个古老习惯：只要哪家做好事，比如建屋、结婚等等大事，亲戚、乡邻、朋友都会自动赶来帮忙的，而且不计工钱甚至自带吃食，这是我们这偏远地域的好民风。所以我想先花个把月，让文栎带着大家把房子建好，然后我这里给文栎收拾一个厢房出来，再办喜事，让他们小两口安居乐业。这些事，我都会筹划好的，您哪，就享享清福吧！"

钟氏听大哥这么一说，真不知说什么好。果然，很快就来了数十乡人，大家七手八脚竟然真的一个月之后在宋家左右两边建起了两栋一进三间的屋子，并且装饰得漂漂亮亮，门前还种些果树。戴家一栋在左，钟氏一栋在右，与宋家的大房子连成了一片，好像是宋家大屋的左右耳房一般，里边家具齐全。在锣鼓声中，两家不但搬进了新居，而且趁这热闹机会，还帮宋文栎与易琼枝举办婚礼。

那是五月端阳边了，没有每年必下的端阳雨，竟然阳光灿烂！宋家大屋前坪内庭里摆起了几十桌酒席，那种热闹亲昵，钟氏、茅阿梅、易万年和戴旺等人过去是从没见过的，他们深深感到这叫浏阳的地方，真是一块十分神奇的土地，这些说话声调很高的浏阳人，真是与别的地方不一样的人！

从此，易家终于结束了逃亡流浪的日子，在荆州的浏阳县安顿下来了。

易万年总是以其父的壮举感到自豪和骄傲，戴旺也为自己有那样一位仁义的父亲感到欣慰，钟氏与茅阿梅更是对宋家大哥感戴不已。心想，不图别的，但愿子孙后代能够在这个地方安身吧！

他们没有想到的是，来此 35 年之后，他们会有一位后代，不仅继承了乃祖的忠义秉性，更是以其震天动地的忠义死节而使得这个易家享誉千古呢！自然，那是后话了。

3

就这样，易氏一家和戴旺一家，在浏阳西湖山下躬耕田土，竟然安定地度过了 35 年！

这中间，这三家人也有了一些变化。

在到达浏阳后不久，易玉枝就生下了一个儿子，取名戴营，字望仓，那意义是十分明白的，毕竟其爷爷还孤独地葬在那海边的集镇旁；戴旺的母亲茅阿梅却在 60 岁时不幸染病身亡了。为了那恩人的唯一儿子和自己的女儿，钟氏令儿子易万年和戴旺一道，在原有的屋场旁边扩大地盘，又建起了一进两栋厢房，将女儿女婿一家接了过来一起住下，正厅堂屋的神龛上，立着易承球和戴安的神主牌位，算是对两位的一种纪念吧，每逢四时八节，就带领全体跪拜祭祀着。

宋家的二哥三哥仍然杳无音信，幸好几个侄儿侄女都长大了。宋文栎与易琼枝成亲之后，也接连生了三胎，两个儿子、一个女儿。把个宋家大哥欢喜得一到市场，就要将弟媳夸赞一番，人们都称赞他是好人得好报了。

而易家却又一次遭受了重大的挫折：易万年的妻子——戴安的女儿戴小梅因为逃亡路上颠簸小产之后，便一直没能生育，而且落下了一身病痛，到浏阳没过上几年，竟然在 20 多岁就去世了！钟氏几乎被这一变故击倒，病了很长一段时间；易万年与戴小梅夫妻情深，一时还很难从失去妻子的悲痛中缓过来。钟氏更是痛心，一则小梅是恩人戴安的女儿，嫁给万年后没有过上几天好日子，竟那么年轻就离开了人世，钟氏觉得自己没有照顾好恩公的女儿，十分自责；二则逃亡路上小梅小产加上艰苦颠簸，落下病疼以致不能再生育，而易承球又只有这一个儿子，传宗接代的大事哪！可叹易万年全然不顾及家族的延续，10年间一直沉浸在失去小梅的悲痛中。尽管母亲不断劝解，茅阿梅也不断劝导，要他续弦，但易万年就是不从。

直到易万年都32岁了，母亲钟氏一日间终于发怒了！

“不孝有三，无后为大！”钟氏对儿子怒斥道，“你是个不孝的家伙！如果小梅有灵，知道你这样婆婆妈妈的，她也不会跟随你的！况且，你父亲的在天之灵怎得安息？!”

毕竟易万年是十分孝顺母亲的，被逼无奈，只好答应母亲再娶。又是在宋家大哥的操持之下，32岁的易万年娶了宋文栋的一位远房老妹——20岁的宋文秀。那宋文秀虽然年轻却十分贤惠，长得也壮实美丽，几家人都很喜欢她。嫁到易家第三年，钟氏就十分欣喜地迎来了第一个孙子，钟氏为他取名易轮，按辈分排则叫易兴强。这位续弦的易万年妻子由于身体好，几乎是接连地生下了壮实的孩子，生下易轮之后，又接连生下了两个女儿，把个钟氏欢喜得不得了！

到东吴太平二年（257），钟氏终于在73岁时迎来了她的又一个孙子，钟氏为其取名易雄，小字兴长。钟氏竟然有了两个孙子和两个孙女了！她一天到晚就乐乐呵呵的了，气色也十分地好，人都说这老太太将会活到100岁！

俗话说：母亲疼幼子，阿婆爱长孙。钟氏却恰恰相反，她最为钟爱的是这个在她73岁风烛残年里看到的幼孙子。何况这个孙子一出生就与众不同，不仅长得比哥哥俊秀，而且，随着年月增序，小小的易雄竟然在3岁时就能跟着祖母吟诗作对，其记忆能力十分惊人。钟氏年幼时也跟着父亲读过一些书的，这时就全派上了用场，她虽然已经70多岁了，在那个兵荒马乱的年代，也算是一位了不起的长寿大星了。她便将所有的精力与时间都放在她十分钟爱的两个孙子身上了，不仅教他们认字，还教他们读书，教他们武艺。那小易雄竟然能心领神会，什么都学得很快，尤其读书时过目不忘，祖母教过的书，他能倒背如流。比起哥哥来强多了！

易雄4岁时，老祖母欲试试孙子的文才，就想出一题让其作诗。

钟氏想起了忠义赴死的丈夫，想起了北方的梅花，也想起了早已逝去的爱媳戴小梅，就以“梅花”为题，令易雄作诗，没承想小小易雄竟然不事停顿，就写成了一首《梅花诗》：

北风吹凛冽，
寒梅傲雪盈。
数枝悬崖上，
白艳不争春。
譬如吾家义，
自古只遗存！

这简直就是成人作品，岂能为一4岁小儿所作？不仅有白梅的傲雪品格，而且有独立悬崖的坚毅顽强，更为奇特的是，将白梅的品格隐喻为自家的忠义，更是无人能企及！

小小易雄4岁时即能作出这样的有骨有灵的诗篇，这在当时的偏远浏阳，简直就成了一大新闻，于是“神童”的名号不胫而走，几乎满县城的人都知道易家出了个神童才俊，他走到哪里都会得到人们的夸赞。

但钟氏是清醒的，她不能让这个聪敏绝世的孙子躺在人们的夸赞声中，被虚妄的赞美淹没。她不断地向孙子灌输着谦虚谨慎的做人道理，教导他学问是必须经过艰难困苦才能获得的，更为重要的是，她得让两个小孙子都知悉祖父的忠义品格，知道易家一路艰辛危险的逃亡之路，要将兄弟两个培养成为其祖父那样的忠义之人。因此易雄和他的哥哥易轮很小就在祖母的教育下，成了具有突出忠义品格的少年。

钟氏知道自己的学识毕竟有限，必须送两个孩子去跟随大儒长者学习了。易轮早到了入学读书的年岁，但那个时代，其实还没有学堂之类进学的地方，所以易轮一直也只跟着祖母学习，无奈易轮天资差于弟弟，对祖母所教的一切，总还一知半解。易雄4岁后，钟氏就对易万年说：

“万年，几个孩子都不小了，该寻找个师长教导了！女孩子倒也罢了，两个男孩子一定得寻找一个有学问的儒者教导了！”

这话恰好被从旁边经过的宋文樟听见了，立即对钟氏说：

“亲家母，我知道城里有一位潘繁豫潘先生，是本地最为有名的饱学先生，都说他是学富五车才高八斗之人哪！听说他在家里开了一个学馆，他要求很高，倒不是学俸要得高，而是对学生的聪明程度要求高，不尴不尬愚笨的他不收呢！不过像雄哥子、轮哥子这样的聪敏角色，那一定是没有问题的。”

钟氏听了十分欣喜：“亲家哥啊，那就又得麻烦您哪，赶明儿可否带我们去见见那位潘先生，请他可怜我孤儿寡母的，或许能收下这两个学生？”

“其实我跟潘先生还是很熟稔的，我也常常去他家送菜的。明儿让他万年哥带着孩子跟我一道去见见？”

“那敢情好啊！我们家哪件事不是您亲家哥办成的啊！那就麻烦亲家哥了！”

“好说！好说！我一定办成！”

4

宋家大哥所说的潘先生名为潘繁豫，祖上也是从江州迁徙过来的，住在离城三十余里的澄冲。那地方山环水绕，地面平坦，物产丰富，浏阳河流到那里，河面宽阔水深碧绿。周瑜得到浏阳这块封地的时候，当时还叫刘阳。“刘”字没有三点水。周瑜从荆州乘船南下，过洞庭进湘江到刘阳河口又逆流而上，看到这个地方风景不错，水流澄碧，就停驻了一晚，第二日早起，竟然看到天空中也如同那地面一般澄碧清爽，于是将这地方取名为“澄冲”。潘家这一支的祖上是周瑜手下的一名校尉，名叫潘佳和。周瑜就令其管理这个他深感清气的地方，于是这潘姓人后来就将自家在江州的家人近支迁徙过来，在此繁衍生息，后来竟形成了此地一大家族，人丁兴旺了。

周瑜沿河继续上溯，到达淮川，见此处四面环山，地势险要，决定在此处立一新县。经请示孙权，于是就将淮川做县城，建起了刘阳县。将潘佳和的权力扩大，令其担任新的刘阳县令。而潘佳和觉得澄冲那地方更为开阔，就将家属留在那里，自己只身在淮川住着，做着县令。周瑜交代他，这淮川地方形势险要，需要建立起一个军队后备的基地。潘佳和一上任，就沿河上溯，看到两条大小溪水在离淮川十数里处相汇成了这条大河，就将这条两溪相汇而绕过县城淮川的大河称为刘阳河。他的一个手下读过些书，就对潘佳和说：

“大人既为刘阳县令，这‘刘’字其实可以加上三点水，成为‘浏’字。再说，县城淮川在水之北，河又在南边的猿啼山之北，将这条河叫作‘浏阳河’，新县城就叫作‘浏阳县’最好不过。而且，从两溪相汇的双溪口到澄冲这一段，既然是大人您当县令，您且可以向周都督请示，作为您的供奉地，有了这条河的船运收益，您就什么都有了。”

潘佳和听后大喜，立即向周瑜表示无须吴王再给俸禄，只需让其管着这一段河流的船运收入就够了。周瑜本来就很喜爱这个战将，于是就批准了这一请求。有了这样的管理权限，那潘佳和就很快富得流油了。潘佳和为了加强自家的势力，于是将江州家乡的潘姓亲属悉数迁徙来到了澄冲安居下来。

所以，这浏阳县里历来就流传着这样一句谚语：“先有潘佳和，后有浏阳河。”浏阳河自东向西流过千百万年，才从周瑜手里起，逐渐有了举世的名声。

那潘繁豫是那潘姓校尉潘佳和的侄儿，本是江州有名的儒生，年纪却不大。尽管三国战乱不断，兵荒马乱，但这潘繁豫能够在纷乱中泰然自若，著书立说，特别是研究《论语》《孟子》《大学》《中庸》这些儒家著作成绩卓著，竟然印行了好几种著作。迁徙来这新立的浏阳县里后，声名鹊起，受人敬重。没几年时间，他就在澄冲地方置买了几十亩田土，俨然是一乡村地主了，后来又搬到了县城里居住。一边让儿子们耕种乡下的田土，维持一家生活，而自己则带着妻子在城里开起了学馆，一边继续他旁若无人地著书立说。他认为之所以会战乱不断，皆因为民众没有开化，官府只重武力，失去了人文教化，人失忠义，不能实行孔孟的仁义之学施行仁政之故。不管他的政治、学术观点怎样与当前三国的纷争相悖，但他只是我行我素，宣扬他的忠义仁爱思想。

那潘先生虽然开着学馆，却不肯轻易接受学童。他得亲自考试学童，他觉得能够培养并且还能够传播他的政治、学术观念的学童他才接收且悉心教学，所以他的学馆也就十数个学童在学。

宋家大哥特地背上一背篓新鲜蔬菜和河里捞起的鲜鱼，带着易万年和他的两位公子，进到城里，穿过那百十来丈长的县城最长大街朝阳街，到街尾了，折进一条巷子，宋文樟告诉易万年，这条巷子叫作“梅花巷”。

“梅花巷？”易万年一听，就想起了小儿子易雄所作的《梅花诗》，因为那首诗作，为儿子赢得了一个“神童”的称号，或许这是个好兆头，那傲雪凌寒的梅花品格，正是其母亲想要培养孙子的想法，如果能被这居住在“梅花巷”的著名的潘先生收做学童，或许能够培养出一个真正能够光耀易氏的人才出来也未可知呢！

进得巷子里，易万年发现这巷子里的房屋都是青砖镶砌的，是个颇为清幽雅致的地方，在巷子中间的一栋八字槽门边，挂着一块匾额，分明写着两个遒劲的大字：“潘寓。”

“就这里了！”宋家大哥轻声说道。轻轻地叩击大门，一位中年门房应声打开了大门，一眼看见宋家大哥，就高兴地叫道：

“宋大哥啊！这么早哪，又给先生送好吃的来了？快快请进！”

“潘哥啊，我今日是来求先生收学童来了，也给先生送点菜蔬来尝尝。”

那位叫潘哥的肯定是潘先生的自家族人，就将大小四人让进厅堂，在旁边的厢房里，已经有几个学童正在朗声诵读着呢。

潘哥让几位坐下，去里屋请出了那位著名的潘先生。在宋家大哥的引荐下，易万年赶忙拜见。潘先生很谦和，叫易万年在右首就座，旁边就站着他那两个儿子。

在小易雄眼里，这位未来的老师显得十分慈祥又威严，他个头高高的，身子骨架虽不壮实，但颇有气势。团头大脸，须发秀美，而且最为易雄感到羡慕的是，这位先生那一绺山羊胡须，显得特别的文雅，似乎有许多学问都藏在那密密的胡须里面。或许这是一个孩子最初的独特感觉？

易万年说明来意，宋文樟也跟着帮腔介绍易家从太仓前来此地的经历。

“啊，啊！”潘繁豫先生也就40岁左右吧，不住地点头，“对易先生一家，我潘某早已耳闻了，只是无由得识哪！如果我没记错的话，先生一家是从许昌南下太仓后又来到此地的？”

“正是！正是！家父……”

没等易万年说完，潘繁豫就立即接话了：“先生的父亲易承球大人之慷慨赴死，我也是听说过的，那是早些年间在江州知道的。忠义之人，忠义之人哪！敬佩啊！敬佩啊！”

易万年与宋大哥听先生这么一说，自然十分高兴也十分感动，看来请先生接受两个儿子为其学童应该是没有问题的了。

“烈士之孙，我潘某能为其师长，是三生之幸啦！然我得事先告知易先生，在我处学习，就得听我之教导，不能贪玩懒惰荒废时日，我是十分严格之人，如不听教导，则打骂教训是常事哪！此地俗话说：板子南山竹，不打书不熟。如果家长看得子弟太重，就不要来此间读书了。”

易万年赶忙回复：“交给先生教诲，就得靠先生挂心哪！顽劣荒废学业者，岂能成才有用？我们易家也是吃过苦楚尝过艰辛的，但求先生收下犬子，教育成才，先生大恩，没齿难忘！”

那潘先生甚为满意，就转过头来，向着肃立一旁的易轮与易雄，问道：

“但不知是哪位公子曾立成《梅花诗》？”

易雄此时才4岁多点，听先生问及，竟站出一步，朗然回答：“告先生，是我作的，实在不成诗句。还得请先生以后多教诲，让兴长也能做得文章。”

“呵！小小年纪颇有胆量啊！”潘先生显然十分高兴，“能这样大胆回答先生者，我这学馆中还没有过哪！可塑之才可塑之才啊！”

事情似乎很快就定下来了，易万年就说：“既蒙先生不弃，我这两个犬子就得烦劳先生了。请先生定个日子，移驾我西湖山下，先请拜师酒席，也好尽我等一番心意吧？”

“易先生，拜师酒席就免了！”潘繁豫笑着挥挥手，“能为忠义烈士孙辈之师长，是我之荣耀。这样吧，明天起，两位公子就来我这小小学馆就学吧。每天上午点书，下午回家温习。你们家两位公子，就算一位的束脩吧！”

“那怎么行？”易万年连连摇手，“拜师酒是一定要请的，望先生切莫嫌弃乡蔬村糟，酒还是要请喝一杯的！束脩更不能免除一个的了！”

“免了！免了！”潘繁豫很坚决，“以后吧！以后我会专程来府上拜望，尤其要来拜望令堂大人，听听许昌之事，追念令尊英雄事迹。今天就这么说定了，束脩一事，你忠义之家本不应接受的，但怕你多心，我就收一个吧。我这人说一不二，如能教得公子一二，我之荣耀也！”

易万年与宋大哥千恩万谢，走出了梅花巷，一轮太阳刚好照到大街之上。

5

就这样，仅仅 4 岁的易雄每天跟着大他 4 岁的哥哥易轮去到城里的梅花巷，在潘繁豫先生的学馆里读书，无论天晴下雨或刮风落雪，这两兄弟都从不缺课。上午先生授课之后，下午就回家温习，潘先生的学馆这时也就 15 个学童，最大的有 15 岁，最小的就是他这个 4 岁的孩子了。

潘先生很快就发现，15 个学童中，就数 4 岁的易兴长（学童时用的这个小字）最为聪敏，其兄易兴强虽然大了弟弟 4 岁，但学起来显然比其弟差了许多。小小的易兴长记忆力之好、理解力之强，学馆中的孩子没有一个能够赶得上他。

潘先生感到惊奇也感到十分欣慰，他研究学问半辈子了，开学馆授徒也已多年，第一次发现一个天才学童，看来 4 岁的易兴长能够写出那《梅花诗》，是十分自然的事了。

一开始，潘先生就让易氏兄弟跟着其他 13 个已经读了一年多的孩子一起上课学习儒家的四部经典著作，这对稍嫌迟钝的哥哥易兴强来说，有很大的难度，毕竟先前跟着祖母只是学习了一些蒙童读物和一些浅易的诗歌文赋作品，对《论语》《孟子》还好一点，对《大学》《中庸》《礼记》和《诗经》的理解和记忆，那 8 岁的易兴强就很为吃力了。然而，潘先生发现，4 岁的易兴长却学得津津有味，头一天点过的书，第二天他就能倒背如流，并且能有自己的独特理解，解析得头头是道。潘先生暗暗给他加码，增加了一些学习内容，似乎一点也不能难住他，小易兴长一点也不感到有什么难度。

除了学习经典名著，潘先生还特别让孩子们学习汉赋和乐府诗歌，然后就是作文了。他惊喜地看到，易兴长对乐府诗歌和汉赋充满了热情，而且能模仿那些诗句那些文辞，自己写出相当不错的诗歌和文赋来。

易兴长的好学与勤奋，不仅令师长喜欢，而且令同窗甚为赞叹和敬佩，他的作文竟然还能够突破前人的窠臼，写出了自己的感受和理解来。

一年以后，潘先生决定来一次定题作文，让学童们写一篇赋出来，其实他是想就此试试学童们的学习成绩，于是以《西山赋》为题，让 15 个学童各作一篇文赋出来，并且限定时间为一个上午，没承想，还是那只有 5 岁的易兴长拔得了头筹。

这一晚，潘先生在灯下批阅学童的文赋，看到易兴长的那篇《西山赋》，竟然高声地朗诵起来：

且夫荆楚之边，浏阳既立，昭昭乎日月，煦吾乡其青翠；耸耸兮山川，显远古之陈迹。望远湖光隐隐，竹外樱桃三两枝；俯视江波涟涟，渔舟灯饰漫河明。

西湖之山，矗天地而云陈；崖岩突兀，顶人间之立体；苍松翠柏，尽透视以苍茫。此崇山之矗矗也，九峻崔巍，深林巨木，崖岩参差。九峻催逼，西岭峨峨，震谷通溪。风其至也，荡荡滔滔，如天宇之雷鸣，松涛阵阵，以荡平邪恶之气，振振然，震震然，挟持万豁而千寻气蒸；雨其来矣，迷迷茫茫，似地灵之韵律，隐隐然，淫淫然，覆盖千沟以万斛云升。

至若清明景和，鸟雀啁啾，欣欣然，跃跃然，于树木间欢腾嬉戏；虎豹豺狼，奔突腾跞，啸啸然，嗷嗷然，自山崖上眈视枕眠。阳织金丝，月穿银线，风和云霓，雾霭飘飞，此之时也，西湖山上，自成仙境。

自吾祖徙此，耕弓山隈，朝出而夕憩，未忘忠义之家训；我辈长矣，读书研习，吟章啄句，全赖先生得真传。吾辈自当以西湖山耸之高义，以成人世之业绩。噫吁兮，吾竟与山峙立于天地人寰，当为此生之愿也！

潘夫人从没见过丈夫为一学童的文章如此兴奋过，见他反复诵读，就询问道：

“夫君，什么好文字惹得你这样兴奋呢？手之舞之，足之蹈之，很多年没见过你这样了啊！”

“夫人你快来听听、看看！这哪是一个5岁孩子作的文赋？便是成人，也写不出这样的境地啊！”潘先生抖动着竹简道。

“这是哪位学童呢？能得先生你如此夸赞实属不易啊！”

“就是那易家小童，那个易兴长啊！天才，天才啊！吾之所习有人传了！这等学童多少年可以寻得一个啊！”

“看把你欢喜的！”夫人有些嗔怪地笑笑，“你研究学问半生，是得有几个得以传承的学生了！”

“夫人，这个孩子难能可贵，说到底是忠义烈士的孙辈。我想与你商量，将这个孩子带在我身边，悉心教育，或许能够成就发展吾之学问呢！”

“那你也得去与易家商量着哪！既然你这么喜欢这个孩子，我们就认作干儿子带在身边，教导他，想必易家也会赞同的！”

“好的，我明天就去那西湖山下，去易家见见他那老祖母，总说去拜望，一直没有成行。你我明天一道去看看吧。趁着如今天气凉爽，气候晴和，就算去踏踏青吧？”

沉吟良久，潘先生叹息般地对夫人说：“可惜我们只有两个儿子，缺了一个女儿。如果我有个年岁相当的女儿，我是一定要认这个易家小哥做女婿的了！”

夫人听后哈哈一笑：“你异想天开！打人家孩子的主意了！不过，其实也不为难，我们还尚年轻哪，要不我再给你生个女儿？”

潘先生也禁不住哈哈大笑：“与夫人说笑了，如果你能再给我生个小女儿，将来招得到这位小哥为婿，我这一生也就不白活了！”

他们形似说笑，但令他们没有想到的是，竟然在几年后真的生了一个聪明伶俐的女儿，而且后来还真的招得那易兴长为婿呢，不过那是后话。这一夜，潘先生兴奋之余，一直在考虑第二天去易家拜访的事。

从此，那易兴长真的以“神童”之名，在这个偏远的浏阳县里传开了。有这样名气大的学生，潘先生的学馆也就远近闻名了，想要来此学习的家长简直要把潘家的门槛都踏破了！

6

已经 78 岁的钟氏依然硬朗，常常还帮着儿孙们做点家务事。这几十年里，幸好有宋家大哥的帮助，得以在这个南方的偏远县城旁边相对安居下来了，在原有房子的基础上，又重新翻盖，建起了一座相当气势的大宅子，她已经是儿孙满堂了！

这一日，是春末夏初的最好天气，不冷不热，风和日丽，她搬上一条小小竹靠椅，坐在门口宽敞的地坪里，一边择菜一边享受温煦的阳光和暖的春风，听到门前的狗叫，她抬头一望，看见一对中年夫妇，径直往自家院里走来，她并不认识来人，却客气地站了起来，笑迎着来客。

“敢问，这是钟老夫人、易万年先生家吗？”来人显然是一位文雅的先生，问话十分客气。

“正是正是！”钟氏连忙起身，并向里屋叫道，“快请进屋！敢问先生是——？”

“啊，想必是钟老夫人了？”来人作揖请安道，“不才潘繁豫，这是拙荆，特来拜望老夫人！”

“啊呀！罪过，罪过！”钟氏急忙还礼，“妇道人家，一直不曾到府拜谢先生哪！却劳先生与夫人贵步，有失远迎了！”

钟氏连忙将潘繁豫夫妇让进堂屋，叫文秀出来拜见了，泡茶装烟，摆上果品，又叫儿媳赶快去旁边田土里叫回做活的儿子孙子们，拜见了先生。大家就坐在堂屋里谈话。

钟氏吩咐儿媳：“文秀，叫上琼枝等人，赶快杀鸡宰鹅，务必留先生在此吃个便饭!”

潘繁豫赶忙制止:“多时欲来拜望老夫人，总是不闲，今日只来拜府，吃饭就真不能麻烦了!”

“那怎么使得!”钟氏执意邀请先生，“万年，快叫上戴旺，去樟树潭里捞几条鲜鱼上来，今日难得先生来此，我们得好好与先生、夫人喝上一盅!”

“也好，恭敬不如从命!”潘繁豫是个爽快人，也想趁此久留一刻，与这位传奇的夫人聊上一时半会儿，就同意了，“只需小菜山蔬即可，千万不能铺张客气，我只是想向老夫人请教呢!”

兴强、兴长两兄弟拜过先生，也随戴旺去河边捞鱼捉虾，堂屋里就剩下钟氏母子陪着潘繁豫夫妇。潘繁豫急于知悉易承球的事迹和钟氏带着一家千里逃亡的传奇故事，钟氏也就一一向潘繁豫讲述易承球的一切，特别将易家逃亡的细节，讲述得十分详尽，令潘繁豫夫妇感叹不已，连连起座向钟氏致敬，弄得钟氏都不好意思起来。

“来到贵地，已经几十年了。如今孙子辈又得到您这位著名学者的教导，我易氏一门三生之幸哪!”

潘繁豫说:“夫人一家，自是忠义，我潘某钦佩至极!忠孝传家，乃是祖训，可叹三国纷争，战事频仍，人心不古。如今能有夫人您一家寓居此地，实乃地方之福、桑梓之幸!我潘某半生为学，仅得皮毛，却能为烈士孙辈之师，三生之幸也!”

“先生说哪里话来!”钟氏也是真心钦佩这位潘先生的，“虽孙子麻烦先生一年有余，我妇道人家大门难出，但先生之名早已如雷贯耳。我易氏子孙前世修来的福分，能得先生您的教导，没齿难忘哪!其祖父在天之灵，我想也会十分欣慰的!”

潘繁豫立即转入正题:“老夫人，我们夫妇今日贸然拜访，其实有一事相商:令孙儿易兴长，小小年纪，聪敏过人，天才学子又加勤奋努力，实属难得的奇才，我与拙荆都很喜爱这个孩子，只想悉心培养，以使其将来有些出息。如蒙不弃，我与拙荆商量，敢请夫人允准，让我们带在身边，尽心传授学问。如能收为义子，乃我潘氏之福，不知夫人意下如何？”

钟氏立即起身道个万福，激动万分：“小孙子兴长能得先生如此错爱，乃我易氏万幸呢！求之难得！只是孩子尚幼，到得府上，就怕兼累先生夫人，却是如何使得？”

潘繁豫慨然说：“夫人不必过虑。兴长聪明懂事，实为难得人才。我住这城里，拙荆闲暇无事，照顾孩子起居不是问题，至于学问，我当倾尽所学，教其一切，如能放心，就住在我家吧！我是真心想将其收为义子，自此我们潘氏也就与您易氏一家情同手足了，不知万年先生认为可否？”

易万年既感到突兀又心存感激，只是唯唯。

钟氏竟至老泪纵横：“先生啊！我易氏后辈能得先生如此青睐，祖宗之德、易氏之福呢！敢不从命？依我看，今日天清气朗，真是一个好日子！万年，吃饭之前，就让兴长拜潘先生为义父，这是我易氏门楣之光、庭院之耀哪！此乃易氏前世修来的福气，我今日得好好陪潘先生喝上一盅了！”

两家人此时是越谈越投机，简直就亲如一家人了！于是，钟氏又交代易万年请来宋家两兄弟和各位嫂嫂，连同所有家人，一起聚集易家，在堂屋里摆开四桌，吃饭之前，钟氏当众宣布易兴长将为潘繁豫先生夫妇义子，并请潘氏夫妇在神龛下坐定，令易兴长跪拜求潘繁豫收为义子，潘繁豫夫妇异常兴奋，易万年夫妇也上前拜谢先生，于是请潘繁豫夫妇上座，钟氏与宋文樟相对作陪，易万年夫妇与戴旺夫妇也两边陪着。其他人分坐其三桌，一时间，易家已热闹非凡。

钟氏是个大度之人，为有这样的孙子为有这样的先生，更感到家门之大幸，于是一杯接一杯，直喝到日头偏西，才停下移坐到地坪里喝茶。傍晚时分又摆上酒席于坪中月下，又喝了个痛快。醉意十分的潘繁豫，才在易万年、戴旺的陪同护送下回往城里梅花巷的家里。

第二天，易兴长就由父亲送到潘繁豫家里，从此开始了在潘家的更为直接的全面学习。隔三岔五地，潘繁豫就打发易兴长随其兄易兴强回西湖山下看望祖母和父母。

就这样，易兴长的学业更加突飞猛进了，直到16岁时，已经是闻名遐迩的青年才俊了！

7

那以后又过了两年，当易雄满7岁之后，钟氏已经80岁了，在那个时代，可以说是十分高寿的了。钟氏毕竟老了，儿孙们刚给她做过八十大寿，她就一病不起了。但她临终前还很清醒，儿孙们都集聚在床榻旁，潘繁豫和宋文樟几家人也都守在床边。

钟氏却似乎没有什么病一样，靠着被褥，对众人说："难为潘先生和宋亲家哥都来给我送行！生老病死，人之常事，不足为悲。想我钟氏，自进易家，有忠义丈夫，有孝顺儿女，有聪敏孙辈，我心安慰，于愿已足！我得回老家了，我之魂灵，必然北去，寻找承球，要告知他易家情况。因此我之离世，亦是喜事，儿孙们不必悲伤。望宋亲家、戴亲家与潘先生在我去后，多帮助我驽钝的儿女和孙辈，能够在此间立足成人！"

潘繁豫含着眼泪抢先说道："老夫人真是神人，能如此从容面对生死，令我等万分敬佩。不过，一点小恙，以您之体魄，不日即可痊愈的，您老好好疗养，很快就会好起来的，到时候我再来陪老夫人喝上几杯！"

钟氏十分艰难地笑笑："谢谢先生好意，我自知将回去了！我不痛苦，大家也别悲伤。来，兴长，来，前来。你有乃祖之风，是我易氏之希望，你要好好听义父的教导，忠诚义道，传乃祖风范；孝悌孝顺，承易氏家风。我今去矣，来世再相逢吧！"

言讫，竟霍然长逝！

在宋家大哥和潘繁豫的操持之下，钟氏的丧事办得十分风光。易雄与易轮哥俩对祖母感情至深，以致不断啼哭，直至死去活来。

潘繁豫就将兄弟俩叫到了一旁，说道："乃祖之逝，自然伤心，但做此柔弱之态，却是不该。须谨记乃祖临终之时所说，想想乃祖父之忠义赴死不惜牺牲之伟大，更该想想乃祖母临终时何等从容何等乐观！自今往后，你们也该长大了，要思将来有所作为，对得起乃祖啊！"

易兴长似乎听懂了先生的话，便跪在灵前，暗暗发誓：祖父祖母，兴长定继家风，必要发扬光大，祖父祖母且放心！

日月荏苒，一晃又是10年，易兴长此时16岁了，已经长成一个身长八尺，体格健壮的成年人了。

这中间，三国归晋，战乱终于消弭。当易兴长10岁的时候，正是晋武帝泰始二年（266）。这年丙午七月十一，潘繁豫39岁的妻子竟然真的为盼望有个女儿的潘繁豫生了一位千金，这年潘繁豫已近50岁了，老年而得一娇女，潘先生爱之如掌上之珠，因为是初秋日青梅挂果时生的，潘先生给其取名为潘青梅，加上出生时满屋子弥漫着一阵阵清香，所以潘先生又为女儿取表字"香生"。那青梅或叫香生的女孩从小聪明伶俐，长得十分美丽，四五岁时潘先生便让她跟着在学馆中学习，因而典籍皆知，诗文俱佳，学馆中的学童们个个都很喜欢这个小妹妹，因为易兴长一直生活、学习在潘先生家中，那青梅对这位哥哥尤其亲昵，常常跟在易兴长身后，问这问那，易兴长也就十分迁就那小妹妹，充当了青梅的又一位先生。这十来年中，易兴长除了自己研习，还成了潘先生的助教，帮助学馆中的同窗学习经典诗文，因而得到了同窗们的喜爱和敬重。

又过了一些年岁，随先生学习已经10年多了，易兴长长成了一位伟丈夫，潘先生觉得孩子已经大了，学问也已深了，不能让他总留在身边了，该让他经常回家去，一边躬耕田亩，一边自行锻炼，寻得出身了。

所以这一日，潘先生就对易雄说：“兴长，你来我处已过10年，时间不算短了，你该回家去了，18岁的大人了，不能手不能提肩不能挑，尽管在我这里除做学问之外，还练得武艺，但还须回去跟随父兄学习田土功夫，才能无论怎样都可立足世间。有了些学问，更要多多交朋结友，增长见识，才能有所作为。我不能将你的前程耽搁在我这逼仄的梅花巷里了!”

尽管舍不得离开先生一时半刻，但易兴长知道先生加义父的良苦用心，就回答道：“全凭义父安排！确实，我是不能全做一文弱书生，是该回家吃些作田做土的苦了，闲时练武习文，交朋结友，在这个世上我不能辜负了义父的一番苦心教导!”

“这就很好！你明日就回家吧，这以后要在家中住宿，学习耕作，学习武艺，晚上还得多读诗书，我这里也可常来常往，两边都住住。有什么学问疑难，可以随时来问我。如遇生活艰难，则不能依靠父兄也不能依靠我，得自己解决!”

“儿子谨记教导。”

易兴长常常回家住宿，却急坏了小小的青梅，8岁多的青梅属于早熟的聪明女孩，自小就与易兴长在一起，感情笃深，一时间不见了大哥哥在家里，总是十分想念，但毕竟是女孩子，又不能多说，所以隔三岔五地，那青梅就溜出城去，到西湖山下去找易兴长。问这问那，简直没有一个完。宋文秀看到青梅来了，总是极为高兴，留她一起吃饭，一起择菜，俨然将她做小媳妇般看待了。

每次青梅来了，兴长就要将那小妹妹送回梅花巷去，他谨记着先生的话，除了有什么学问上的疑难，才会进屋去问先生，一般的情况下，他是不轻易进屋去打扰义父的。

其实，潘先生夫妇对那掌上明珠与易兴长的交往，是心知肚明的，他们便一点也不干涉。青梅还小，兴长也只是把她当小妹妹看，但他们看得出，尽管年龄相差 10 岁，两个孩子的纯洁感情是会与日俱增的，女儿青梅对易兴长是越来越依赖了。

易雄回家以后，就不再用兴长的学名，与外界交往就使用易雄之名了。10 年间在潘先生家学习，他结交了众多同窗成为朋友，潘先生的学生遍布全县各地，大家又都对易雄刮目相看，因此几年间，易雄除了躬耕田土练习武艺，就是利用闲暇去四乡八里拜会同窗朋友，他尤其与东乡达浒的孔正明、西乡普迹的欧阳剑以及北乡蕉溪的王宕十分要好，那三位都是潘先生最为器重的学生，都很有才华很有学识，尽管年龄有些差异，以王宕最大，已经过了 20 岁，欧阳剑和孔正明都已经 20 岁了，但都愿意与易雄相交相知，加上四人学问都好，在这个县里竟然都有些名声，被称为“浏阳四公子”，只是在这样的乱世，加上那时并没有科举考试，四人都出身门第寒微，无由出息。

这时已经是 286 年了。早在 265 年时司马懿之孙司马炎已经取代曹魏建立了晋朝，建都洛阳，纪年太康。在晋朝建立之前两年，曹魏已经灭了西蜀，到 280 年，晋朝终于击败东吴，三国归于统一。相对来说，晋武帝司马炎太康年间还是进行了一些控制豪强世族势力的政治措施的，特别是对农业的重视，使归于统一的人民暂时得到了休养生息，士族文人也极力推行忠君爱国的思想，忠义之风竟然得到了弘扬。这就是历史上有名的“太康之治”。对这个新立的朝廷，由于易雄的祖父易承球本是被曹魏所害，因此从心理上，易氏一家对新政权也就充满了感情，培养了忠义。

在此种情况之下，虽然易氏一家不属于世族大家，但此地人人都知道易雄的祖父易承球是一位忠义烈士，因而在这个统一了三国纷争局面的晋代，易雄一家在虽然偏远的浏阳县乃至荆州长沙郡治的临湘，即后来称长沙的城里，竟然得到了相当的尊重，因而，易氏一家就对新建立的晋朝寄予了厚望。

到潘先生满59岁那一年，按照此地的俗例，男人进十是为大寿，先生进60岁了，早在几个月前，易雄便联络孔正明、欧阳剑和王宕，以“浏阳四公子”为首，组织潘先生的所有学生，准备为先生庆祝六十大寿了。

九月十八，潘繁豫满59岁进60了。潘先生不爱做寿，事先就早早地躲避到澄冲乡下去了。但“四公子”仍然率领那些潘先生昔日和在读的学童赶到了澄冲先生的乡间住处，带上酒肉礼品，不拘一格为先生举行了盛大的宴会，尽管先生一再拒绝，但也经不住学生们的一片赤诚，只好随学生们为其祝寿了。

先生生日之前一日，易雄和另外三位公子早已先期到了澄冲。他们住宿在镇上的一家客栈里。欧阳剑是西乡人，趁着风和日丽，秋高气爽，就提议去那澄冲最著名的蜈蚣岭上游玩。“四公子”欣然前往，他们一早上到那高高的蜈蚣岭上，展望四周，真个一派澄碧景色，远山、近水，高树、低房，尽收眼底，易雄不禁十分感慨：

“朋友们，这个地方真乃虎踞龙盘地势，如果将来我有出息，百年之后，一定要安息到此地来！”

王宕就笑道：“兴长小弟可是说笑了，年纪轻轻就想到死后的长眠之地了！晦气，晦气！”

孔正明说：“其实生老病死，人之常情，我曾特别钟情于我家乡那象形山呢，如果我死后，我一定要占一虎形山安葬！”

欧阳剑也说：“我们这浏阳，地灵必出人杰，我与兴长同感，生当作人杰，死得据雄川！”

“哈哈！”易雄笑道，“我们年纪轻轻，在先生大寿之际，竟登山寻得墓地，让先生知道了，岂不要打四十大板？”

“这都是欧阳剑这位爱山仁者引起来的，如今多了一位早选墓地的易小官人，我们都得挨先生的板子了！”

说说笑笑间，他们游到日落西山。晚上齐聚在先生家里，筹划第二日的祝寿酒宴。没承想，消息不胫而走，竟然从四乡八里来了两百多号人，甚至连县令大人也坐着轿子来了！

先生的祝寿酒宴自然是十分成功的，那位县令尤其看到小小年纪主持祝寿的易雄非同凡响，没承想，这次酒宴的成功举行，为易雄进入官府展开了道路，没过几天，县令竟然来到西湖山下，令易氏一家顿感突兀，易万年甚至不知所措了！

县令是来请易雄进县府任书吏的。18 岁的易雄就此进入县府做了一名小吏。

第三章　县府小吏

1

易雄于东吴太平二年（257）出生到长得23岁的这一段时间，三国的战事更加频繁，好在当时东吴对周瑜这个属地实行的是“三丁抽二、两丁抽一”的兵役政策。大易雄四岁的哥哥易轮早就被抽去当兵，并且已经在南昌做了都尉。

易雄生长在浏阳这个边远的地域，竟然没有被东吴的浏阳当局抓去当兵打仗，其实是由于其老师潘繁豫的名声，作为其师亦其义父的助手，由于潘繁豫与县府的关系，他在战争的喧嚣中没有被抽丁，躲过了战争的烽火。

280年，世事发生了巨大的变化，东吴被司马氏灭了，三国归于晋朝统一了！

当魏国大权落入司马懿、司马昭父子之手后，曹魏政权实际上又是司马氏的傀儡了。263年，魏国大都督司马昭命钟会、邓艾及诸葛绪率军伐蜀，蜀汉主将姜维阻敌于剑阁，兵败投降，及后姜维密谋钟会意图叛变，司马昭立即平定姜、钟叛乱。邓艾经阴平直袭涪城，进逼成都。最后西蜀后主刘禅被逼投降，蜀国灭亡。

不久，司马昭去世，其子司马炎于265年以禅让之名，逼迫魏帝退位，演出了当年曹丕逼汉献帝禅让的相同故事，曹魏灭亡了。司马炎建立晋朝，是为晋武帝，定都洛阳，史称西晋。

西蜀与曹魏相继灭亡，就只剩下偏据江南的东吴了。此时东吴皇帝孙皓不比其祖，昏庸无能，朝政腐败，东吴已是岌岌可危了。279年，王濬、杜预上书司马炎，请求伐吴，但贾充、荀勖等则以“西北未定”的理由反对。最后司马炎决定于该年十二月进攻吴国，史称晋灭吴之战。司马炎以贾充为大都督，上游王濬、中游杜预、下游王浑等军共六路并进。最后于280年逼近建业，孙皓投降，孙吴灭亡，西晋成功统一天下。唐刘禹锡有诗赞曰：“王濬楼船下益州，金陵王气黯然收。”自此三国灭亡，天下尽归司马氏之手。

这一年，易雄23岁，在动乱的年代，他既未能投军，又未能入仕，事实上在这样的动乱年代，能得一家偏居一隅，求得生存已属不错了。所以他一直在其义父兼恩师的潘繁豫家，做潘先生的助手，但已经成了闻名遐迩的学问家了。

晋朝既立，底下的州郡官吏都在临时派任，有些地方甚至一时来不及派员上任，县一级就更甚了。一段时间里，浏阳无县令。直到晋统一全国后的那年冬天，才派来了一位县官，但这个无所作为的县令没有做多久，就搜得一些民脂民膏，犯了贪腐罪，被长沙郡守逮住，免职了。

紧接着派来的西晋第二任浏阳县令名叫李绛，并州人。其祖父曾为司马懿的部将，颇得司马懿信任，而且对司马懿十分忠心，在对付诸葛亮的一次战事中，为救司马懿而遇难。司马懿很感伤，因此厚恤他的家室，将其子拔为军司。那时李绛尚在幼时，到司马炎建立西晋时，这位司马懿的孙子记得祖父临终的嘱咐，将已经长大的李绛也提拔做了荥阳司马，后来又升迁为浏阳县令。

李绛一家虽然不是西晋世族，但由于其祖父的救驾功劳，一直得到司马家族的关照。李绛没有世家子弟的纨绔习气，倒是一个酷爱读书、礼贤士子、关心民生的好县官。来到这浏阳以后，他就听人说起易氏一家的事迹，急于要结识那易承球的后代。对那位此地名重一时的潘繁豫先生，也是仰慕已久，听说潘先生六十大寿，众多学生赶去为他祝寿，因而他也不顾自己县令的身份，破例赶往澄冲，去祝贺潘先生的寿诞，在宴席间，随从指出那主持宴席的年轻学子就是潘先生的义子、易承球的孙子，他觉得这位后生温文尔雅、气度不凡，因而特意与之攀谈，一番交谈下来，李县令就对易雄十分钟爱，竟有相见恨晚的感觉，当即就邀易雄去县府做书吏。

易雄其实志高远，并不想做一偏远县中的小小书吏，他没有马上答应县令的邀请，而是表示要郑重地与恩师潘繁豫商量，征求先生的意见。

“很好很好！”李绛县令十分赞赏易雄的态度，“一日为师终生为父，易先生遇事先征询师长意见是很对的，何况还是你的义父呢？我就静候佳音了！”

待客人散去之后，易雄留了下来，征求先生的看法。

“以我看来，这位县令很是不错，能看重我们这些读书人，应该说还是很难得的。”潘先生沉吟着，“听说他的祖上曾跟随武帝的祖父司马懿，为救司马懿而亡。他出身将门，应该也是忠义之家出来的。我看这县令温文尔雅，值得跟随。”

“义父，您时常教导我们，要以天下为进取之道，龟缩于这小小浏阳，是否违背了您的教导初衷呢？”

“呵呵！兴长啊，你年纪也不小了，不能好高骛远啊！”先生不无讥诮地说，“天下纷乱，耽误了你的大好前程，20多岁年纪了，有这样的机会，正好在这等小地方得到历练哪！我看跟随他进县府正是时候。”

“那就遵循义父的教导。”易雄拜谢道。

“但有一点，你须时刻记住，”潘先生郑重嘱咐道，“做个小官容易，做个好官却难。这晋朝司马皇上，能够结束100多年的战乱，如今正逢太康盛世，民生国计，都在发达之中。你既然为朝廷办事，就要时时坚守忠义；既为一县之吏，就得为民着想。千万不能做贪腐之事，廉洁奉公乃是为官之道啊！”

“谨记义父教诲！”

这一年，易雄刚好24岁了，应李绛县令之请，进浏阳县府做了一名书吏。其实那时做个县吏，人们最想的是为仓吏、漕吏，因为那是些掌管一县经济命脉的肥缺，书吏一职也是后来才有的，实际是做县令的文书助手，事务繁重，而且枯燥乏味，搞不好直接受长官斥责，会叫你吃不了兜着走。举凡审案文件、承上启下的公文报告，乃至地方教育事务等繁杂的文书笔墨，都得出自书吏之手，但易雄干得十分漂亮，因为他文字功夫本就十分了得，又是潘先生悉心教导下成长起来的，因此颇得30来岁的李绛的赏识，不久，两人竟成了忘年之交。

李绛自从得到易雄为书吏，觉得县里的许多事务都不必一一躬亲了，自有易雄办得妥妥帖帖。李绛觉得潘先生培养出来的学生，一个个都是人才，因而在易雄任职后不久，李绛将县里所有县吏都换成了潘先生的学生。那“浏阳四公子”，都分别担任了县吏：欧阳剑任仓吏，孔正明任漕吏，王宕做了管治安的治吏，“四公子”从同窗又成为同僚了。

尽管欧阳剑管着仓廪粮食、孔正明管着漕运税收，都是银钱过手的肥缺，但他们的账目清楚，一丝不苟；王宕管理全县治安，竟达到了路不拾遗、夜不闭户的境地，这在经历100余年战乱之后，简直是个奇迹。而易雄所处理的一切文书包括教育教化，也使得这个小小的边远县份在荆州数十郡县中有了不小的名气，令李绛感到十分欣慰。

李绛是北方人，自有北方人的豪爽气态，总觉得这南方边远的小小浏阳县城十分简陋，需要筑起一座像样的县城来。

吴王孙权将此处赐予其军事都督周瑜时，浏阳才随后立为县份的，那是东汉建安十四年。当初浏阳立县的时候，这个小小的县份还叫“刘阳”呢。最初，那东吴的第一任县令潘佳和是准备选择浏阳河上游的居陵做县城的，因为居陵在那个时候是此县最热闹的集镇，比起后来的淮川镇要繁华得多了，因为官员们来荆州这个小县时是要从江州九江上岸再往西进的，需经过崇山峻岭，进入这浏阳地面，而轿马是必须从居陵渡过的。那地方河深水阔，必须过渡船，又是过往官员的必经之路，所以长期以来被称为“官渡”，而本来那居陵的名称渐渐就被遗忘了。官渡离这个淮川镇有八十余里，太靠东边了，如果将那里做县城，却又显示出诸多不利因素来了，最重要的是与西边的广阔土地距离太远，几乎管理不到，尤其离潘佳和的家族居住地澄冲太过遥远。潘佳和经过反复比较，反复勘察，才决定将县城定在这全县居中的淮川，这里离他家族的聚居地澄冲也就二十多里水路，甚为方便，况且淮川与这个县的东南西北四乡的距离基本相等。这地方又是四面环山，中间地势相对平坦，如同一个盘底。但县城房屋十分简陋，城也不像个城，连城墙都没有。因为这县城在河之阳山之阳，后来潘佳和在一位手下的指点下，将“刘”字加上了三点水，不再称“刘阳”而改为“浏阳”，流经县城的大河就叫浏阳河了。

因为立县不久，县城还仅仅是两条百十丈的街道和几条民众杂乱修建房屋连起的小巷子，与北方的许多县城相比，实在是小巫了。李绛履任后，决心在其任上建起一座真正的县城，那首先就需要修筑城墙，整改街道，建设相应的政府机构和学养馆舍。于是与几位县吏商量，那“四公子”听说县令要扩建县城，立即响应，都出谋划策了。

欧阳剑认为既要建县城，就要多造房屋，修建街道；孔正明则因自己担任的漕吏一职，颇感河运码头需要整修；易雄却以为，一座县城需要有学养之所、孔圣文庙等场所；而王宕从县城治安防守出发，则认为当务之急是先围筑城墙。

李绛综合几位县吏的意见，提出多管齐下，一边修筑简易的土筑城墙，一边整修街道，同时修建一座可以招收大量学童的学馆和一处相对简易的文庙。由于这几年仓廪和漕运归欧阳剑和孔正明管理，钱粮均有剩余，县府在经济上不成问题。关键是要得到长沙郡守的支持，于是乎李绛让易雄写出上报文件。

"兴长，这上报郡守的文件非你不能为！你得从各个方面力陈县城扩建之必要，只要郡守批准，我们就可以自己拿下来！"李绛说道，"这文字必须要打动上面的大人们，我们才能实施哪！"

易雄说："我即日起草文书，相信郡守看了，会有满意的批示。"

于是，易雄立即动笔，夜以继日，反复推敲。首先称颂自晋立国以来，国泰民安的大势；然后力陈浏阳县城地势险要，对湘州影响深远；接着陈述李绛赴任之后的诸多政绩，唯愿在任上建起一座模范县城之决心；最后以煽情的言语，表达民众对县城整修的热情。一篇以浏阳县令致长沙郡守的呈文，写得文情并茂，激动人心。李绛和几位同窗反复研读之后，均钦佩易兴长的文笔。易雄稍作字句修改后，就由县令李绛亲自赶赴长沙，面见郡守大人，郡守大人名叫司马昱，虽非皇族，但也是司马大姓。他先就被报请文字折服，连连询问这为文者是何人？这位大员一下子就记住了易雄的大名。

郡守感叹道："我长沙郡竟有如此人才，湘州之幸！皇朝之幸也！"

等到李绛阐明将以县府交割赋税剩余银两整修县城时，这位大人几乎没有考虑，就在文件上批复了，并且表示要在县城修建好之后，亲临视察，慰问民众。

李绛是带着满心的欢喜回到浏阳的，他对自己十分满意，觉得幸好撤换了几个县吏，才有如此几位能够办事的强者来辅佐自己，特别是易雄，他更是另眼相待了！

2

李绛此时雄心勃勃，冀望在他任上一定要修筑一座基本上过得去的县城，或许也是他想做成些政绩，在这个初建的晋朝有所作为，得到升迁吧！

于是李绛令易雄对新县城进行规划。

毕竟易雄在此处出生、学习、躬耕已到24岁，对县里的一切均很熟悉了，哪些地方需要改造，哪些地方需要重建，哪些地方需要搬迁，他心里已经有了一本账。于是夜以继日地草拟县城图纸，希望尽量符合李绛的意思，也算是他对家乡做点贡献吧！

他首先就规划了县城的大致范围，做了如下一些重要建设的设计图纸：

1. 在县城四周先筑就土城墙：南面沿浏阳河岸修筑，北面到紫薇街头岭上，东面以朝阳街口为止，西面则到朝阳街西头，这样，四面围裹的一座土筑城墙就成了。再修建东南西北四座通向外界的城门，他连城门名字都取好了：东曰朝阳门，南曰临川门，北曰紫薇门，西曰望月门。这样，一座完整的城池就显现出来了。

2. 南面沿河自东向西的城墙间留三个水运码头：上游最东边本名为虹石桥，就叫虹石桥码头；中间面向河对面天马山连接周家巷的就叫周家巷码头，最南边靠一沙洲下面又是樟树潭的则叫樟树潭码头，这样三个水运码头都与一条河运小巷相连，直接通向东西走向的朝阳大街。

3. 县城的两条丁字相接的大街朝阳街和紫薇街，原来都是泥巴土路，晴天尘土飞扬雨天泥泞水湿，这是县城里居民们最为头疼恼火的，易雄想到这浏阳乡下多的是麻石，河中多的是卵石，计划将其改造成中间铺上麻石条两边镶以河卵石，这样街道就硬砸了，各条相连的小巷均铺上河卵石，街巷也就清爽了。

4. 由县府出资，在紫薇街侧修建一座学馆、一座孔圣文庙，在城墙上还修建两个望江亭子，可以让居民们有个休闲去处。并且动员居民在自家门前多植樟树和桂树，使得绿荫沿街。

5. 在靠西边的县府门前修一广场，广场上亦修一座三层亭子，县府就显得更有了气势。

易雄所做的这个规划连同其草图送到李县令手中时，李绛仔细看后简直欣喜若狂，这才是他想要的县城模样哪！他觉得这位书吏虽然年纪轻轻，实在不可小视！易雄甚至连所有建设项目需要的金额款项都算得清清楚楚，花钱不多，却能够办好。

李绛立即召集欧阳剑、孔正明、王宕和各有关执事人员研究建设方案，大家都很兴奋，觉得这个方案在此时是最切合实际的，管理钱粮和漕运的欧阳剑、孔正明算了算家底，一口保证没有问题。

最大的问题是人力了，要让全城居民明了县府的计划并积极投入，可是一个十分棘手的事情。因为战乱频仍，民众被东吴的战争赋税压榨得苦不堪言，对政府的大动作实在无动于衷。

易雄说："李大人，这事要让各行各业人等都明白意义，依我看，首先要请县城里各个头面人物、贤达人士等，也就是说要先让那些有民众影响的人物比如我义父那样的此地名流贤者先自行动起来，他们一旦号召，民众就会响应。"

"这办法好！"李绛颇为赞同，"依我之见，不如请县城的这些贤达、名流在'河和居酒家'宴会，说明我们的计划，让他们在民众中动员，或许我们会干得更快更好一些?”

“大人所论甚是!”易雄说道，“我们可以确定日期，定好宴席，孔兄、欧阳兄做好钱粮预算，我来负责监理工务，王宕兄你就要负责组织民夫干事了!”

“这没的说!”三位县吏都是李绛的得力助手，自然摩拳擦掌，“请李大人放心，我们几个一定能将县城建好!”

“好的，就这么办吧。不过，这修建规划是兴长做的，那天的宴席上具体的东西还得兴长敞开来讲一讲，尽量让大家明白，予以全力支持!”李绛最后说道。

“那行!”易雄欣然领命，“谢大人信任，我一定讲好，让大家全力支持!”

这年五月端阳后一天，李县令所请的县城和附近乡下的贤达人士和各行各业的头面人物五十余人齐聚朝阳街上的“河和居酒家”，摆开六桌酒席，在十分热烈的气氛中，李绛以县里父母官的不容置疑的口气，提出改造修建县城的大事，然后由易雄娓娓道述修造的具体细节。易雄已经24岁，这种场合正是显示自己能力的时候，因此并不怯场，紧接着县令的开场白后，他就将所有修造计划简单明了地做了十分晓畅的说明。那些贤达人士、头面人物，第一次得到县令的这种礼遇，已是受宠若惊了，再听到那位易县吏的讲解说明，更是惊叹十分，没想到这个县府中的官吏竟能在三国战乱之后，紧接着在晋皇朝的初建中，能全心投入一个县城的建设，规划做得如此仔细，更难得的是将大家请来赴宴，这是他们见所未见闻所未闻的大事，一个个对县令感恩戴德，对年轻的易雄县吏更是另眼相看了。

潘繁豫先生代表所有与会者说话了，潘先生说道：

“诸位，李县令自来我浏阳这荒僻之地，想民所想，急民所急，提拔后生，全心民事，发展农桑，发达漕运，使我县竟成富裕之乡，其政绩斐然，人所共见！如今战乱已平，全国统一，我等乃逢太康盛世，自当忠于皇朝、服务地方。今又做此千载难逢之盛事，李大人岂止是礼贤下士，邀约我等吃饭喝酒？父母官，父母官，对我民众情同父母啊！李大人主持改造修建县城各种设施，乃我浏阳千年大计，我等居住之人，受惠于大人，当全力支持大人的德政仁义。我潘繁豫不才，家资亦薄，然我当竭尽全力，出资出力，将县城改造修建大事做好，不知各位意见如何？"

有德高望重的潘繁豫先生的真情实感的表达，与会者一个个表态要竭尽全力，出资出力在所不辞，更何议工务民力？那些贤达人士纷纷从民生、政治、城防等角度阐述此举乃是浏阳长治久安的千古大事，纷纷表示要回去后广为宣讲，动员民众来义务做工，争取早日建设一个美丽的县城出来。

李绛十分高兴，最后表示道："李某来贵县任职后，得到各位的全力支持，如今冒昧欲将县城改造修建，没承想各位如此热情，县府当全力以赴。这项大事，具体由易兴长负责指挥，欧阳剑、孔正明和王宕诸位佐之。如能得到诸位贤达的支持，或许可以做成，我在这里先谢谢各位了！既然如此，那就还望各位广为向民众宣讲，动员民工参与其事了！"

这次宴会之后，四位县吏就全力投入新县城的建造之中了。

3

李绛和易雄都没想到，县城的各项建设竟然在半年后就诸事成功，一座崭新的袖珍县城出现在惊奇的民众面前。

李绛赶忙去长沙向郡守报告，邀请郡守来新县城访问。郡守司马昱欣然应允。一个难得的阳光灿烂的冬日，郡守司马昱带着随从和一队亲兵来到了浏阳。

司马昱40岁左右，体态高丰，威严做作。他是晋朝皇帝的远房本家，虽不是直系皇族，但拐弯抹角算起来也是当时长沙王司马乂的远房兄弟，因此气势很足，地位甚高。他自诩是晋武帝司马炎侄儿子，尽管司马炎并没有将其算为皇族并封为地方之王，但属于司马世家出身，能任一郡之守，与司马乂同在长沙，作为长沙郡守，管理长沙郡及其各县事务，也就是一位炙手可热的人物了。

李绛率领县内诸多贤达名流头面人物、所有县吏以及县府亲兵，远至二十里之外的蕉溪岭下，前呼后拥迎接乘轿子前来的司马昱，一路上鼓乐喧天，吹吹打打中，大队人马终于到了西边望月门旁的县府内。

这一日，李绛着令易雄等在“河和居”筹办数桌酒席，宴请郡守和各位长沙来的官吏，县中贤达人士等作陪，几位县吏就成了侍候跑堂的了。不过这是浏阳立县以来最为隆重的时刻，易雄、孔正明、欧阳剑、王宕等人虽然忙碌劳累，但因为李绛县令的知遇之情加上家乡县城能变得如此漂亮，如能得到郡守大人的首肯，则实在值得。

休息一晚之后，第二天竟然仍是艳阳天气，县令李绛和几位县吏及潘繁豫等贤达人士，一道陪同郡守司马昱一行视察县城。他们先从东门——朝阳门上了城墙，虽然城墙并非青砖砌就，只是土筑，但还算宽敞。从东往南，一坦平整，三个水运码头的城墙上铺设搁板，两边装有扶手，可以将城墙连接起来。搁板下面，就是水运码头，此时三个码头港口上大秋船、小乌江子船挤挤挨挨，帆樯竞举，人声鼎沸，好一派繁荣景象，令郡守司马昱十分高兴。李绛提议在城墙上的两个赏景亭里坐坐，一边由下人送上茶点。司马昱远望对岸天马山、猿啼山郁郁葱葱的山景，甚至诗兴大发，为两座赏景亭各题了一首诗和亭子名，一亭曰“望山”，一亭名“近水”，虽然早前易雄已经为之题名并书写，有郡守的亲笔题名，李绛忙叫易雄换上郡守所题，尽管这位郡守所题之书并不怎么样，但既然是司马氏所题，哪能不尊？

沿南面城墙走到南门——临川门，又到西门——望月门，李绛早前就叫易雄紧跟郡守，一边向郡守解释所有建设项目，郡守一边故作威严不动声色地听着，一边也不得不连连点头称赞。李绛与易雄等领郡守下了西门，从西边向东沿朝阳街走着，到达朝阳街的中间，再沿着紫薇街往北而去。一路上，店铺里生意人和民众伸头探脑地争看郡守，两边都是县府和郡守带来的亲兵护卫，气派十足，浏阳的民众们从没见过这种架势，这一天倒成了民众奔走相告的一个节日一般，小小的县城简直要沸腾了！

沿着新修的石板铺就和镶嵌河卵石的街面，视察的人等都觉得十分清爽。

司马昱一边饶有兴味地观看，一边对李绛说："李大人，你们做了一件千古大事！这样的街道路面，在我长沙郡的各个县里，都是没有的。即使我长沙郡治之地，街道也大都是土路，这样的石砌街道，才能显示出我大晋朝的威风来哪！"

李绛是一个谦逊的人，连忙回答道："我李绛一人何德何能？这些都是大人您的大力支持，加上易雄等县吏和县中贤达人士鼎力相助而成的。"

司马昱将目光郑重地投向一直向其讲解的年轻县吏易雄，第一次给予了这位县吏以实在的赞扬："易县吏为桑梓谋了大福，你年轻有为啊！"

易雄赶忙接话："这都是您和李大人领导有方啊！没有您的批复，我们哪敢乱动啊！这首先要归功于我晋朝皇上的休养生息政策，归功于您司马大人和县里李大人啊！我等能跟随大人们做得这样大事，乃三生之幸哪！"

易雄这些话既是出自真心也是对郡守和县令的赞扬，确实，这座县城的修造，是个很得民心的大事，使得郡守大人听来十分受用。

说着走着，就到了北门——紫微门。北面的城墙不是土筑的，而是顺着北面的一座东西走向的山就势修筑的，因为顺山就势，保留了山上的树木，因而郁郁葱葱，而在这靠山而修的城墙下，新修了一所学馆，学馆右边是一文庙，左边是一道观，金碧辉煌相互映照，显得煞是优雅，令郡守连连叫好！

回到县府，已接近日中了。郡守对跟随的李县令和易雄等县吏说道：

“李大人，我司马昱算是长了见识了！你们做得很好很扎实，这说明什么？只说明一点：我大晋朝皇上圣明！既结束了100多年长期的三国纷争战乱局面，又让民众得到休养生息。别看你们以少量的钱财修造县城，实在是造福千载的大事，是显示我大晋朝皇恩浩荡的大好事！我不仅要将你们这样的壮举向我郡各县推广，更要向长沙王我司马乂兄弟推介，我将上表朝廷，一定要奖赏你们！”

自然，李绛已经感激涕零了。拜伏在郡守座下，使得易雄等县吏都不得不再次向郡守跪倒。

司马昱这时才笑口大开，赶忙叫大家起来坐下，说道：“诸位所做之事，是为我郡楷模，亦是为我司马昱做了政绩呢，我感激各位还来不及呢，怎能受各位如此大礼？我很高兴哦！这两天不仅看到我朝廷命官李绛大人的兢兢业业为民为众，而且看到了我大晋朝有多少像易雄等‘浏阳四公子’这样的才俊，我想向朝廷建言上表，要突破士族家世之限，大力起用民间才俊啊！”

这在当时，不愧为十分先进、十分大胆的认识和举措，易雄等不能不对这位郡守大人肃然起敬了。易雄想：到底是新朝了，万象更新。后来他对几位同窗同僚说：“我们是躬逢盛世了，忠于晋朝当是我等今后的人生试金石！”

中午了，李绛吩咐人去“河和居”叫来一桌酒席，就在这县府中摆开几桌为郡守饯行。连连举杯感谢郡守一行之后，趁天气晴和，大家将郡守的轿子送过蕉溪岭，过了那座大山，郡守就可以乘马驾车回长沙了。

4

又过了两年，易雄已经满 26 岁了，一日，县令李绛问道：

“兴长，你都已经 26 岁了，难道不要成家吗？怎么了，你的婚姻大事都没有提起过？作为朋友，可否向我说说，我来为你做主！娶妻生子乃人生至要大事，你不可耽搁啊！”

于是，易雄没有任何遮拦地向李县令敞开了心扉，谈及了他的婚姻大事。

易雄心仪的对象是义父潘繁豫的女儿潘青梅。

潘繁豫看到易兴长的绝顶聪明以后，曾慨叹自己没有女儿，否则一定要招易兴长为婿。没承想，易兴长被潘繁豫带进梅花巷悉心教育快 10 岁之际，潘繁豫的妻子竟然为丈夫生下了一个女儿！那孩子出生的时候，正是秋高气爽天，院子里的青梅正在挂果，而且出生时屋子里充溢一种奇异的清香气，只有两个儿子。而中年得一千金的潘繁豫喜不自胜，为那位迟来的女儿取名潘青梅，并给予表字“香生”。

青梅姑娘或者说香生姑娘自小聪明伶俐，长相漂亮，两夫妇爱如掌上明珠，潘繁豫还让这位女公子跟随学童们一道学习四书五经，学作诗赋文章，俨然是一女学究了。

易兴长长期在潘繁豫家住着，成为其义子，学得潘繁豫的学问，成为远近闻名的“神童”，长到 16 岁时还做了先生的助手，也跟着教导义父学馆里的学童，而他最悉心帮助的自然是那位朝夕相处的义妹了。

潘青梅自小乖巧，对那位年长自己将近10岁的哥哥易兴长更是亲热异常。整天哥哥长哥哥短地跟在易兴长屁股后面转。尽管相差快10岁，但潘青梅12岁时就已经很懂事了，而且发育很快，成熟得如同大姑娘一般，这时易兴长已经满22岁了，两小无猜中长大，两人的感情随着年深日久也就与日俱增了。

易兴长首先并没有感觉到他和小妹妹之间会产生什么情愫，作为潘繁豫的义子和最得意的学生，他对潘繁豫夫妇心存的只有感激与敬重，因此对青梅就只有悉心地照顾和尽心地教她学习了。

"哥哥！"潘青梅遇到学习上的任何难处，绝不会先去找父亲解答，而是亲昵地叫着易兴长。最先还叫着兴长哥，后来干脆就只亲昵地叫哥哥了，"你说说看，《诗经》里'关雎'一篇，为啥要先讲'关关雎鸠，在河之洲'来引起下文呢？"其实她知道那只不过是一种起兴，但她要故意问问。

"香生，"易兴长一向以青梅的表字称呼她，"你这是明知故问呢！我晓得你对起兴是懂得的。不过依我看，《诗经》里讲到君子好逑的窈窕淑女，首先以'在河之洲'相互追逐嬉戏的关雎来起兴，其实还带有比喻的意义在内呢！"

"那——"潘青梅眼珠滴溜溜地转着，故意大胆地说，"那关雎的相亲相爱，也就像我和哥哥你一样哪！我也是'窈窕淑女'呢，你这君子怎么就不'好逑'？"

长到12岁了，潘青梅已经早熟了。加上母亲曾经有意无意地对她说过，父母先前就十分看重小小的聪明的易雄，说过可惜没有女儿，不然就会招其为婿的话。小姑娘在父母的珍爱中，在义兄的照顾下成长了，她几乎只认自己将来一定会成为易兴长哥哥的妻子。确实，由于长期生活在一起，潘青梅对这位仪表英俊、早已号称“神童”的兄长，已经心仪很久了。她 12 岁了，已经能解风情了。只是看到易雄在自己面前总是正经八百地以兄长对待她，从无半点逾矩之举，所以大胆的姑娘竟然这样来激发那忠厚的英俊男孩。

“香生，看你说什么胡话！”易兴长很不好意思，虽然他已是成人了，但他还很腼腆，这种大胆的言语，对于他这个只认读书作文的年轻人来说，就觉得自己脸上烧得十分厉害。“以后不许胡说八道了啊！”

潘繁豫夫妇看到两个孩子日渐长大，最初埋在心底的愿望应该要付诸实行了。尽管自己的女儿才满 12 岁，但由于发育得快，成熟得早，已经像个大姑娘了，甚至有人来说媒了。而跟着自己一家长大的易兴长，已经 22 岁了，长得仪表堂堂，学业又好，外面早已传颂他“神童”的名声，这样的乘龙快婿，还往哪里去找？

“先生，”一日，夫人郑重其事地对潘繁豫说，“兴长已经不小了，都 22 岁了，听说已经有好几家人家到易家给他提亲了，虽然易万年和宋文秀没有表示意见，但我真怕夜长梦多，走失了我们这个好女婿呢！”

“夫人啊！”潘繁豫也忧心忡忡地回话，“如何不是呢！我一直在为这事发愁呢。无奈我们家女儿才 12 岁呢，还不到谈婚论嫁的年岁呢！”

夫人笑道：“我看你是读多了书，只晓得之乎者也，不晓得人间世事。女儿年龄虽小，但也出落得漂亮大方，聪明伶俐，况且已经长成大姑娘了。不可以先找旁人，向易家来个暗示，让孩子们先定了亲事，等到女儿十五六岁时再成亲不好吗？”

潘繁豫也笑了：“还是夫人说得在理，虽然香生小兴年长 10 岁，但等到香生 16 岁时，文长也才 26 岁，正好成亲，也就了却了我们一桩心事！我这就找宋家大哥去，让他作法如何？”

“那敢情好啊！”潘夫人极表赞成。

待潘繁豫与宋文樟一说，那已经有些老迈的宋文樟竟然欢呼雀跃起来：“潘先生！你有此心，我也早就有此意呢，只是碍着怕冲撞了你的面子，不敢提及啊！我这就向亲家提去，易家能够高攀先生，是前世修的福分了，我管保马到成功。第二天就叫万年亲家来府上提亲！”

经宋文樟甫一提及，易家人一个个喜笑颜开，这种喜事正是他易家求之不得的呢！那易万年夫妇赶忙在宋文樟引领下，到了潘家，两家人几乎没有再说多余的话，易兴长与潘青梅的订婚礼就迅速定下来了。

这时正逢八月十五中秋节快到了。于是约定，八月十五那天，由潘先生夫妇和两个儿子陪同潘青梅，一起到西湖山下易家，加上宋家的所有人等，聚集一堂，易家做了四桌酒菜，热热闹闹欢聚一起，拜祖宗，敬长辈，相互认亲，易雄与潘青梅的婚事就定下来了。

为了礼数，也为了让两位新人互相有个婚前隔离，自此，易兴长就完全离开潘家，回到西湖山下一边读书一边躬耕田亩，不再在潘家住下和帮助先生做其助手了。

由于相隔分开了，潘青梅也就悉心在家做着针凿，只等那 16 岁快快到来了！

5

听易雄这么平静地说出他的婚姻大事，县令李绛不禁哈哈大笑，击掌欢呼了：

“兴长原来有此艳遇，乃天作之合、地配之双啊！还等什么啊？

你已经 26 岁了，那潘小姐也 16 岁了，正是完婚的大好时刻啊，不能再等了！这样吧，我李某人不才，却一定要尽快撮合你们这桩婚事！把宋大哥找来，我李某人要和宋大哥一同忝为大媒，趁这县城新建、大年喜庆之际，在县府为你完婚！”

易雄不好意思地说：“小民娶亲，哪敢劳动大人！”

“你是我县府干吏，如今你我已成好友，我这杯喜酒是一定要讨来喝喝的了！”

李绛县令是个办事果断、行事坚决的人，一向又礼贤士子，觉得在这种时刻能为下属办一桩喜事，更是心感十分欢畅的事。于是第二天就叫易雄请来宋文樟，与那位宋大哥刚刚一说，宋文樟简直要欢喜得跳起来，能加上县令大人为大媒，那是求之不得的了。于是与李县令一道，前往梅花巷潘家。

潘家人听说县令大人亲自登门，先还不知为了何事。待潘繁豫将县令和宋文樟让进厅屋，听宋文樟一说，潘繁豫夫妇立即就跪倒在李县令面前了。

潘繁豫说：“难为李大人如此操心，小女有福，兴长有幸，我和拙荆还能说什么呢，一切全凭您做主了！”

于是商定，腊月二十四即过门，现在正近年关，家家都在准备年货，易家喂得有猪有羊，鸡鸭鲜鱼也是不缺的，只需将所有亲戚请过来，婚礼宴席很快就可以办好。宋文樟立即叫上宋氏一家人过易家帮忙，戴家也已十数口人了，三家人聚在一起，由宋文樟具体提调，虽然只有六七天的时间，却一切办得井井有条。那潘家更是为女儿出嫁，将乡下的三姑六舅众多亲戚请到城中，一场热热闹闹的婚事，很快就铺排开了，听说县令大人亲自为易县吏作伐主婚，小小的浏阳城里，已是沸腾起来了！

腊月二十四那一天，天公作美，竟然又是难得的一个寒冬出太阳的天气。北风不刮，暖阳高照，一大早，易雄就骑着宋文栎借来的高头大马，在宋文樟的带领下，走上街头，后面跟着接亲的大花轿和接伴娘的竹轿子，宋文樟还请来一队吹打锣鼓，一路吹吹打打，呜呜哇哇，好不热闹！惹得街道上人人艳羡，都听说易县吏办婚事，县令亲自主持呢，只看见店铺门前人头攒涌，倒成了新浏阳城里的一件大喜事了！

到达梅花巷口，吹打锣鼓就更响亮了！

潘家也准备了丰盛的起轿嫁女酒，不过吃这嫁女酒却是象征性的，因为中午夫家还有更为丰盛的喜酒要喝，接亲人等稍微坐坐，相互敬了一杯酒吃了些菜肴，就将新人扶上了花轿，潘家请来的两位伴娘也上了两顶竹轿，易雄骑在马上，显得尤为英俊，一路锣鼓吹打，出了梅花巷，进入朝阳街，一直向西门——望月门而去，过了淮川河，就来到易家门前。那时还没有发明鞭炮，宋家从乡下租来四眼铳，一阵震动山林田土的铳响之后，新人下轿，走上门口摆放的过火盆，伴娘扶着蒙着红巾头饰的新娘跨过预示吉祥的火盆，进入厅屋，礼仪先生三呼：

“一拜天地！”

一对新人就朝着门外天空跪拜。

“二拜高堂！”

易万年和宋文秀拉上李县令，端坐在祖宗牌位下面，也接受新人的跪拜。

“夫妻对拜！”易雄与罩着新娘头罩的潘青梅相互跪拜，众人一起鼓掌。

随着礼仪先生一声“送入洞房！”新人就由伴娘扶着进了新房，这婚礼就算完成了。

堂屋里、院门前，摆放了二十多桌酒席，堂屋的最上面一桌，请李县令和大媒宋文樟上座；按照此地风俗，女家父母是不来送亲的，由潘青梅的两位哥哥做高亲，高亲就在县令、大媒一桌的左方另开一桌坐着上席；其他亲戚朋友，则散坐在其他座席上。热热闹闹的婚宴开始前，易万年一定要请李县令致辞。

李绛也不推脱，清清嗓子，热情洋溢地说：

“今天有幸参加我浏阳干吏易兴长先生的婚礼，这是我忝为浏阳县令以来最为高兴之事。想我大晋朝，经过皇上的艰难努力，为民造福，得有如今四海升平、休养生息的大好时光。易兴长先生为我县干吏，在修建新县城中十分尽力，是有目共睹的，今天能为他完婚，是我等冀望已久的大事。我这里谨祝新人幸福、各位亲友来宾安康。为我们这浏阳县发展，为我们大晋朝，祈望大家各尽忠义。为国为民，我们做县令县吏的，当恪尽职守！谢谢大家光临！”

县令如此亲近民众，如此一番推心置腹的讲话，博得了大家的赞许，纷纷走近来给李县令敬酒。觥筹交错中，竟不觉日已西斜，县令和众亲友似乎意犹未尽，直喝到日落西山，才家家扶得醉人归去。

入夜了，按此地风俗，要闹新房的。这时，一大帮昔日易雄的少年同窗、朋友，一齐涌入新房。好在都是些读书人，闹新房摒弃了那些低俗的东西，而是由这些士子作诗喝酒，相当的文雅。

客人终于散去了！易雄今天也有些醉意，他是太高兴了。先生兼义父的女儿嫁给了他，这是他自从两人订婚以来，许多年里梦寐以求的大喜事。毕竟已经 26 岁的人了，对这位曾经朝夕相处的恋人，自从订婚宴后，他离开了潘家，一直只能常常在心里想象着那姑娘的容貌。有时他斥责自己，为什么在义父家时，尽管耳鬓厮磨，却从来没有仔细地认真地端详过那位姑娘呢？这四年来，虽然也曾因拜节拜年多次去义父兼岳父家，由于男女之别，他和潘青梅之间也就失去了当时在潘家时的那种随意。是的，那时他只是以兄妹之交看待她，从没想过他们有一天会生活在一起，她会成为他的妻子。然而，订婚以后，那相爱相亲的事实就摆在以后等待的日子里了。或许潘青梅还尚年幼，不会像他一样，时常想到结婚的日子吧？而他易雄，一旦捅破了窗户纸，他的感受就大不相同了，以致每逢节日去岳父家，他都不敢正眼看那越来越长大了的姑娘，那潘青梅也没有了小时候在一起时的随便与放肆，变得拘谨起来。

在这四年双方拘谨的日子里，就只有双方夜深人静时的思念与想象了。好像两人的身体距离越来越远，但心理距离似乎越来越近了！今天，真是可人心意啊，竟然像做梦一般，新人就在李县令的极力鼓动下，在易、宋、戴三家亲人的操持下，热热闹闹地迎进了家门，而且这场婚礼还轰动了整个县城呢！

现在，他得进房去了！易雄怀着十分兴奋又忐忑的心情，在亲人的催促下，走进了父母特意准备、妇女们为他们特意布置得十分温馨的新房。两支红烛散发出光辉，满屋子都透亮了。他那日思夜想的夫人，那个他看着长大的姑娘，如今竟然是他的女人了！她就静静地坐在床头，她的头上覆盖着红盖头，在等待着新郎去揭开来哪！

“香生，香生！”易雄怯生生地轻轻地叫道，几乎不敢靠上前去，只是一个劲地叫着：“香生，香生！”

那潘青梅本是个十分爽快的姑娘，只是因为订婚以后的拘谨才使得她一直循规蹈矩地在娘家做着乖乖女。一天的兴奋，就等着丈夫进房来揭盖头的这一刻了，那书呆子却迟迟地不敢近前来，只是一个劲地叫什么“香生，香生”呢！潘青梅等不及了，竟自己一把将盖头揭开来了！

易兴长此时真是目瞪口呆了！原来这坐在床前的是那么一位美如天仙的姑娘，她穿红着绿，头上戴着她母亲特意为她装扮的饰缀着许多珠子的新娘凤冠，一身大红缎袄闪着异样的光彩，出现在易雄面前的，就是一位绝世美女，他甚至一身都抖动起来了！他几乎都要挪不开步了。

“哥！兴长哥!”潘青梅亲昵地叫着，“你傻站着干吗？近前来啊!”

易雄终于挪动了步子，靠近了床沿，大胆的潘青梅一把就搂住了兴奋得有些不知所措的丈夫。

到得此时，易雄才紧紧地抱着那美人儿。潘青梅就说：“哥，你这一天都累坏了，宽衣歇息吧!”

他们结婚了，易雄到这时才相信这是真实的。

他们一夜无眠，潘青梅在易雄的怀里深情地絮叨着：

“哥啊！我们终于盼来了这一天！我要为你生好多孩子，让我们易、潘两家子孙繁衍，发达无穷!”

易雄吻着这美丽异常的妻子几乎说不出话来。他一时间竟想到了早已逝去的祖母，想到了那只存在于他想象中的在许昌遭难的祖父，他流泪了。

“哥啊，你怎么哭了!”温柔的妻子感到十分诧异。

“香生，香生！我真是太幸运了！我自小就能在你家生活，得到你父母的喜爱，将你许配给我。这个幸福的时节，我便想到了祖父祖母，我既是怀念他们流泪，也是为今天得到你的爱恋而高兴得流泪啊!”

潘青梅很感动：“哥啊！从此我们两个人就是一个人了！我会做一个好妻子好媳妇的。我们生于乱世，谁也难说以后没有战乱没有苦痛，不管怎么样，我都会跟着你吃苦耐劳的。哥啊，如果某一天，你若死了，我就会跟着你一同去的!”

“瞧你！香生你又说傻话了！我们新婚大喜的日子，你竟将一个‘死’冒出来，真是该打!”易雄其实是很为妻子的这番话感动的，但这样的时刻，岂能说出这样的话来？他知道这女人说的是真实的，他就更紧地搂抱着她。

但他们也许没有想到在他们进入老境的时候，真是一同走向了死亡，实现了惊天之举。或许这叫一语成谶？当然那是后话了。

6

易兴长成婚后不久，潘青梅就怀孕了！

他们是过年前结婚正月里度过蜜月的。夫妻感情之好，人们说在这浏阳县里堪称楷模。

这样，就很快到了五月间，几场暴雨，几乎将他们的家园毁了，也使得他们失去了最好的上司与朋友李绛县令！

五月间，潘青梅已经有了五个月的身孕，开始显肚子了。易万年和宋文秀就别提有多高兴了。但是几场暴雨来袭，将浏阳推入了前所未有的灾难之中。

俗话说，端阳雨，端阳雨，天庭端起水盆注。从初一到初五，五天之内暴雨倾盆，浏阳河暴涨，看对岸天马山下，似乎是一片汪洋了。河里黄涛滚滚，直冲刚刚修筑的土城。为了不致河水涨上三个码头灌入城内，李县令着令王宕率领县府士兵抬石挑土将码头巷口牢牢堵住了。码头边停满了各式船只，浏阳河里的大水还在往上暴涨，从上游直泄下来的河水，波连浪涌，如同一匹匹暴怒的野兽，号叫着向县城新修的南面城墙边冲击而来，大有一气将那并不十分坚固的土筑城墙冲开之势。尤其是三个码头，本就有出入的巷子，虽然堵住了巷口，但面临随时冲开的可能。

这是十分严峻的时刻！一旦冲开，河水将会猛烈冲入小城之中，沿朝阳街直灌下去，再涌入紫薇街，那么，这座小城就有毁掉的危险。而西湖山下的樟树潭里，由于正是急弯之处，水流不畅，山下的沙洲已经被洪水淹没，那些田亩和房屋也已岌岌可危了！

易雄没有时间回家照顾家人，他一直在县府里。县令与几位县吏正在密切关注着这场连续不断的暴雨。李绛最为担心的就是那南面的城墙码头处，一旦决口，将会不可收拾！

县令召集易雄、孔正明、欧阳剑等人在县府商议，王宕则带领县府的士兵上了南城墙巡视。

“兴长！正明！欧阳剑！”李绛忧心忡忡地向几个下属咨询，“你们几个在这浏阳土生土长，像这种暴雨，还会持续多久？那南面城墙如何才能保得住呢？”

孔正明说：“大人，我是上游达浒人，这条河水东西走向，携带着上游高山峻岭中的腐败树木，一遇洪水就会横冲直撞，这条河历来温顺，但就怕暴雨，每次暴雨来临，就会如同大战之后，沿河两岸总是田土尽毁、房屋倒塌、人亡畜毙，几乎没有任何可能抵挡的办法！”

欧阳剑也十分丧气地回复县令：“大人，我是下游普迹地方人，那里一遇洪水，更比上游和这中间地带凄惨！因为地势较为平坦，水流更为广阔，洪水也就无法阻挡，只能任其冲田毁屋，每每这种极大洪水过后，人们就只能四处逃荒难得活命了！这地方的洪水或者干旱，比起战争来，要凶险得多！”

两人都说得这么无奈，李绛更加忧心了，忙道：“难道只能坐以待毙？”

易雄虽然祖籍不是此地，但毕竟出生于此长大于此，浏阳四乡也是去过的，对这个县的山川地理虽无研究，但多少也知悉其基本情况，于是对李绛说：

“大人！当前之势，可能是此地最为暴烈的降雨了，我听老辈人讲过，一般暴雨之时，人们是无法直接与洪水相搏的，他们会主动撤往地势高耸的山里，第一要务是保存生命，至于田地房屋，就得在灾后重建了。这浏阳的民人历来有忍受艰难并艰苦卓绝地与天灾搏斗的勇气和力量。这得在灾后我们县府人等带领他们渡过灾荒。当务之急，我以为最要紧的是保住城池。看来这暴雨一时半会儿还不得停下，南面的城墙虽然修筑时特别注意了洪水的肆虐，但这次不同，老人们都说从没见过此等倾盆暴雨，上游来水甚急甚猛，可能靠王宕带领的那些有限的县府士兵巡视是不能奏效的。我这样想：得以大人的名义，即刻召集全城所有民众，挑筐提锄，将家里所有能够堵截决口的工具和物件都运往城墙边上，全力以赴，以防万一！万一决口，众志成城，拼死堵住。只要留得县城在，就有抵御洪灾的可能！”

易雄的这一番话，不仅县令认可，也令同僚们佩服。

李绛说：“兴长所言甚是！这才是我们首先要做的事。王宕一人带着那几十个士兵只能巡视，无法应急于万一。这样吧，我们分头下去到各个街道，先将民众发动起来，一起应对可能的变故吧！”

因为李绛连日来受寒卧床不起，易雄就说：“大人，你正在病中，这种暴雨，你不能亲临，就在府中歇息坐镇吧，一切交给我等就是了。”

李绛是个十分关心民生的县官，连连摇头：“不行不行！我得亲自前去指挥。这点小恙，不算一回事。走吧，事不宜迟！”

由于县令率领几个县吏奔走于各个街道，将那些掌管街道的人员和民众人等召集起来，一一说明利害，迅即就将全城大大小小人员集聚起来，人们明了了生存的急迫，纷纷将家里能够挡住洪水的门板、砖头、石块，甚至富户门口蹲着的石狮子、石凳子等都搬到了南面城墙下面。人们吆喝着上了南城墙，看到面前的巨浪滔天之势时，一个个啧舌惊心，对县令的决策，不能不敬佩，因此，这浏阳县城里就出现了自古无有的众志成城抵挡洪水的壮观景象。

也是事有凑巧，就在李绛和易雄等人将人们会集之时，王宕匆匆跑来报告李绛，说最上面的虹石桥码头已经决口，洪水在汹涌地向码头口冲来！

李绛赶忙对易雄呼喊："兴长！快敲起锣鼓来，让全体人等搬运堵截物件，赶在没有冲开土城之前堵住决口！"

易雄领命召集城中的锣鼓师傅，沿西门朝东门一直敲击呼叫，此时不论男女老少，接力搬运那些门板、石块、砖头，及至石狮子、石凳子等，一齐往虹石桥码头涌去。

李绛率先站上码头，声嘶力竭指挥填堵。只见洪水已经涌入，土城墙决口在扩大。

易雄大叫："李大人，危险！你不能站在那里！一旦下面淘空，你就会被冲进洪水里的！"

李绛此时已经不顾一切，大声呼叫道："不要管我！你赶快指挥民众搬运，正明、欧阳剑！立即配合兴长，务必将决口堵住，否则后果难料啊！"

易雄眼见县令所处之地已经十分危险，便对王宕悄悄说道："王兄，李大人抱病在身，你带几个士兵上去，必须强行将大人拖下来，他如动怒，你就往我身上推，我以后去领受他的责难！"

王宕也没二话，带着几个士兵冲上城墙，将县令强行拖下城墙。李绛刚刚下得城墙，他所处的地段就垮了下来，一股巨大的洪水就冲刷进了朝阳街口。

易雄、孔正明、欧阳剑三人不顾一切，呼叫着众人，将所有能够堵截的石头投向决口，好在有几尊石狮子垫底，人们浸泡在水中，接力将石头、门板、砖块一齐夹峙在石狮子、石凳子间隙，加上各处运来的土石，终于将缺口堵上了！

奇迹般地，暴雨竟然停了！天空中诡异地露出了蓝天，尽管河中的水流仍然急迫凶猛，但这座新城竟然在人们的以死相争中得以保留下来了！

7

县城算是保存下来了，太阳也日日照临了这个边远县份的山山岭岭、田畴沟壑，但洪水过后的灾难显然对乡下的民众打击甚大。端阳之后，城中涌进来的是一拨又一拨的受灾民众，讨饭要吃的乡下人几乎挤满了小小县城的各个角落。

易雄的家里也遭受了灭顶之灾，洪水不仅冲毁了他家的田地，而且浸坏了房子，那幢前几年才重建的房屋出现了巨大的裂缝，他们一家不能在里面住宿了。幸好宋家后修的房屋建在靠山边的高处，没有浸水，所以易家与戴家数十口人就都挤进了宋家。宋文樟历来热情，情愿自己一家挤进偏屋里，也要让两亲家数十人等住得稍微轻松一点。

“没关系，亲家！大水推倒了房子，我们再建新的，建一所更加宽敞明亮的房子！不过这次建房，我们得选靠山边地势高些的地方，我们这屋子后面，有一处坡地，正好建得两所好房！”

宋文樟这话，说得易万年和戴旺两家人都流泪了。

易雄从暴雨开始就一直在县府，没有时间回来。他岳父潘繁豫知道女婿家遭灾，就打发妻子来请易万年一家住进他们城中的梅花巷里去，但宋文樟说什么也不肯放。

“亲家，你们那里不宽敞。你乡下的孩子们还没来吧？我估计澄冲那地方，遭受的洪灾会更大，你们还是自家保自家吧！”

不幸被他言中，第二天，潘繁豫的两个儿子就带着全家十数口到了城中梅花巷，儿子们哭着对父母说，洪水把家里的一切都冲走了，不是一家人跑得快，几乎要全家覆没！

潘繁豫倒是心宽大度：“好！好！留得人在就好！我们家算是还

有一处城里房子好躲灾，这场洪水，只怕又会有无数人无家可归，将会饿殍遍野了！不知兴长他们官府上将如何应付啊！”

李绛正为应对这场洪灾与易雄等县吏商议着呢！面对如此多的灾民，李绛虽然在危险中保住了新修的县城，算是稍有些许安慰，但其管辖的地面出现如此多的饥民，确实是十分恼火的事情。

现在面对着如此多的灾民一齐涌入城中，小小的浏阳县城怎么能容纳得下呢？几千人的县城又怎么能负担得起几万灾民的吃喝呢？尽管有几家富户商家开设了粥棚，但也禁不住日日涌进的灾民的许多张口啊！有的地方为争夺剩余的点滴稀粥，灾民之间还大打出手了！

易雄说：“大人，这种局面得迅速控制，迅速解决了！我们可否向长沙郡守请求办法呢？”

孔正明担心的是这种灾民之间的争斗有可能闹出人命，“如果出了人命，郡守追究下来，大人您就麻烦了！”

李绛说：“我倒不担心个人官位，只是心里难受，想我李绛来此不久，不能为县中人等谋得休养生息，为皇上分得忧虑，我做个县官，失职呢！失职啊！”

易雄说道：“大人来我僻地穷乡，政声煌煌，有目共睹。天灾难抗，非人力可挡！我的看法，不管怎么样，我们先给郡守上书，请求上面支援救灾为要。”

“兴长，我何尝不想上书？”李绛十分为难地摇摇头，“你们可能还不知道，长沙郡守司马昱早些日子已经升迁洛阳为京官了，新来的郡守王珺乃琅琊王氏大族世家子弟，对其为人处政我是熟悉的。那人凭着家族势力做着一郡之首，他是从来都不为下属不为民间着想的，我上书给他，不但得不到支持，恐怕还得遭其詈骂。实属无益，我们还得自己想些办法！”

“啊！原来如此！”几位县吏太熟悉官场规则了，都跟着感叹。

易雄还是不死心："不管他如何对待灾荒，以我之见，大人还是得如实报告灾情，请求支援。"

"你们有所不知，早许多天——还在洪水退去之后，我便着人送去一纸上疏陈述浏阳灾情，请其转达朝廷，却被如此批复，你们看看！"说着，李绛从书案上拿出他的上疏，上面新郡守批复了一段话，致朝廷的上疏竟被打了下来。王洋的批复是："小小县令，岂敢如此造次，直疏朝廷？还知天高地厚否？！水旱灾害何处不有，小事亦上疏朝廷，还留一县令在任何用？速速自救，不得干扰朝政大事！"

易雄一见就勃然发怒："此郡守岂有此理！重灾关系民命，县令岂有不可上疏朝廷最高视听之理？如此不负责任之郡守，还能对皇上忠义，为百姓分忧否？！"

李绛苦笑着："兴长其实有所不知，虽然大晋朝立，然门阀世族当政，我等基层下属，哪有说话的份儿？我们还是想办法自救吧！"

欧阳剑愤然道："浏阳县小，灾民成千上万，哪能凭自己力量救得了大灾？没能救得，又会给上面留下口实，大人您就麻烦了！"

易雄说道："大人，不管郡守如何坐视不管，我们继续向长沙郡陈情。我下去继续为大人书写报告，看他怎样回复？"

李绛似乎已经深思熟虑，说道："好吧，兴长你负责继续为我上书郡守，我估计没有太大效果。然而，我们不能坐视饥民不顾，我有个大胆想法：你这里一边上书郡守，我这边先自打开官仓救济饥民，一边动员饥民，谁先回乡自救栽种，免费发放种子，以期度过如此大灾，诸位看看如此可否？"

欧阳剑和孔正明两人首先拍手赞成："大人如此做法，必能渡过灾荒！"

易雄有些忧虑："大人，此举虽为唯一急迫解决办法，然风险甚大：未经郡守同意即行开官仓济众，那是犯王法的大事！恐怕郡守歪曲本意上疏朝廷，大人您就难以承受了!”

“我反复考虑过了!”李绛决然道，“此事确实风险甚大，然我李绛未做私用也未予贪腐，心内甚安。我作为一县令守，岂能眼睁睁看着灾民饿死街头，让饿殍在我管辖之地遍布？即使丢了官差，朝廷追究，我自会辩护，当官不能为民做主解难，我做这个官为什么?!”

听李绛如此正义之词，易雄赶忙一腿跪在李绛脚下，欧阳剑、孔正明、王宕等也跟着跪下，易雄流涕感伤地说道：“大人大义大忠，为我等楷模！能打开官仓，饥民就有救了！我等当动员饥民领取种子，回乡自救。即使真有祸事降临大人，我等当与您同领!”

在这个县府，几乎又是一次众官吏同心协力，大胆冒巨大风险，达成了救灾的一致。李绛令欧阳剑打开官仓，孔正明集聚漕运余款，在易雄统一造册登记之下，由王宕带领县府士兵维持秩序，一场轰动浏阳的大救灾行动就在六月的炎阳之下展开了。

8

大救灾行动之后，灾民得到救助，活了下来，人们理解县府的真诚，纷纷领取种子回乡自救栽种，搭建房屋，一场旷古未见的大灾，在李绛县令的主持之下，迅速化解了。

果然，李绛的厄运也就接踵而来了！长沙郡守的批复一直未到，实际是他根本就不予理睬。这场暴雨，其实不仅仅浏阳如此，其他相邻各县大都遭遇百年未遇的大水灾，饥民遍野，饿殍甚多，但各县县令没有李绛的魄力和易雄等县吏的鼎力支持，只有浏阳饥民得到救助，回乡安定自救。李绛竟敢未经许可便开仓救灾，尽管灾荒得以度过，民众获得新生，但当开仓一事迅速传到长沙时，郡守勃然大怒，立即上疏朝廷，添油加醋，历数浏阳县令李绛之不法。竟敢私自打开官仓，这还了得？朝廷不问情由，立即下令将李绛撤职查办，着令改派浏阳县令，让李绛回洛阳接受处理！

晴天霹雳，李绛被撤职查办的消息不胫而走，浏阳县里迅速传遍，民众纷纷集聚县府，为这位爱民县令鸣不平。但民众百姓，有何力量？

李绛走出县府，站在县衙台阶上向集聚的民众说道："各位乡亲父老，大家的情意我李绛都心领了！只要大家得以渡过灾荒，求得生息，我李绛之去留不必挂怀。我这一去，自有朝廷派来的能干县令为各位服务，何况还有易雄等能干县吏在此，我浏阳县自会昌盛繁荣，民生幸福的！诸位散了吧！"

县民们不愿散去，他们对这位来此不久，就着力为民众造福并带领大家度过灾荒的县令被撤职十分不解，而对如此爱民县令将要离去更是十分不舍，有的人甚至哭了起来。以潘繁豫为首的诸多县里名士提出要发起万民状，征集签名，向朝廷申诉，极力挽留李绛在此继续为政。

李绛认为这样就非常不妥了，他对易雄说："那就无异于火上浇油，将会激怒郡守甚至惊动朝廷，我李绛的处境将会更糟。兴长，你去向你岳父和众多名士陈明利害吧，他们那份情谊我领了，但万民状是绝对不能做的了！"

潘繁豫也明白那样做是无济于事甚至会引起不必要的麻烦的。于是商定，由潘繁豫出面，众商家富户做东，邀集县中众多名士，在"河和居"设宴，为李绛饯行。

酒宴进行中，县中人士一个个轮流发言，且向李绛敬酒，赞扬李绛县令的政绩，感谢他的爱民举措。并决定以潘繁豫为首，邀集十来个县中名士，去郡里求见郡守，请求看在李绛大人一心为民众一意为朝廷的份上，请郡守上疏朝廷，不予追究李绛的所谓罪行。

李绛又连连摇手："不可，不可！绝对不可！潘先生，各位名士！这与进万人状无异，朝廷会以为我蛊惑民众呢！大家不要担心，我相信皇上英明，会明白我之苦衷的，大家放心吧！"

浏阳立县以来第一位为民众爱戴的县令李绛不得不离开浏阳，赶往郡治，再往洛阳接受处罚了。

潘繁豫等县中名流和众商家富户，均集聚县府，为这样一位好县令送行。十里长街，各家各户，摆开酒水，务请李县令喝杯壮行酒。李绛感动得泪流满面，易雄等依依不舍，很少哭泣的易雄此时也忍不住眼泪，人们哽咽着，将李绛县令的车驾送出县城，直到十里之外，官道两旁，全是送行的民众。潘繁豫虽然已经老迈，但还是坚持送出十里长亭，对李绛说道：

"自浏阳立县以来，不，自浏阳有史记载以来，像大人这等为民众着想为民众敢于丢官的大忠大义之人，尚未见过！我等浏阳县民，必要为大人建立生祠，子孙代代，都将感戴大人恩德！"

李绛连连摆手："潘老先生！过誉了，也过分了！千万不能花这种冤枉钱。只要大家过得安心，我李绛即死不惜！如能有幸逃过惩罚，我还会再来看望县中父老的！各位父老，就此别过了吧！"

送行的人们依依不舍，易雄等几位县吏一直送过四十里外的蕉溪岭外，长沙郡府派来接他的郡治司马，已经在山外等候。

易雄等几个跪在李绛马前，拜别李绛道："大人珍重！一路平安！我易雄不才，然此生无论于何地，将以大人为楷模，今后如能为官为吏，定要做一个大人这样的人！"

李绛本已上马，又跳下马来扶起易雄等县中官吏："兴长、正明、欧阳、王宕！快快请起！今后县中诸事，还靠诸位操持呢，各自珍重吧！李某就此别过了，后会有期！"

待李绛再次上马，跟随长沙司马绝尘而去，易雄等才洒泪而归。

这一日，易雄等茶饭不思，怏怏回到县府，觉得一切都空空荡荡的！

9

原长沙郡守司马昱早已升迁为京官，后来的长沙郡守为琅琊王氏大族世家出身，名为王珺，那是一个飞扬跋扈、十分霸道的官吏，仗着他是世族出身，在这江南一隅，更是不可一世。

他对仅凭祖上武功且救过司马懿得到庇荫的李绛本就看不起，更何况他竟敢私自打开官仓救济民众，他认为这是在哗众取宠，为了私人名声而不顾朝廷利益，因此上疏参撤了李绛，并派兵将其送往了洛阳。此时的晋武帝司马炎还在励精图治的阶段，头脑还算清醒，倒是仔细听了李绛的申述，虽然斥责了他不经上级批准私自打开官仓，但他还是念及祖父临终时的交代，对那位救其祖父于死难中的恩公后代网开了一面，竟然没有重罚李绛，只罚他去西北军中做了一名都尉。

王珺做了长沙郡守，就力举其琅琊王家的堂侄王申做浏阳县令。晋武帝司马炎本就实行的是分封诸王、重用门阀大族子弟的官僚政策，于是王申就十分顺畅地做了浏阳县令。

其实王申是个无才无德的纨绔子弟，长得五大三粗，一脸络腮胡子，身材粗壮，与这浏阳本地人相比，那北方人显然高大，像个另类。他既不秀气又不文雅，一来就没给易雄等几位县吏留下好印象。

到任这天，王申召集县府所有大小官吏，让他们一齐站在府衙院子中间炎阳之下，他则端坐在檐下阴凉之处给他们训话：

"承皇上恩典，我王申今日来到这山深水恶的南蛮之地浏阳忝为县令，这种偏远之地，本是不想来此的，看在皇上重用人才之际，我勉强来了，捡拾的是李绛留下的一个烂摊子！那李绛实在是不知天高地厚，竟敢私自开仓救济那些无赖刁民，让自己犯下罪过。照理说，李绛所做之事，也离不开你等的撺掇，本应一并治你们的罪过的。好在我长沙郡守王珺大人宽宏大量，没有追究你们，你们几个要懂得恩德。从今后，仓吏、漕吏需要正视自己的行为，所有县中钱粮财物，未经我之许可不可乱用，一切钱财物件，必须由我掌握，由我动用才可放心。你们两个，须小心侍候着！治吏王宕你且听着：你为王姓，也算我之同宗吧。然非我琅琊大族出身，你等王氏乃下面草民，不要打着我琅琊王氏旗帜招摇撞骗！县中治安，你须更加小心。凡无赖刁民盗寇人等，你得悉心防范。有敢于反抗官府者，格杀勿论！听说书吏易雄乃此间名士，然徒有虚名耳！王珺大人早知你以笔墨为李绛出谋划策，许多文稿均出自你手，比如上疏郡守的文稿。你得自思自省，今后凡文件报告，必须按我之指示而办，不得像李绛在日，妄出点子，贻害县令！”

这一通下马威，令易雄几个倒抽了一口凉气。与李绛大人在时县府上下之间的相互商量、互有默契相比，真是天壤之别。

很快，王申就显露出了他为官为政的另一套做法。尤其表现在审理县中民事、刑事案件时，他的贪官本色就展露无遗了！易雄看到，每审一件民事案子，县令依据的就是谁出的钱多，钱多的就赢了官司；而在刑事案件中，这位县令竟然草菅人命，随意地不问情由，可以将百姓关进大牢！

而最令易雄等不能容忍的是，王申竟然要将北门边的学馆改为一个戏院！

易雄试着劝阻他的这一举动，就温和地对王申劝谏道：

“王大人，自古儒学为立国之本，想我县中，倾民众之力，建起了这样一所学馆，乃为教化县民，培养县中子弟，才有这所闻名遐迩的学馆，延聘本地和外地著名学者为师教育。所以，我以为这所学馆是不该撤除的。再说，那戏院不过是游玩之所，怎能与学馆的作用相比。大人此举，民间多有议论，还望大人收回成命，恢复学馆。”

王申冷笑着注视易雄，好半天才说：“难怪李绛会误入歧途，就是有你等嚼嘴拉舌，给他妄出主意！易县吏，你想好了：安分守己一点，县里的事情是我说了算还是你们乱嚼舌头为准？本大人来此年余，只能听见猿啼虎啸，城中也一片嘶哑市声，全然没有一点丝竹之美，哪能与北地与洛阳甚至与我琅琊大郡相比?！这样的日子叫我怎么过？你识相识时务的，立即帮我召集戏子，开办戏院，你们大家也有娱乐去处啊！”

易雄知道对这等粗俗之人没有什么好劝谏的了，只好消极怠工，每日里也装作办事一般，去学馆改建地点转上一圈，然后回到家中长吁短叹。

两年以后的一天夜里，几位同窗同僚孔正明、欧阳剑、王宕似乎是相约来到易雄家中。见几位同僚来到，易雄知道他们与他一样，有着满腹的牢骚需要发泄，于是叫潘青梅炒上几个伴酒菜蔬，在书房里摆开来，他也真想与朋友们喝个痛快聊个痛快了。

酒过三巡，行伍的王宕就忍不住了：

“兴长！你可说说，与王申这等人做事，还能有什么出息！”

欧阳剑也趁着酒兴，大声地呼叫道：“这两年，王申已经将仓廪中的谷米，背着我这个仓吏，着人悄悄地运出几个邻县卖出不少了！我迫于淫威，只好睁只眼闭只眼，如此下去，将来东窗事发时，上面追究下来，我这个仓吏岂不成其替罪羊要遭大殃?！到那时，我岂不会吃不了要兜着走？”

“是啊，是啊！”孔正明也有同样的牢骚，“王申已经数次要我将本应上缴的漕运款项交给他，却没有收讫证明。我是哑巴吃黄连，声言不得的苦哇！”

对王申这个霸道粗俗的县令，易雄已是忍耐不得了。继将学馆改为戏院之后，他王申竟将一孔庙也改成了他经常吃喝的饭店，孔圣牌位早已置之高阁。而更为甚者，竟在几个巷子里令其从琅琊带来的亲信开设了妓院赌馆，那县令正事不做，长日在那些地方嫖妓赌博，他易雄看在眼里疼在心里，因而日日怀念李绛大人，已经到了忍无可忍的地步了！

“我浏阳地域多灾多难，好不容易有一位李绛大人这样的清官好官，将浏阳治理得井井有条，却遭遇参劾！来了这样一位花花太岁粗痞官僚，偏偏他又是郡守亲侄，有上头罩着，我们无能为力。朋友们，说句掏心窝的话，我易雄不愿与其为伍了！在这样的贪官污吏手下讨一份生活，亦是我等的耻辱！不瞒诸位好友说，我多时就想辞职不干了！”易雄愤愤地说道。

欧阳剑立即站起来鼓掌：“兴长，我们三个此来，就是想听取你的意见。我们是真不想再这样混下去了！”

易雄说道：“我何尝不是！再这样在县府混下去，我们的人格都毁了！与这种县令共事，实在丢了我等脸面！我大晋朝怎么能容忍这样的贪官污吏存在？想我易雄，对大晋朝的忠心绝不会改变，然对如此肆无忌惮的贪官却无能为力，实乃我之奇耻大辱啊！”

说着，易雄竟随着酒劲哭了起来：“令我难以取舍的是，我等如果辞去职务，那王申就可更加为所欲为了！现在有我等几位老县吏在府，他毕竟不敢放肆张扬，对县中百姓多少有些好处。而在府中一天，我又是度日如年哪！”

王宕十分激动：“兴长，我乃习武之人，何处没有我展示之机？我今邀孔兄、欧阳兄来与你商量，我是决心不辞而别了。我有个远房兄弟在南昌府做事，我决定去南昌找他寻一出路去！”

“也好！不过你不要不辞而别，那样会给王申留下口实。既如此，我等也顾不来许多了，不如明日我等一道去县府向王申提出辞呈，一起离开他吧！我宁愿在这西湖山下朝耕夕作，靠劳力吃口清闲饭菜，也不愿做他手下帮凶！像这等贪官污吏，今后总有一天会摔倒的，我等不必为之送葬！”

孔正明和欧阳剑立即举手赞成：“这样好！我等明日进府之后便递交辞呈，只是这辞呈还得借兴长你的大手笔写下来，我等一并签名如何？”

“好吧！趁着酒兴，我这就写！”

于是易雄奋笔疾书，很快就写好了一纸辞呈，四人在上面签下了自己的名字。

第二天，当他们向王申交上辞呈时，那王申竟无半句挽留。他对李绛留下来的这几个县吏，早已厌恶了。乐得他们集体辞职，他便好安排自己带来的亲信之人，也就可以肆意妄为了！

第四章　怒对张昌

1

日子过得很快，到永宁元年（301），易雄已经43岁了！

这中间，经历的国家动乱和家庭变故，几乎使少有壮志的易雄万念俱灰了！

晋朝的安稳日子并没有持续多久，由于晋武帝后来的错误政策和皇室的腐败，强大的司马氏政权迅速走向衰败，到太熙元年（290），晋武帝司马炎病故，由次子惠帝司马衷继位。惠帝本是个白痴，并不能治理国家，以至于朝中大权尽落于皇后贾氏之手。而司马氏诸位亲王不满于朝中贾氏专权，纷纷想杀贾氏而独掌大权，于是便发生了晋朝历史上有名的“八王之乱”。那八王全部是晋皇室宗亲。他们分别是：汝南王司马亮、楚王司马玮、齐王司马冏、赵王司马伦、成都王司马颖、长沙王司马乂、河间王司马颙、东海王司马越。299年，赵王司马伦杀贾后及其党羽，独揽大权。其后，司马伦又于永宁元年废惠帝自立为帝。是为“八王之乱”开始。此后，齐王司马冏、赵王司马伦、长沙王司马乂、河间王司马颙、成都王司马颖之间为了夺取政权不断发生战事。直至306年，东海王司马越毒死惠帝，拥立武帝司马炎第二十五子司马炽继位，称为怀帝。历时5年的“八王之乱”

方为结束。发生在西晋朝后期的“八王之乱”使晋朝原本就衰弱的统治进一步恶化，至西晋末年，不仅国内人民纷纷起义反抗暴政，而且域外的匈奴、鲜卑诸族也对西晋的统治虎视眈眈了。

易雄是30岁上愤然挂帻县门辞去县吏的。皇朝的争权夺利之战、八王的互相残杀，将国家又拖入了衰弱的境地，人民又落入苦难的深渊。易雄对国家的许多变故，愤愤然但毫无出力之机。自从辞去浏阳县吏之后，他便只好在西湖山下躬耕田亩，日出而作，日入而学。每每读书至深夜。

13年了！隐居山林，读书著述，倒也自得其乐，但毕竟少年即有抱负，心内勃勃，看看人到中年，仍无所作为，未免有些失落。

这13年里，家庭也连遭变故。先是岳父兼义父又为恩师的潘繁豫与世长辞，令易雄、潘青梅夫妇痛不欲生。待安葬了岳父不久，父亲易万年又辞世。紧接着宋文樟、宋文栎和戴旺相继离世。一个个亲人离开这个世界，给易雄夫妇以沉重的打击，几乎令他们不能抬起头来。而在这个浏阳县里，由于王申的胡作非为，县中民众怨声载道，后来虽然又来了个县令，但换汤不换药，县府吏治的腐败，令易雄对进入官场已经非常失望了。

好在引以为慰的是，潘青梅与他结婚以后，接连为他生下了两个儿子、两个女儿，宋文栎和戴旺的几个孙子辈也长大了。几家人亲如一家，那些孩子都在易雄的悉心教育下成长起来了。易雄将两个儿子取名天骥、天骏，期望他们像骏马一样能够驰骋世间。两个女儿之后，现在潘青梅又怀孕了，如果再能生个儿子，他将为其取名天腾，仍然是奔腾的骏马！

这一年，王宕突然从江州南昌府回到家乡，他虽已升任为都尉，但因为出身低微，也一直得不到进一步的升任。过去的几位同窗均天各一方，欧阳剑去了远远的广州谋求职位，没了消息；孔正明则如他易雄一样，在其家乡达浒自设私塾，做起了先生。他们虽然偶有来往，但都各自为生计而不得空闲，已经很少联络了。王宕一回来，便邀约孔正明一同来到西湖山下易雄的家中。朋友们数年不见，自是十分激动亲昵，以致三人彻夜不眠，交谈甚欢。

在易雄的小小书房内，三人一边喝酒一边夜话契阔。

“兴长，你一直守在这小小浏阳县内，于这西湖山下做个隐者，对外面的事可能不甚知悉吧？”王宕问道。又转过头来对孔正明说：“正明，你就更甚了，躲在那大围山下，日日教导学童，对外界可能更不清楚了。”

“确实！在这西湖山下，自然消息不畅，但我易兴长天生关心世事，对我大晋朝出现的许多怪事还是稍有所闻的。那八王之斗，实在是削弱了我朝国力呢，现在又是四处战事，民怎聊生哪！”易雄叹息着：“本来大晋之初，经三国战乱之后，太康盛世，我们是有一个开创大好局面的机会的。即使如我这浏阳县里，也有着像李绛李大人那样的爱民勤政的县官。没承想李大人遭罪，来了个王申，将我大好浏阳搅得一塌糊涂，实在令我等惋惜！”

孔正明显得有些愤怒：“武帝本来甚有作为，可惜后来……唉！不说了吧，我等草民，哪能议论皇上呢？然大晋朝沿用分封亲王制度，又只认豪族世家，对我等出身低微者，便纵有万般治国能耐、虔诚报国之心，也难有发达之时呢。我倒是看透了，还是处身山野教化学童才是我等正途！”

“不，正明，你是太过悲观了！”王宕显然有些兴奋，“兴长，像你这等学识渊博，具有大才大能之士，其实正是朝廷需要的。现在，很多有胆识的官吏，也在着力提拔我等这种下层出身而有学问有能力者呢。江州九江之陶侃不知你们听说过没有？”

孔正明摇摇头：“我孤陋寡闻，不知何许人也！”

易雄颇感兴趣："我倒是听说过！他是江州名士，家在九江，听说出身于低级的溪族，然自幼好学又极其孝道，做过九江督邮，后来升职司马了呢!"

"正是此人！那陶侃字士行，本鄱阳人。吴亡后，徙家庐江之寻阳。侃早孤贫，曾为县吏。鄱阳孝廉范逵曾经到过陶侃家，那时陶家酷贫啊，孝廉来访，家里仓促间无法款待嘉宾，其母乃截发得易酒肴，陶侃剁屋柱以为炊事，才做得一桌稍微像样的饭菜哪！范逵乐饮极欢，对陶侃十分赞赏。及范逵辞归，陶侃追送百余里。范逵说：'先生想到郡中做官吗?'陶侃回答道：'想去啊，苦于无人提携呢!'范逵记下了陶侃的想望，经过庐江太守张夔处时，就极力称赞陶侃学识人品，张夔爱才，便召陶侃为督邮，领枞阳令。陶侃这人颇有能力，后又迁升主簿。这人而且义道，一年，恰逢张夔妻有疾，张夔欲派人往数百里之外迎医生诊疗。那时正值寒冬大雪，张夔诸下属都觉得太难不想去迎接医师，唯有陶侃说：'我等资于太守，如事父执。太守夫人，犹母也，怎能眼见父母有疾而不尽心尽力者?!'于是他自请冒寒顶雪而行。大家都很佩服陶侃的高义哪!"

"真是高义之人!"易雄感叹道，"从陶侃的境遇来看，朝廷里还是有像范逵、张夔这样的善于识人、提拔人才的好官吏的！我们该投奔的也就是要像李绛、范逵、张夔这样的人物。才好发挥我等的才智力量，为国家尽力啊!"

"老弟所言甚是!"王宕十分赞同，"我在南昌府这么多年，兢兢业业，然而就难有陶侃这样的际遇。当然啰，我王宕算个什么人物，一介武夫，不遇战事，何能发挥?我听说陶侃大人现在刚刚担任武昌太守，且为将军，我准备去投奔于他。兴长、正明，你们以为如何?"

"这正是能得其所的举动，王宕兄此去，定能得到陶侃大人青睐的。你之为人，你之能力，我是十分敬佩的。宕兄，倒是要求你一件事：我儿天骥已经不小了，自小在家习得武艺，又研读兵书，你既去投奔陶大人，也将我儿带去吧！再说了，能跟随你，对其有个照应，我也就放得下心！"

"那敢情好！"王宕十分高兴，"我正愁缺个同伴呢，有令郎为伴，我就更有自信了！你就让公子做好准备，过几日我来邀约，一并上路！"

"那就拜托兄台了！"易雄连忙拜谢道。

"你我何等交情，值得如此大礼！"王宕说着，相互又喝了数杯，竟然鸡鸣三遍了，三人还不想歇息。王宕又说："兴长，你满腹经纶一身才学，却不可老窝在这山林之中，得出去为国为君尽心竭力。如今又是多事之秋，正是我等出力之时呢！我知道，你是没再遇到如李绛大人那样的好长官了。但我向你提及一人，你可以投奔他去，才好展示你满腹文才啊！"

"谁？"孔正明早已迫不及待了，"有好主儿，我也出山，陪兴长同去！"

"你们应该知道如今的长沙郡守早已不是王珺了吧？"王宕问道。

易雄说："倒是听说过，如今换上了一个叫万嗣的，然而我等对其不太了解。"

"易老弟，可别小视了这位长沙郡守啊！"王宕以一种十分赞赏的口气对二人说，"我刚才说到陶侃陶大人，那长沙郡守也是十分欣赏陶侃大人的哪。我只需讲一件事，你俩就可分析其为人了。有一年，万嗣过庐江，听说陶侃名声大，特地去拜见陶侃，虚心向其求教，听陶侃一席话语后，其竟对陶大人十分敬佩，就对尚在穷困中的陶侃说道：'君有此学问能力，最终一定当有大名的！'并且立即命其儿子与陶侃结为兄弟做了朋友才离去！两位同窗想想：能在一位贤者处于极其贫困没有发达时，降尊专程去看望，这种礼贤下士之举，实乃千古佳话吧！像万嗣这样的能够识人之郡守，不正是易老弟、正明兄应该追求的吗？”

易雄和孔正明都兴奋起来，当即决定，两人都在最近就前往长沙，去投郡守奔万嗣。

此时，天已大亮，西湖山已经处在一片晨曦之中了！

2

易雄和孔正明到达长沙郡守府前时，本担心难以见到那郡守万嗣的。没承想万嗣早已交代守卫府衙的卫兵：凡有地方儒士名流等贤者来访，必须及时报告，允许进入，由他接见。当易雄与孔正明向守卫报上姓名，守卫进去不到一刻，就让易雄、孔正明两人进入府衙，那郡守大人竟然降阶迎出院子来了！

这万郡守已经60多岁年纪了，花白头发，团头大面，官服清爽，十分慈和文雅的样子。一下阶，就对着易雄他们两个拱手：

“请问，哪位是易雄先生？”

易雄连忙就地下拜：“大人，在下浏阳易兴长。”易雄指着一同跪拜在地的孔正明说，“这是我同窗好友孔正明。”

“请起请起！”万嗣赶忙俯身扶起易雄和孔正明，“啊呀，易雄先生，我万某人久仰大名。这位孔先生不就是在浏阳大山里教育学童的名家吗？你们都是浏阳大名士潘繁豫先生的高足啊！对潘先生大名，我年轻时就如雷贯耳啊！”

易雄和孔正明一时感到十分吃惊，心内就像打开了一扇大门一样，看到门里面似乎一片透亮。想不到这位大人不但对他们的恩师十分了解，而且对他们这两个潘先生的学生似乎也早已熟悉了。一时间，使他们感到这位郡守大人不仅平易而且十分亲切。这样的礼贤下士，令他们俩感动得无法言语。

“今日正好琐事不多，两位先生，且进后堂一叙!”万嗣连连谦让两人，易雄和孔正明诚惶诚恐地跟着万嗣郡守进了府衙的后堂。

万嗣郡守府衙后堂装饰得尽管简单，几椅摆放得却十分得体，正面墙上一巨幅水墨，显示主人的清雅文静，屏风上画的仕女像也很美丽。一会儿，下人就端来茶水，几上还摆着一碟果品。看来，这位郡守为人高雅，十分随和。这就立即令易雄感到温暖，似乎遇到亲人一般，那种最初的局促感顿然消失了。

“两位先生，既是潘先生的高足，也是地方上的贤者。你们的大名我是早已听到过的。特别是作为潘先生义子、半子又是最得意学生的易兴长先生，我万某人本是早想去浏阳拜望你的，奈因政务和俗事缠身，一直不能如愿，今日易先生亲莅府衙，许多事就好当面讨教了!”万嗣竟然如此谦和，令易雄一时半会儿还真不知如何说话了!

“大人!”易雄终于清清嗓子，好久才比较顺畅地向郡守拱手说话，“我等乃大人治下一介草民，闻大人声名，想来拜见，无奈身卑位轻，哪敢随便造次？今日已是十分的唐突了，还望大人海涵!”

万嗣说道：“我来这长沙郡忝为郡守，实属不才。早就听说我长沙郡管辖之浏阳县里，有潘繁豫先生那样的贤者，后来听说潘先生年事已高，不幸去世，令我十分惋惜！其后又听说潘先生有众多学有所成识见渊博的学生，尤其是其义子易兴长先生和‘浏阳四公子’的声名，早已如雷贯耳。”

“大人过谦也过于客气了，能得大人如此看重，易某等真乃受宠若惊!”易雄起身再拜。

“想必两位先生定是有事教我，不然今日甚风能将两位吹到我处？只管直说，愿听详情。”万嗣似乎已经看出易雄两人来此的意思了，很亲和地说道。

易雄就真的直说了："大人！我等既为大晋朝臣民，理应为皇朝出力服务。今日冒昧，特来拜见大人，企望得到大人提携，谋得一个为皇朝服务的机会，所以不揣冒昧，贸然晋见大人，还望大人海涵！"

万嗣听易雄这么说，已是喜不自胜："先生能来投奔于我，说明先生看得起我万某人，十分感谢二位一片至诚！万某早已听得易先生等贤者大名，本欲找得时间往浏阳寻访几位的。今日兴长先生和正明先生能来我府衙，是我万某之幸、长沙郡之福也！我万某岂能令两位先生枉顾？想我长沙郡府，正缺一位能干的书吏，听说易兴长先生曾做过浏阳书吏，你是大手笔好文才，可否暂时屈就为我长沙郡书吏，协助我处理各项文告文字？听说，孔先生也曾是浏阳仓吏，对仓储钱粮管理自是十分在行的了，可否也请你出山，在我长沙郡里暂委为一仓吏呢？"

易雄与孔正明立即离座，拜倒在万嗣座前。

"学生此来，正是期望得到万大人提携呢！大人如此了解我等又如此礼贤下士，使我等有为大晋皇朝服务的机会，我等感恩不尽！大人如此重视我等草民，实乃我等三生之幸矣！"易雄赶忙回答。

孔正明也急急地回答："感谢大人高看我等，我与兴长当竭尽全力，能为长沙郡为大晋朝服务，我还待在那大围山里作甚?!"

万嗣十分高兴，一脸堆笑地扶起二人："那就先委屈二位了！你们俩可即日回家，安排家属，我这里着人收拾住房，你们亦好尽快安定，待一切安排停当，即可入府做事了！两位且就此定下如何?"

易雄忙答道："大人，我等早已商议过了，无须再回去安排家属了！家中俗务甚多，家属无法离开，此地离浏阳也就百十里路，途程不远，家小就不携来郡治了。再说，我等本是特来寻求服务之机的，当以皇朝事务为重，家务事小，国务事大，这点认识我等还是懂得的。既然来了，就不急着来回折腾了。如蒙大人派员能够草草安排我等一个住处，明日收拾一天，后日我等就可以来府衙听候大人指令了！”

“如此甚好！”万嗣十分感动，“像你俩这样的办事官吏，才正是我万嗣极力要寻找的哪！住处一事，你俩不必自己劳碌。我这就着人先送你们去府衙馆舍先委屈几晚，一俟下属将住处办妥，你们就可安心了！且不急着做事，还是先在这长沙郡治休息几天，四处看看，熟悉熟悉这郡治环境吧！今日是初十吧？十五日早上，你们即先来我府衙听候调遣如何？”

易雄说：“我等冒昧而来，得到大人如此看重，没齿难忘！孔兄，恭敬不如从命，我等就听大人安排了！”

于是，两人就随着万嗣安排的下属，先行到达馆舍住了下来。两人都很兴奋，真没想到，这样贸然而来，却轻而易举地被安排了职务，为吏虽小，但已属幸遇了。

夜来，两人在馆舍吃过晚饭，孔正明特地上街购得一壶酒，又买了些下酒的小吃，两人就在馆舍房间里喝点小酒，愉快聊天。

易雄无限感慨地对孔正明说：

“孔兄啊！我俩真乃正逢其时呢！万嗣大人礼贤下士爱才惜人，实在名不虚传！自李绛大人去后，我们四个在王申手下委屈数年，最后不得不愤然离开。我们太孤愤而隐匿家中，看来实在是错误的。大晋朝里虽然门阀制度高耸，总觉得我等低微出身者没有出路，然今见万嗣大人，我想，皇朝中还是不乏像李绛、张夔和万大人这样的提携下士者，不然像陶侃将军那样的能人怎得出头？想三国纷争多年，晋朝得以统一，民众得以安定，如今又逢多事之秋，我们生逢其时，确实该全力以赴，发挥我等能力为国为民，应在所不辞了。匿居山中其实是不可取的。今日之事，我是恍如梦中！没承想皇朝有像万嗣大人这样的贤者，不仅亲自出门迎迓，而且三言两语就安置了你我职务，今后当竭尽全力，为长沙郡为大晋朝做事了。如能得到出身，也不枉父母之恩、先生之教啊！”

“贤弟所言甚是！”孔正明也十分感叹，“好在有王宕回乡，向我俩说到万嗣大人，否则我们就错过了为国出力的机会！”

直到夜深，两人还处在异常兴奋之中，竟不知天之既白！

3

易雄自为长沙郡书吏之后，兢兢业业十分勤勉，颇得万嗣郡守倚重。不久，万嗣就提拔他做了长沙郡主簿。主簿一职，比起书吏来就又高了一级，大凡郡衙所有文书来往，均由易雄做主处理了。为了做好郡中政务，易雄让妻儿仍然住在浏阳，大儿子随王宕去后，做了陶侃属下的一名小吏；后来，二儿子易天骏也已长大，自己去了建康，在中庶子温峤手下为官了。在浏阳，易氏一家父子三人均成了朝廷官吏，可以说门庭辉耀，连县令也不得不高看了。

正在八王之乱时，又发生了张昌之乱。真是多事之秋！

到西晋永宁元年（301）十月，发生了巴氐人李特、李雄父子领导秦、雍六郡流民在益州（治所为今之成都）起义反叛朝廷的大事件。起因是当时关中干旱，连年饥荒，秦、雍等六郡的汉、氐、羌、賨等各族民众因灾荒无法生活，十余万人经汉川流入巴蜀地区就食。当地官府不仅不妥善安置流离失所的灾民，反而逼迫他们返回干旱得如同起火且无有吃食的家乡去，这就激怒了无处可去的流民。以巴氐人李特、李流兄弟为首，起义反叛。这支义军屡败晋军，迅速攻占广汉，进而围困成都。李特与西蜀人约法三章，赈贷贫人，得到益州民众的支持。后李特战死，其弟李流和其子李雄继续领统义军，于晋太安二年（303）闰十二月，逐走晋益州刺史罗尚，攻下了成都。

秦、雍六郡流民起义，是西晋末年流民起义中规模最大的一次。翌年，李雄称成都王，后称帝，史称“成汉”。四月，李骧（李特弟）之子李寿即位，为了笼络民众，以刘备父子的蜀汉为本，改国号为汉。李雄建立的成汉政权，共存在44年之久，直至成汉嘉宁二年（347），为东晋都督荆、司等六州诸军事的桓温率军消灭。

李特、李雄父子领导的益州流民起义，初看起来是个偶然的孤立事件，但如果进一步分析西晋当时的国策，就可以知悉那并不是偶然的、孤立的，而是一个必然的、全局性的事变了。国家大政的失误或者说错误，是导致西晋国力不断削弱的主要原因。

本来晋代魏立，后来又结束了三国的纷争而统一全国，经历了100多年的战乱之后，人民得到了休养生息，是一大好局面，晋武帝确实在其统治之初，出现了太康之治，各方面都得到了改善。但晋武帝实行了一些十分错误的政策，首先是分封诸王，司马氏的子弟分封各处之后，各自为政，中央集权受到了很大的制约。其次，晋武帝选择的接班人太子其实是个没有任何能力治理国家的白痴，晋武帝死后，诸王为争夺帝位，直接造成了后来的“八王之乱”，“八王之乱”后晋朝的国力就迅速削弱了。再次，晋武帝允许北方的少数民族武装进入中原，这些武装还直接参与了“八王之乱”，在中原地区迅速发展为扰乱国家的军阀势力了。最后一点是皇朝本身的腐败。晋武帝本人在其后期，荒淫腐朽，无以复加。据历史资料记载，光其后宫宫女就一万余人，在中国历史上也是宫女最多的皇帝。随着国力的削弱，也随着晋武帝的荒淫生活，最终西晋只维持了49年就灭亡了。所以说，益州流民的起义，其实不是一个孤立的偶然的事件。

对于这样一起重大的流民起义事件，朝廷采取的对策当然是镇压。于是朝廷于壬午日发出了一个《壬午诏书》。责令荆州官吏征召民兵（称为壬午兵）前往益州镇压李特的起义。

《壬午诏书》下到荆州刺史、新野王司马歆手里。他便马上下令各郡县遵照执行。

新野王司马歆字弘舒，其母为臧太妃。太康中，晋武帝诏封司马歆为新野县公，邑千八百户，仪比县王。司马歆虽少年得到尊贵，但初期还算谨身履道。臧太妃死后，司马歆居丧期间礼数甚为周到，因此司马歆以孝而闻于天下。被拜为散骑常侍。

赵王司马伦篡位后，齐王司马冏举兵讨伐赵王司马伦，移檄天下。司马歆当时为司马伦之南中郎将，不知所从何人为好。嬖人王绥对他说："赵王乃王室近亲且力量强大，齐王是王室疏支而力量弱小，公宜从赵。"参军孙洵则大声向众人说："赵王凶逆，天下当共讨之，大义灭亲，古之明典。"司马歆听从孙洵的话，决定跟从齐王司马冏。就派遣孙洵到司马冏那里去，司马冏连忙出迎，拉着孙洵的手说："使我得成大节者，新野公也。"司马冏进入洛阳，司马歆躬贯甲胄，率领所领之军跟随司马冏。因而以功勋进封新野郡王，邑二万户。迁使持节、都督荆州诸军事、领镇南大将军、开府仪同三司，是实际上的荆州刺史。

司马歆将去镇所前，与司马冏同坐一辆车拜谒武帝陵墓，因而劝说司马冏道："成都王司马颖乃至亲，一同建得大勋，今宜留之参与辅政。若不能尔，当夺其兵权。"司马冏没有听从他的话。不久司马冏兵败，司马歆惧怕，又私自结交于成都王司马颖，得以保留为新野王领荆州刺史。

由此可见，司马歆是个政治上的投机分子。这人在荆州为政严苛，草菅人命，对民众十分凶残严酷，以致蛮夷各族对他十分怨恨。

朝廷于壬午日发出的诏书到达之时，司马歆下令各郡县迅即征召民兵，赶往益州平叛李特、李流兄弟的流民起义。司马歆的命令十分严酷：不仅所有青壮男子均需入伍，而且不准稍事停留，必须立即赶赴益州。如果这些民兵在某一郡县停留五日，那么这个郡守或县令就将被撤职查办。因而逼得郡守和县令们都赶往乡下，征召青壮入伍，并全力驱赶青壮民兵赶往去益州的路途。

这些民兵本就是各郡县乡下的农民，没人愿意背井离乡远去益州那偏远的西川地方卖命送死，于是纷纷逃亡。而司马歆对于逃亡的民兵又实行更为残酷的刑罚，凡抓到逃亡者，即施行各种残酷的打击，然而这些措施均不奏效，反而让这些逃兵聚集一起，上山为寇了。

这就直接助长了张昌的叛乱。一场声势浩大的荆州张昌叛乱就此开始了！

4

张昌是个什么人呢？他的叛乱将会是怎样的规模呢？

或许就有必要来较为详细地记述张昌之乱了。

张昌本是北方蛮族，不过已经汉化许久了。但其蛮性不改，以致趁益州李特、李流发动流民起义之际，这个蛮族野心家便乘势作起乱来了。

晋武帝纵容北方一些少数民族南迁之后，出生于义阳的这个蛮族人张昌，年轻时也曾做过平氏县的县吏。这人身高八尺，长相威武，而且豪放不羁，广交朋友。自幼习得武艺，臂力过人，又读得几句书，能言善辩，头脑灵活。南下到荆州后，在荆州一带颇有名气。

一日，张昌在荆州城里见一占卜算卦者，出于好奇，就请那占卜者为其占卜。那占卜人名叫陈昌，在当地号称陈半仙，一绺八字胡须让人感到其神秘莫测，只见他为张昌占卜后，睁大眼睛向着张昌看了半天，才对张昌说：

“壮士，你这卦象，非二百钱不能为你算得！”

张昌觉得那占卜者不过大言骗钱而已，但他做了几年县吏，没有得到什么出身，心内正惶惶然呢，他为人豪爽，本就不惜钱财的，于是对占卜者说道：

“只要你说得在理，钱财无所谓，别说二百钱，只要你说中了，便是二千钱也是使得的！”

于是那占卜者一番天花乱坠，胡说八道了一通，使得精明的张昌竟然相信了他的话。

最后那人说：“看壮士面相，且占此一卦，我陈某人今日才算看出壮士乃大富大贵之相、大显大赫之途。他日壮士不为帝王便是将相。至于将有何等出身，我也只能说到这里，总之是天机不可泄露，壮士好自为之吧！”

张昌大喜，向那占卜人丢下两千钱，就离开城里，隐匿于荆州乡下半年，四处结交各色人士，推心置腹，因而为人敬重。张昌历来好结交朋友，与数名无赖地痞尤其相好。后来又花重金将那陈昌陈半仙请到一块，做其谋士，陈昌本就靠占卜混口饭吃，生活艰难。但他天文地理略知一二，周易八卦读了不少，又有三寸不烂之舌，颇得张昌信赖。那张昌正好利用他向那些朋友同伴不断胡说八道，将张昌吹嘘成了一位神人，以致追随者日渐增多了。

晋太安二年，他躲入离郡治八十里外之安陆县石岩山一朋友家，就在这里，他发布陈半仙的神言鬼语，声言天下即将大乱，真龙天子即在此荆州地面出现，新的朝代就要开始了。这时正是益州李特、李流兄弟率众起义之际，司马歆严酷驱赶民兵赶往益州平乱之时。由于民兵的不断逃亡，纷纷啸聚，那些民兵啸聚者听到陈半仙散发的天道将变的神道谶言，都知悉此地有个神人张昌，纷纷集聚到石岩山里来了。张昌很快就纠集了上万人!

恰在这时，江夏丰收，各地饥民纷纷赶往江夏就食，一时间江夏集聚的民众竟有十余万之多。张昌就派出手下到江夏宣扬真龙天子即将降临天下的谣言，民众信以为真，都相信那晋朝的天下要完了，改朝换代的大势是不可阻挡的了。

张昌的羽翼已经丰满了，就改名李辰，公然打出了造反的旗帜，并四处散布流言："天下将乱，圣人当出了!"新野王司马歆本就为民兵大量逃亡而恼火，那些赶往益州平叛的"壬午兵"边走边逃，已经所剩无几，"壬午兵"也只是一个名声了。听闻张昌在境内公然造反，就令郡守弓钦赶忙带兵出战，想一举剿灭石岩山的张昌，却不料竟被张昌打败。张昌的声势便陡然强大起来了。

张昌也是读过几本书的，对历史事实和民众是了如指掌的。他深知，凭他的出身声望，在这个延续了那么多年的门阀世族社会里是不能服众的，所谓神人之说，也只能骗得了一时，毕竟不能长期服众，他得找一个前朝的皇族出来做替身，才好摇旗呐喊。于是张昌与陈昌商量，要如何才能啸聚得起广大的民众力量呢?陈半仙已经是他的心腹了，他深知张昌的心理，就对张昌出谋划策道：

"主公须得找到一面旗帜，才好暂时号召众人，一旦时机成熟，一切不都是主公您的吗?"

这话正合张昌之意。"但到哪里去寻找这么一个死鬼呢?"张昌有些为难。

"主公不必着急，"陈半仙早已胸有成竹，"我在山都县里见到过一个县吏，名叫丘沈，那人面相特殊，有帝王之相，主公可以先行将他请来，改名换姓，就说是前朝刘氏后人，岂不就可以号召众人了!待一切就绪，还怕天下不归主公?"

张昌大喜，觉得陈半仙说得在理，立即赶往山都县，找到了那个丘沈，初见那人，确实一表人才，温文尔雅，谈吐不凡，张昌甚为欣喜，就软硬兼施，逼那丘沈就范，当即将其改名刘尼，妄称其乃汉献帝孙子，流落民间，正是真龙天子应世了。于是，盛车艳服将其迎出，立为天子。那刘尼被张昌拥戴为汉皇之后，按照张昌的意旨，封张昌为相国，置百官，拜张昌之兄张味为车骑将军、弟张放为广武将军，让其几个兄弟各领兵马，掌握兵权。并且在石岩山中建筑宫殿，张昌与刘尼一同住在那宫殿里。张昌又听信陈半仙的计谋，悄悄着人在山岩上将竹子织成巨鸟的形状，给其穿上五彩鸟衣，放些肉食在旁边，吸引众多鸟雀群集大鸟旁，诈称凤凰降临，又让陈半仙四处声言：珠袍、玉玺、铁券、金鼓等自然而至，说这是祥兆。立年号为“神凤”元年，郊祀、服色都依照汉朝故事。于是广下赦书煞有介事地大赦天下，并诏令征募兵员，如有抗拒不应募者，灭族诛杀。又令陈半仙散布流言，欺骗民众说：“江淮以南，当图反逆，官军大起，悉诛讨之。”江汉沔阳之间民众，一时间传得纷纷扰扰。人们竖起牙旗，鸣响鼓角，追随张昌。以致荆州地面纷纷响应张昌，实际上为其控制。旬月之间，兵士增至三万余人，甚至江夏、义阳等地的士庶儒道等有识之士，也纷纷赶来跟从于他。

张昌的势力如同烈火燃烧一般，迅速壮大起来了！

看到这种阵势，处在襄阳的新野王司马歆着急了，赶忙上书朝廷说：“妖贼张昌、刘尼妄称神圣，犬羊万计，绛头毛面，挑刀走戟，其锋不可当。请台敕诸军，三道救助。”于是朝廷派刘乔率诸军据汝南以抵御张昌，前将军赵骧领精卒八千据守宛城，助平南将军羊伊。

张昌并不慌张，派遣他的将军黄林为大都督，率二万人杀向豫州，前锋李宫则欲掠取汝水。刘乔遣将军李杨逆击，却被李宫大破。黄林等又东攻弋阳，郡守梁桓固守不住。张昌又遣其将军马武破武昌，竟将郡守杀害了！张昌则自领其余士众，向西攻宛城，打败赵骧，杀害羊伊。张昌由此一路声势浩大，大举进攻襄阳，竟将新野王司马歆本人抓住，立即杀了！张昌一鼓作气，另外又派手下石冰东破江、扬二州。当时，江南五州之境内各郡县都十分惧怕而投降张昌了。张昌径向各处派立自己的郡守、刺史，晋朝的半壁江山竟然成了张昌的了！不过张昌虽然跨带占据了五州，派出自己的州牧郡守，但那些所谓州牧郡守并不是从政之人，而是些强盗地痞小人辈，因而不会为政治理地方，政务毫无禁制。张昌派出的那些郡守县令只是以劫掠钱财欺压民众为务，因而使得人心慢慢地就离散了。

趁着五州的胜利，张昌又派遣部将陈贞攻打长沙郡、陈兰攻打湘东郡、张甫攻打零陵郡等南方诸地了！

在对付张昌的经历中，易雄就显露出英雄的本色来了。

5

本来张昌起事之初，新野王司马歆曾经联系长沙王司马乂，请其出兵援助荆州。当时湘州从荆州分出来不久，湘州虽有刺史，但实际权力仍操在长沙王司马乂之手。湘州如能出手救助荆州，或许张昌的势力不会发展得那么快。然而，长沙王司马乂与成都王司马颖早有矛盾，两者虽为皇室至亲，却坐视不管，以致张昌势力大增，新野王司马歆被杀死，张昌派出的南征大军就兵临长沙城下了。

长沙王司马乂自知无法抵挡气势汹汹的张昌将领，早在陈贞军到达长沙之前，便在随从的簇拥下离开了长沙城，躲避到西边的邵宁郡去了，将长沙留给了郡守万嗣。

湘州本为初立，其州治长沙城防不固，兵力仅仅是维持本地治安的少数地方军队。张昌军此时风头正劲，长沙城的陷落只是顷刻之间的事了。

作为长沙郡守，万嗣深知来者不善，他认为自己是朝廷命官，必须以身报国，却不想让手下一个个落入贼人之手，就对易雄和孔正明说道：

“兴长、正明，你们两个家在浏阳，离长沙不远，还是先自回乡暂避张昌军风头吧！”

易雄一听，摇头不从：“大人说哪里话来！如此严重时刻，我等岂可丢下大人只顾自己？国难之时，我等只能有迎头而上之举，岂有苟且偷生之理？”

万嗣叹口气无奈地说：“兴长义道，我甚以为慰，然而长沙固守是不可能得到好结果的了。我乃朝廷命官，是生是死都得以皇朝为念。你等又何必着意跟随我之左右，等待叛军的屠戮呢？趁现在尚可出城，你们两个速速出城东去吧！留得性命在，也好待来日啊！”

不管万嗣怎么劝导，易雄和孔正明就是不走。万嗣没法，只得听从易雄了。

几乎没有守得几天，长沙城就陷落了，易雄、孔正明与万嗣同守在郡衙里，只能束手就擒。被陈贞关押在狱中，等待张昌到时再做处置。

在陈贞攻占长沙的同时，不到几天，陈兰就占领了湘东郡，张甫也打下了零陵郡。除西边的邵宁郡之外，整个湘州都落入了张昌之手。张昌立即赶到了长沙，他要向几个被其占领的郡县派出他的郡守和县令。

张昌一到长沙，陈贞就喜滋滋地向张昌报告已经活捉长沙郡守万嗣和他底下的官吏。张昌立即命令他将万嗣等人带上原来的郡衙，威风凛凛的张昌向着五花大绑的万嗣和易雄等人瞄了一眼，以十分鄙视的语调对万嗣说：

“你就是司马家的长沙郡守万嗣吗？你怎么不识时务，敢于与我大汉皇帝对抗，和我堂堂相国对峙？”

万嗣冷笑道：“什么汉朝？自献帝让位于魏武帝，后又传至我朝武帝，已经过去多少年了，将军你还在翻那老黄历？”

陈贞忍不住斥责万嗣道：“你怎么说话呢！面对我大汉相国大人，竟敢如此无礼！”

张昌此时心情不错，竟没有指斥陈贞，倒说道：“早听说你万嗣名声不错，还能礼贤下士，就是太不识时务，如今晋朝江山已经悉归我大汉了。你还是识时务吧，只要你归降于我，我还是让你做这长沙郡守。”

万嗣正义凛然回复道：“我乃朝廷所命之堂堂正正的长沙郡守，岂会做你之伪官？既入你手，我万某人就没想活着，只望将军成就我千秋忠义！”

张昌自起事以来，所遇官吏不是闻风丧胆就是屈膝求生者，还没见过如此硬气的晋朝官吏，不禁有些惊奇有些佩服，但脸上又实在挂不住。他是个没有多少耐性的汉子，此时不禁震怒了：

“那就成全阁下了！”说着，连呼手下将万嗣推出斩首。

此刻，易雄站了出来，大声呼喊道：“不可不可！将军岂能如此草菅人命?!”

张昌愕然：“你是何人？竟敢如此造次？”

陈贞忙说道：“此乃万嗣手下主簿，姓易名雄，表字兴长，听说是此间名士。”

“啊，你就是易兴长啊！”张昌笑道，“我在荆州倒也听说过浏阳有个潘繁豫先生，潘先生有个高足易兴长，笔下十分了得，敢情就是你这迂腐的家伙了？这等腐儒留之作甚，一并推出去斩了！”

张昌向陈贞示意，陈贞立即着令手下将万嗣与易雄推出郡衙去。

易雄此时笑笑，神态自若，昂首阔步，挽着万嗣向衙门外走去。

张昌觉得奇怪：竟有如此镇定自若不怕死难的读书人？他喜欢这样的硬骨头，就又叫陈贞将二人带回来。

“看来你易兴长还有几分骨气，竟不怕死！我就喜欢不怕死的硬骨头，倒要听你说说，我杀个郡守为何你要连呼‘不可不可’？”

易雄正义凛然地回复道：“将军！自古以来英雄豪杰，各为其主竭尽忠诚。万嗣大人乃大晋所命之地方长官，做的是皇家的大事，为的是黎民百姓，如果说万嗣大人抵御了你的进攻，那是他分内的事。忠诚道义尽职尽责者无罪无错，你怎可杀害他?！再说了，将军之所为，乃反叛朝廷，逆天而动，上不合天意下不服民心，你杀害朝廷地方官吏，岂不是逆天反民行为?！所以你杀不得！”

“胡说八道！”张昌怒喝道，“想我大汉皇帝刘尼陛下，得天之助，为民解忧。我张昌辅佐大汉皇帝，为民做主，推倒置民于水火、篡夺我汉天子天下的魏晋伪朝，正是顺应天道得民心。你等执迷不悟，竟敢一派胡言，哗众取宠！万嗣如此冥顽，不知悔改，你是读过诗书的所谓名士，不思助我顺应天道民心的大汉皇上，死到临头了，还敢如此妄言乱语。陈贞！速速将他们推出去斩了！”

万嗣、易雄等第二次又被推出衙门之外，此时易雄不仅毫无惧色，反倒大笑起来，呼叫道：“张昌贼子，你如此逆天而行，终归要死无葬身之地也！”

说着，挺起胸来，搀扶着万嗣，大步走出衙门，下了院子。

张昌本是个性格古怪的人，从来欺软怕硬，觉得这易雄面对死亡威胁，能够如此镇定，昂首挺胸，实在不同一般，竟又一次着令陈贞将易雄、万嗣等人带入衙堂之上。

“看来你这易兴长倒还真是条硬汉子，一次一次地死硬到底，我倒要看看你是否能够说服我张昌？今日我心情不错，倒要听听你的胡说八道！”

“将军，你几次三番以死威胁我等却又不立即杀害，你算是还有点做人做事的心思。”易雄不紧不慢，娓娓而论，“将军，你应该知道‘士可杀不可辱’，欲让我们背叛故主投降于你，则是我等奇耻大辱！古语云：民不畏死，奈何以死惧之？死则事小，失节事大。我等只知忠于朝廷，不知有投降反叛朝廷者之奸恶行为。你杀掉我等，必然给你自己留下万世骂名！”

“我为建立新朝尽力，何来骂名?！成者王侯败者寇，我大汉本为正统，你等篡位谋逆的魏晋乱臣贼子，才应得千古骂名！”张昌其实也很善辩，他自有他一套道理。

“将军差矣！”易雄仍然强硬，“历朝历代，总有变化，变是不可阻挡的，能顺应天道民情之变，是为正义；否则即为非义。人民历三国之乱百余年，好不容易统一于大晋朝，建国刚刚几十年，本是国泰民安，太康之治。人民得以休养生息，然而你等又举战事，既不合天道也不符人情，所以非义。似这等胡作非为，不得骂名吗？”

张昌再一次动怒了，连呼陈贞将几人推出去斩了。奇怪的是那易雄竟然一点也没有惧色，昂昂然走向阶下。

竟有这样不怕死而镇定自若者？张昌一时半会儿还真下不了杀死这种大义凛然官吏的决心。自起事以来，他遇到的怕死鬼够多的了，像易雄这种强硬者，还是第一次见到。这人如此护主，本来他如不站出来为郡守讲话，他是不会杀了一个小小州郡的主簿的。然而这家伙竟然一次又一次地忤逆他这个相国，嘲讽他这个即将占据全国地盘的强人。他是个强人，因此他又不得不佩服易雄这样的强者，还是不想立即杀了他和万嗣，于是第三次着令陈贞将他们带回来。

“易兴长，你很会说话，很会狡辩，大概死是吓不倒你的了。我还真是敬佩你这样的硬汉。你这样护着这长沙郡守万嗣，可见这万嗣必有什么过人之处，使得你这种下属竟冒生死为其辩护，你倒再说说，这万嗣有哪些不凡之处值得留下性命，你如说得在理，我或许对你们不予计较!”张昌的反反复复，令万嗣和易雄都感到十分蹊跷，十分奇怪，易雄想了想，决心采取另一种方法说服张昌，或许可能救得万嗣大人和自己的性命。

于是易雄款款而论，不慌不忙，甚至推心置腹地将他最初拜见万嗣时的情景和盘托出，又将万嗣一心为公、勤政爱民、体恤下属、礼贤下士的种种细节一一向张昌细细讲述，竟然将这个杀人魔王都说得动心了。易雄这种以情动人的方式，对一个野心家杀人无数者款款而谈，甚至张昌的左右都对易雄肃然起敬了。

最后，易雄对张昌说道：

“将军，我听说人分九等，地裂十墒。对待邪恶者，该杀时无须犹豫，然而像万嗣大人这种为民为众的清官廉吏，你是不应该随便杀戮的。万嗣大人自来此地，处处为民着想，加之礼贤下士，闻名遐迩。对这样的好官清官，你如杀害，对你只有坏处而无好处。你欲想成就事业，就需取得民心，你杀害万嗣大人，就只能失去民心，得到失败!”

其实易雄这一席话，正击中张昌的要害。他内心也是十分为此担忧的。他想得到天下，却恨自己手下没有如同万嗣、易雄这样的忠诚官吏，但面对易雄的指责，虽然冒犯了他反叛成功者的威严，反复无常的张昌竟然软和下来了：

“照你这么说，这万嗣是杀不得的了？”

“杀不得。”

“那么，你呢？杀得杀不得？”

“我吗？本就草民一个，虽读得几句书认得几个字，承蒙万嗣大人的高看，能来此作为万嗣大人助手，为皇上为黎民做了点自己能做的事，有劳无过，本不该死，如将军认为以我卑贱之身换取万大人伟大之躯，我宁愿代之赴死！我易某人生性硬气，从不俯首低眉。从不求人怜悯，但对万嗣大人这样的好官清官，我请求将军不要害其性命。如为民留得万大人性命，且以我易雄代之吧！我易雄之命何足惜哉？”

一席话，竟然打动了张昌：

“好！难得你如此忠诚仗义，又如此不畏死难，说句实话：我张昌没有佩服过几个人，我对先生真是要另眼相看了！我也做过县吏，看到过多少贪官污吏，在这个以世家大族为准的所谓晋朝，我也曾与你一样，难有出头发挥之时，我敬佩能够为民的清官，更痛恨鱼肉人民的坏吏，既然万嗣是个好官清官，你又能如此不畏死难仗义执言，我就破例饶了你们。既然你们不愿为我大汉朝用事，那就远远地离开此地，回到你们的家乡去吧！可有一桩：如再与我作对，定斩不饶！走吧，你们几个我都赦免了吧！”

事情没想到有如此转机，易雄立即搀扶着万嗣，也不致谢，仍然昂首阔步，走出了那万嗣曾经的郡衙！

6

万嗣、易雄、孔正明等被张昌释放之后，在长沙万嗣的家中，三人洒泪而别。

万嗣说道：“兴长，我万嗣这条老命，非你不能留下！我就奇怪了，那杀人不眨眼的张昌怎么就能被你镇服？”

“大人可不能这么说！”易雄忙回答道，“这都是大人您平日为政清廉、待人真诚，即使像张昌这等强恶之人，也是不敢擅自危害大人的！”

“不不不！”万嗣其实也惊魂未定，“我曾料定必死无疑，尽管能为国尽忠，亦人臣之愿，但毕竟人之爱生，如同禽鸟。听说陈贞部将攻下零陵郡后，郡守孔就立即被张昌下令杀害。我长沙郡守能够活着，非兴长之力不能得！兴长，你是我之福佑，再生之德，没齿难忘！”

易雄赶忙作揖道：“大人吉人自有天相！跟随大人这些年，深知大人为人，鬼魔不敢害。您是我之父母官，人世间，哪有父母临难之际，儿孙辈坐视不管之理？能够使张昌如此，是大人您自己的恩德的因果报答。天道之成也，岂能是小人之力。这些都不说了。以我之见，大人还不能在此间久待，还望大人迅速离开此地，回岳州家乡暂避一时吧！张昌之乱，为时必无多久，一俟乱平，长沙还需大人整治呢！”

万嗣并不赞同躲避：“兴长所言甚是，但我为长沙郡守，岂可离职而归？我不怕死，就在这里待着，等待他日吧。你与正明，家室都不在此，府衙既被张昌属下占着，你们就不必留在此地了。浏阳离此不远，你们还是先行回乡等待吧！”

于是易雄与万嗣洒泪而别，即日就回往浏阳。在县城与孔正明别后，易雄就径直赶往西湖山家中。这时候日已西沉，潘青梅猛然看到丈夫立在门前，恍如梦中，立即跑出大门，二人相拥而泣。

“夫君，你和万嗣大人的遭遇，我们都已听说，正日夕不安无以为计呢，全家人等都担心你这次是必遇死难了！果真是你回来了吗？真如梦中一般！”

易雄笑笑，扶住妻子，见家人均挥泪呆立，就豪爽地对小儿子和女儿们、孙子辈们说笑道：

“你们是不必担心的，我易兴长虽然去阎王爷那里走过一遭，但阎王爷说了：你易兴长儿女孙辈尚幼，暂时还不能来我这里。回去吧，你家里人都在等着你哪！”

易雄的幽默说笑惹得一家几十口人都带泪笑了。

这么久没有在自己家中和家人一起吃顿饭了，易雄很兴奋，接连与戴旺的两个儿子、宋家的几个同辈喝了十数杯酒。一直到深夜才就寝。

当易雄拥着温柔的妻子，才感到逃出死难的可贵。在妻子的嘤嘤啜泣中，易雄说道："香生，我能大难不死而且救下来万嗣大人，我仔细想了想，这都是祖上荫庇和我义父的教导，使我能做一个临危不惧有胆有识之人。人需忠义，这是任何时候都要记取的。只是拖累于你太多了！没有你之为一家操心，就没有我易兴长的任何发达。香生，上天将你给了我，是我此生最大的幸运！"

"夫君说哪里话来！"潘青梅紧紧地搂抱着他，唯恐一时间又将失去，"你能活着回来，就是我易、潘两家祖上的阴德所赐！以奴家傻想：以后你就在家歇着吧，不要出外为官了！"

"香生所想差矣！"易雄温言劝慰道，"我已是朝廷官吏，为一郡主簿，万大人青睐，正是男子汉大丈夫为国出力的年龄当口。虽暂时皇朝有事，但张昌之辈乃乌合之众，不会久远的。一俟乱平，我便要立即赶往万嗣大人身边的。"

果然不出易雄所料，到这年八月，张昌就已败绩！

张昌的流民起义虽然声势浩大，但毕竟是反对当朝逆着民众的乌合之乱，况且他所派遣的刺史、郡守、县令均是些搜刮民脂民膏的家伙，民心尽失政权不稳，他的起事很快就被镇压下去了。

在平叛张昌的战事中，发挥了最大作用的就是那位溪族出身的陶侃。

张昌立山都县吏丘沈为天子，自为相国之后，趁西晋朝廷诸王争夺朝权之机，分兵四出攻城略地。已经是南破武昌、长沙、湘东、零陵；东攻弋阳；北克宛襄，杀了西晋都督荆州诸军事的新野王司马歆之后，又令部将石冰和封云率领东路义军，攻占江、扬二州。其势力迅速扩大到全国十三州的荆、江、徐、扬、豫五州的大部富庶地区。几乎占据一半国土了！

但西晋朝廷并未瘫痪。同年七月，朝廷诏令新的荆州刺史刘弘都督荆州诸军事，刘弘立即集大军围攻张昌，派遣司马陶侃、参军蒯桓、皮初等率众向竟陵讨伐，又遣将军李杨等向江夏进攻，对张昌军形成了合围之势。

陶侃善于作战，与张昌正面苦战，大破张昌，斩杀数万张昌兵，且纳降兵万余人，增加了自己的力量。在陶侃的沉重打击下，张昌穷途末路，窜到下俊山隐匿下来。第二年秋天，被陶侃擒获斩杀，陶侃将其首级送到京师，其同党也并夷三族，张昌之乱被平定了。

张昌乱平后，万嗣被升为湘州刺史，易雄立即就被万嗣派人请到长沙，万嗣报请朝廷，陈述易雄的人品能力，朝廷下文，将易雄正式任命为湘州主簿。紧接着万嗣又举荐易雄为孝廉，只等朝廷批复了。

易雄这次面对张昌临危不惧给人很大震动，且凭与张昌三次诘对，据理力争，救下了万嗣，因而名声大振。易雄大义凛然之举随即远近传播开来，使得他自此成了荆湘名人，其声名甚至传播全国。所以，万嗣举荐易雄为孝廉时，几乎没有任何阻挡。那会儿并没有科举考试，地方官举荐为孝廉也就有了进入官场的台阶了。

孔正明因为在对付张昌叛乱中的表现，也被万嗣提拔为湘州的主管仓吏了。万嗣很为感念易雄，就在平乱之后不久，着令孔正明陪易雄回乡休假省亲，两人回到浏阳时，易雄的事迹已经在家乡传遍，新任的县令本是万嗣多年的手下，对易雄更是另眼相看，立即组织民众，像欢迎英雄一般将易雄、孔正明迎接到了县府，邀集地方上的名流贤达，大小宴席不断。

从此，易雄就成了浏阳、湘州、荆州乃至全国都知晓的名人了。

不久，易雄又被任命为湘州别驾，实际上就是湘州刺史万嗣的副手，真正进入全国十三州之一的政治核心了。此时的易雄自己也踌躇满志，他要像陶侃一样，即使不能成为陶侃那样的功勋卓著的名将，至少也要做一代名臣。

似乎，前面的仕途是那样的明媚灿烂起来了。

7

因为易雄出身寒门，并非世家大族子弟，其实是很难实现他为朝廷为民众尽心尽力成为一代名臣的抱负的。在晋朝的政治旋涡中，也难遇到陶侃那样在军事指挥上能够突破寒门出身羁绊的机会的。

对于易雄，万嗣无疑是唯一知根知底、有恩于他的人。尽管他和万嗣被张昌俘获后，怒对张昌舌战张昌得以成就万嗣，也成就了他易雄而官至一州别驾，成为实际上的副刺史，名声可谓显赫，政务可谓娴熟，但在西晋，门阀大族观念使得像易雄这样的能人也很难有发挥才智的机会。尤其西晋末年，在沿袭晋武帝制定的政治制度下，像陶侃、易雄这样的下层知识分子，非有十分特殊变故的大环境或十分凑巧的机遇不能成为名臣名将，即使有才华能力，也是很难出头的。陶侃应该是个特例。因为陶侃遇到识他的张夔等人。张夔他们的推荐，那是机遇，陶侃才得以进入军中；后又遇到对付张昌的战事，在一个特殊的大环境下，刘弘能够大胆使用他陶侃，才使他的为将才能发挥出来，一步步得以成为稳定晋朝局势的名将，但毕竟是非常特殊的个别的例子。而易雄，也因为在对付张昌中凭借忠义得以为孝廉、为主簿、升别驾，一是在大环境下显示的忠义人品，二是需要像万嗣这样的识人者。一旦这两个条件失去，像易雄这样的底层出身的官吏，遭遇到的就只有打击了！

不幸就跟着降临了！万嗣毕竟老迈，就在易雄升任别驾没有几年，将近70岁的万嗣去世了！这时的国家又是多事之秋，经历了49年的西晋朝因为“八王之乱”，因为张昌动乱，因为内部的一次又一次算计，国力迅速衰退，而北方的各族政权迅速崛起，西晋灭亡了。好在皇族原琅琊王司马睿在琅琊王氏世家的江南扬州刺史王导、王敦兄弟扶持下，得到了江南世家大族的支持，即了皇帝位，是为晋元帝，建都建康，延续了晋朝的香火，史称东晋。虽然丢失了北方的大片土地，算是偏据了江南一隅，建起了一个与北方对峙的司马政权。

万嗣的去世，对于易雄来说无异于晴天霹雳！从外表上看，万嗣虽然年事已高，但精神矍铄，他喜欢读书，因而常常读至深夜。湘州的事务，有别驾易雄兢兢业业地处理着，其实无须担心。但万嗣不偷懒不松懈，依旧勤于政事，处处操心。不料这年八月中秋节，他与家人一道过节，因为月色甚好，赏月时喝了几杯酒，觉得有些头疼，其妻就服侍他睡下了，却不承想这一睡就再也没有醒来！

易雄得到万嗣遽然长逝的消息，真是痛不欲生。当初父亲易万年和义父潘繁豫去世前还曾重病过，辞世只是时间问题。而如今刺史大人遽然去世，易雄不仅感到太过突然，而且心理上绝对难以接受。所以，对万嗣的辞世，他感到比自己的父亲与义父去世时还要痛苦和难受。

他是别驾，他得主持万嗣的丧葬事宜。万嗣是个好官清官，深受湘州人民爱戴，因此出殡那天，长沙城民倾城出动，为万嗣送行，那种热闹又悲哀的氛围，是长沙从立县、立郡到为湘州州治以来空前的。尽管如此，在安葬了万嗣之后，易雄与孔正明两个常常坐至夜深，悲伤得不能自已。

朝廷还没有派来新的刺史，作为别驾，易雄须强忍悲痛，夜以继日地处理湘州的一切事务。很快，朝廷任命了一位新刺史，名叫沈铸，来自扬州的沈姓世家大族，50 岁左右年纪，文文雅雅的样子，八字胡须稀疏，脑门光滑，油亮亮的十分显眼。初看起来，倒还和蔼可亲，一来就对易雄说道：

“万大人不幸辞世，这段时间湘州政务繁多，易别驾辛苦了！”

易雄说道：“虽然万大人不在，然政事易某不敢懈怠。今后还望沈大人多多指示！”

“好说！好说！”那沈铸悄然笑笑，“你是万大人之倚仗，我沈某人初来乍到，一切也还得仰仗先生咯！”

但没过多久，那沈铸便十分傲慢起来，全不把易雄这个别驾放在眼里，对孔正明这样的下属就更甚了。

初到任不久，沈铸便召集所属的郡守和县令在州府议事。在州堂上，当着众多下属的面，沈铸竟然大肆吹嘘起他们扬州沈姓世家的辉煌家世来了，他尤其滔滔不绝讲述的是当今东晋皇帝司马睿的即位，没有他们江南谢氏、沈氏和其他大姓，光靠琅琊王氏的帮助其实是根本不可能的。

沈铸这么一说，惹得那些湘州的官吏尤其是各郡郡守、各县县令们在堂上对他赞不绝口，他们对沈铸逢迎的神情令易雄很为恶心，他感到十分不快，这其实是对元帝的亵渎，但易雄明白自己位卑言轻，只好压住了心内的愤懑。

“易别驾！”沈铸竟然直接转向易雄问道，“你出身何处世家？你家门阀一定是高的了！”

易雄傲然地回答：“回复大人，我易某出身寒门，家住浏阳小城，并不是高门巨第出身，惭愧惭愧！”

“哦？”沈铸显出了一种轻蔑的神态，“你谦虚了，不出自高门巨第，怎能做得了这大州别驾？别驾可是个世家大族子弟许多人都想得到的职务啊!”

长沙郡守不甘寂寞，就绘声绘色地向沈铸讲述了易雄怒对张昌时的勇气和正义，加上对易雄勤于政务深有能力的种种赞誉。

“哦!”沈铸不动声色地笑笑，“易别驾的事倒也听说过的，有勇气有义道啊!不过，我沈某以为，单凭三寸不烂之舌，便得以举孝廉做别驾，似乎也太容易了点吧?”说完，哈哈大笑，那些郡守县令也都跟着傻笑起来。

易雄憋了一肚子闷气，只是不好当众发泄，脸上实在挂不住，如果那沈铸再肆无忌惮嘲讽，以他易雄的性格，他是一定会反驳的，好在那沈铸也适可而止了。

晚上，易雄与孔正明一起要了几个小菜，在住所里对酌。易雄感到白天在湘州府衙受到的是一种奇耻大辱，愤愤然对孔正明说道：

“正明兄!这沈铸门阀之念太过浓厚了，竟然故意在堂上如此羞辱我等，实不可忍之!”

“门阀之念在我朝确实是大患!至如今元帝朝因为琅琊王氏和江东大族世家的簇拥，则更胜洛阳了!然而，我等有何办法?只能如此忍气吞声地做下去了!”孔正明无奈地一饮而尽，摇摇头说。

“正明兄，这沈铸之行之言，实属令人丧气!今后只怕再难以遇到万嗣大人那样的人物了!我恨不得立即就辞去这别驾职位。我易兴长也五十多快六十岁的人了，何必处在人家的嘲讽中做这么个小官?!”易雄是不太喝酒的，这天竟连连把盏灌下了不少。

“兴长，别驾官职，其实不小了。不为国家计，为家人为地方想，我们就忍忍吧。做自己的事，管他沈大人如何看待?”

“不会有好果子给我们吃的!他这是故意为之，其实是想把我等挤了出去，好安插他的亲信!”

“正因为如此，我等偏不辞职，不能如了其意!”

“倒也是！就不辞去，确实不能让其如意！”

就这样磕磕绊绊地过了两年，沈铸调任江州了。孔正明欣喜地对易雄说：“这人终于走了，或许来个与我们能够相与的刺史未可知也！”

然而孔正明想错了，这次来的不是别人，却是曾经做过浏阳县令的王申！

王申是琅琊王氏世家出身，在浏阳县令任上没少贪污，后来辗转各地，没有得到提升。但王导、王敦是其本家堂兄弟，王氏兄弟扶持司马睿当了皇帝，琅琊王氏个个都炙手可热了。由于王敦的力荐，那王申竟然被任命为湘州刺史了！

看到王申到任，易雄和孔正明心里都凉了半截！

熟人相见，并没有欣喜，并没有欢快，第一天王申召见州府官吏，一眼就看见了易雄和孔正明，这回王申竟降阶执住二人的双手，笑得十分响亮：

“老朋友啊！竟然又得相会于此地了！二位，别来无恙，令我记挂呢！”

易雄与孔正明沮丧得很，无话可说。

“看来二位混得不错，竟然从小小浏阳混到这州府上来了！想不到吧？我王申又来做二位的上司了！这就是门阀世家的优越，你等当年愤愤然挂帻县门佛然而去，我王某人可是记忆犹新啊！怎么样？这回不会再演当年故事了吧？”

自此以后，易雄这个别驾就十分不好做了！孔正明因为地位更低，从王申处得到的指斥就更多了。易雄这次是说什么也不想再吃这口闭气饭了，孔正明也一样，二人商量的结果是：挂帻而去，辞职不干了。易雄心里笑道：这大晋朝，就让你们这些门阀大族折腾坏了！我易兴长忠诚的是皇朝国家，可不是你们这些大族世家子弟的玩笑泄气桶！

这一年，是晋元帝太始五年，易雄刚好60岁。他似乎感到一身轻松，终于又可以回到那西湖山下易家段与家人相聚躬耕田亩了！

其实，那王申也没干得多久，因为贪婪成性，不久就被参革，连王导、王敦也保不住他了。晋元帝派来亲信甘卓担任了湘州刺史。

甘卓并不知道易雄，他没有理会曾经的别驾蛰居在浏阳，易雄也就只好隐忍着在浏阳西湖山下躬耕了。他没想到将近花甲之年还会出山为官做了县令，更没预料到他会在最后为晋朝献出生命！

第五章　春陵县令

1

晋元帝大兴三年（320），东晋朝廷发生了一些变故，晋元帝已经看出据守荆州的大将军王敦有了反意，他得采取些防范措施了，朝廷政事，波诡云谲，处在十分敏感的当口了！

湘州刺史王申本为琅琊王氏本家，他没能做得多久，晋元帝就换上了甘卓。到大兴三年这一年，梁州刺史周访去世，对晋元帝是个重大打击。因为周访是个十分忠于晋元帝且在朝中影响很大的戍边大臣，对蠢蠢欲动的王敦是个大的威胁。周访之逝，显然对王敦是个喜讯。而梁州又是王敦所掌握的荆州武昌上游战略要地，晋元帝必须牢牢抓住，于是就派他信任的湘州刺史甘卓转任梁州刺史。此时湘州刺史空缺，王敦于是上表欲让其亲信——宣城内史沈充任湘州刺史。晋元帝知道湘州在荆州南边，位置重要，当然不接受王敦的上表意见，决意派他的堂叔父——谯王司马承出任湘州刺史，承监湘州诸军事、兼南中郎将。

这一年，易雄已经 62 岁，回乡也已几年了。这几年，他其实过得并不轻松，他总是怀念万嗣，想起自己在担任湘州别驾时的情景。对如今世事，尤其是朝廷近几年发生的一切，其实他是十分关注的。

在湘州任上，他就曾听说过王敦，也曾隐隐担忧东晋朝的安危。易雄是个忠于朝廷的别驾，对经历100余年得到的晋之统一局面以及在这个朝代中人民相对的休养生息状态是十分赞赏的，尽管如今只有半壁江山，但他不希望这个难得的政治局面发生大的变故，那样的话，人民岂不又要投入战火之中？然而，随着门阀吏治的腐败，他已是一个退职赋闲者，他除了处在江湖山林间做一普通老百姓的担忧之外，是别无能力改变的，所以只有叹气的份了。他想，此生不会再有机会能去为国家为皇上效力了，还是做个安于山林的老百姓吧！

没承想，在他63岁时，他的命运又有了巨大的改变，以至于在65岁时成就了他千古的声名！

这年一个秋高气爽的日子里，在地里埋头躬耕的易雄突然看到在他易家段对面的淮川河桥上，一大队人马正在走过河来，而且有几乘官家大轿子过了河，直接往他家方向去了。

易雄觉得有点奇怪，但也不想过于理睬，或许是某个官吏又来拜访他吧？自从回乡之后，总是有人慕名而来，说些似是而非的废话，他都有些厌烦了。

他便继续锄地拔草，泥土里散发出来的清香令他陶醉。

一会儿，小儿子易天腾匆匆赶来地里，带给他一个震惊的消息：湘州刺史、谯王司马承特地来看望他了！

听到小儿子这么通报，易雄震动了！谯王司马承从州治长沙特地来此看望他易雄？他立即丢了锄头，急忙走下淮川河里洗净粘着泥土的双腿，赶快往家里走去。

他早几个月前已听说朝廷派来了谯王司马承担任湘州刺史。谯王司马承他是听说过的，那位王爷字敬才，司州河内温县人，是司马懿六弟司马进的孙子。其父司马逊被晋武帝封为谯王。司马承是司马逊的次子，继嗣而为谯王的。听说这位王爷忠诚老实，不同于晋室中许多皇族，他不居位骄傲，待人和蔼。而且居家简约，不置别室，是个名声甚佳的皇族。这位湘州刺史上任才几个月，竟亲自来浏阳看望他易雄？易雄真不敢相信这是事实。

匆匆赶到家门口，看到州府的仪仗和县令的坐轿，易雄不敢怠慢，还在大门口便长跪拜倒。

“草民易兴长拜见王爷！”易雄按照礼节俯伏在地，“不知王爷驾到，有失远迎，实在罪过！”

谯王本已在易雄家人的热情迎迓下端坐堂屋神龛下八仙桌正中，见蓬头垢面的易雄跪在大门之外，连忙起身走出堂屋，将易雄扶起来，与他在八仙桌旁对面而坐。这种礼遇，易雄感到诚惶诚恐，一再推让请谯王上座，自己只在一旁站着，那谯王怎么也不肯，非得要与易雄相对而坐在八仙桌两边，那位县令反而坐在堂屋下首。桌上，潘青梅已经摆上了两盘山里的秋果。

看那谯王，也已 57 岁年纪，除了头上花白头发略显老态之外，倒是精神矍铄，红光满面，一副和蔼可亲的样子。

“易先生！孤王早已耳闻湘州原来有一位能干忠诚的别驾。你之大名，孤于京城就常听人提及，来长沙后，更是不断有下属提到你。今日得见，三生之幸也！”谯王以十分景仰的神态说着这些，令易雄汗流浃背。

易雄起身拜谢道：“其实虚名，不能尽心为皇上为国家出力，罪过啊！怎能担当起王爷如此看重！”

“孤知悉你是无奈辞官！”谯王直截了当地说，“我朝太重门阀世族，积习难返，难为了像你易兴长乃至陶侃大人这样的能为治吏。孤今受皇上之托，来此湘州主治，听说了易别驾的遭遇，颇感愤慨！”谯王竟一片真诚之态。

易雄忙辩解说：“在下无能，岂能尸位素餐。回乡躬耕，正是某之愿矣!”

谯王捋须笑道:“孤王一路走来,见这浏阳县里,山清水秀,景色深幽。县城之内,也十分清爽。尤其易别驾所居这西湖山下,更是美丽清幽。然,梁园虽好,却不该久恋啊!如今朝廷正是用人之际,易别驾可不能学伯夷叔齐,隐匿山林啊!”

“草莽之人,寒门子弟,实无能为国出力为皇上分忧,惭愧惭愧!”

“易别驾,孤就直说了吧!”谯王以十分严肃的语调说道,“孤知悉易别驾曾受委屈,然而那是过去之事了!孤今受皇上派遣来此湘州,正需易别驾这等贤才出山辅佐帮助呢!还望易别驾不计前嫌,随孤前往州治。”

这似乎是不容推脱的,但易雄本就是傲气之人,却不敢立即答应:“王爷,易雄今年已经快63岁了,身体老迈,体力衰弱,只怕难以承受王爷厚爱!”

“说哪里话来!”谯王以不容反对的口气反驳,“像易别驾这等年龄,正如出山之虎,精力正旺之时哪!能够朝出夕入地在田间劳作,岂有不能于案堂之上处理政务的道理。望易别驾万勿推辞!”

话说到这个份儿上,易雄实在无法推卸,只好勉强答应:“既然王爷如此看重易某,易某哪敢拂王爷美意?只得从命了!”

“这就对了!”谯王十分高兴,“孤就知易别驾非小量之人,乃大度君子。不过,职位安排还得暂时委屈别驾。你本是我湘州别驾,然孤来此时刻,别驾一职已经有人担负,他并无过错,孤不能一到任就撤了别人。暂时只有南边舂陵尚有一县令空缺,想委屈易别驾先自担任那舂陵县令,不知肯低就否?”

“王爷,”易雄立即爽快地回复,“为国为民,我易雄不计较地位高下,只要能在一隅为皇上为国家尽得些微之力,便应在所不辞,岂能顾及地位金钱?!”

“好！易别驾果然高风亮节！”谯王更高兴了，“孤之所以派你去担任春陵县令，其实是想借助你的干练，为我稳住南边重地。那春陵乃蛮族甚杂的边远之地，然而是我湘州重要军事据点，退可守进可攻的要塞之处，所以才特地先派你前往，孤才能放得心下，皇上才能倚仗得了。请易别驾务必明了这个。虽然一县之令比起州治别驾来地位低了些，孤相信以易别驾之深明大义，是不会计较这些的。你先去稳定了那最南边的县份，也就影响了那零陵郡的所有县属了。到时候，孤再调别驾回到州治，不会真委屈你的。”

易雄笑道：“王爷如此看重草民，我易氏之光彩啊！没齿难忘，易某自当竭尽全力！”

“那好！孤这一趟没有白来！”谯王将欲起身，“你草草收拾，可带着夫人明日即随我去州治吧！”

“家里人口甚多，贱内不可须臾离开。既然如此，那我明日只身随王爷去长沙吧！”

“那就更好！只是又委屈夫人了啊！”

“王爷，易大人！”一直在旁边没有言语的浏阳县令发话了，“天色不早，请王爷馆舍歇息。我已在县中‘河和居’订下一桌便饭，还请易大人陪同王爷喝两杯淡酒！”

“好！”谯王十分爽快，“这两杯酒是要和易别驾一道喝喝的，那就请易别驾更衣，且就听从县上父母官之命吧！”

直到深夜之后，易雄才由县令派人护送回到西湖山下家中，潘青梅一直没睡，她感到太突然了，好不容易求得易雄安然住在家里，得以一家人安居安定，看这架势，丈夫是怎么都会远走他乡的了！

“夫君，你真的要接受谯王的任命远去春陵吗？”潘青梅悠悠地问道。

“香生，这是没有办法的事！”易雄叹口气说道，“你看这谯王，何等礼贤下士？何等和蔼可亲？这才是我大晋朝真正的封疆大吏。他亲自来请，我能推脱吗？再说了，大丈夫本应志在四方，我易雄到得63岁了，还一事无成，实乃不甘心哪！”

潘青梅深知丈夫的性格和抱负，也不好阻挡：“只是家事甚多，家口甚多，夫君一人前往，我不能陪伴左右。你也快63岁了，凡事可得自己操心，注意爱护自己，让我和家人放心啊！”

“放心放心！”易雄此时对妻子十分愧疚起来，“家中一切就只能交给你操心了。此身本为国家所生，不能随心所欲啊！”

2

对于易雄即将就任的春陵县，我们首先要对其历史沿革有一个简单的认识：

春陵（今称宁远），华夏始祖“三皇五帝”之一的舜帝南巡至此，开启教化，后不幸病逝，葬于县境南部九嶷山。因此九嶷山的舜帝陵素有“中华第一古陵”之称。

在秦代，今宁远县境内设有春陵、泠道二县，是为建县之始。西汉时，改设营道、泠道二县和春陵侯国，属零陵郡。汉初元四年（前45），春陵侯国并入泠道县。新莽王朝时，称为泠道县，后又称为泠陵县，改营道县为九嶷亭。东汉建武元年（前25），恢复泠道、营道县名。三国东吴凤凰元年（272），析泠道县置春阳县。晋永和年间，改春阳县为春陵县。所以，晋代的春陵县只有今天宁远县的一半，是由泠道县析出而设的，地盘不大，但战略地位十分重要。

华夏的人文初祖、伦理道德的奠基者——舜帝，就葬在春陵境内的九嶷山上。

九嶷山自然风光如诗如画。群峰拔地而起，层峦叠嶂，万千峰峦均朝向舜源峰，自古就有“万里江山朝九嶷”之说；九嶷山属喀斯特地貌，奇岩怪洞甚多，著名奇岩有玉琯岩、紫霞岩、桃花岩、凤凰岩等，其中紫霞岩被徐霞客列为“楚南十二名洞”之一；九嶷山又为湘江支流潇水发源地，水流清澈，瀑布众多，山光水色，交相辉映。

传说，舜帝建都蒲坂，晚年将政务交给禹处理，禹为他建立了鸣条宫让他颐养天年。但年事已高的舜帝，心里仍放不下黎民百姓。于是，一个风和日丽的早晨，舜帝带领几名老臣，几名仆从，从鸣条宫出发，南渡黄河，经中原大地，向江南进发。

毕竟是上了年纪，体力已大不如前。加之一生操劳，到得晚年，人老了病就多了。开始还能日行百里，后来八十、六十、五十，最后就行一日息半日，舜帝的体力渐渐有些不支。一天，因雨中受寒，舜帝病倒了，身边的人劝舜帝说，还是返回蒲坂为好。舜帝说：“风寒小病，不是大事，住几日就会好的。”后来娥皇、女英两位夫人来了，每日精心照料夫君。地方官与老百姓听说舜帝病了，也纷纷赶来看望，有的送医送药上门，也有的劝舜帝不要南下了，就地住下也可。舜帝不肯，说江南是偏远之地，有些地方至今还不懂农耕，他一定要去教人农耕。娥皇深知丈夫的脾性，她附耳对劝舜帝的人说：“不要再劝了，他要办的事情，不会半途而废的。”果然，将养数日，舜帝病体初愈，就挣扎起身，留下娥皇、女英不再跟着，又继续过长江，向南进发了。

这一天，舜帝一行人来到苍梧之野。那里，主要居住的是三苗人的部落。舜帝带领几位老臣，走村串户，访问百姓。他亲眼看到：人们还住在山窑土洞里，阴暗潮湿，病倒的很多，舜便教他们营造土屋，改变居住条件；他看到人们还以兽皮为衣，又脏又厚，夏天热得要命，舜便教他们学习麻织，改变服饰；他看到人们还是以人代牛，不懂牛耕，舜便教人们耕作技术，发展农业。三苗人对舜帝的英明早有所闻，对舜帝对人民的教化佩服得五体投地。

公元前203年的一个深冬的黄昏，年事过高、积劳成疾的舜帝，终于病逝于苍梧。娥皇、女英闻信奔赴九嶷山，留下了斑竹溅泪等很多动人的故事。

这是传说，但没有事实便没有众口相传的传说。从这些传说里，人们看到了一个全心为国为民的君主，才有所谓“尧天舜日”的美誉，千古传颂着。

易雄是熟悉这些传说的，还是在潘繁豫那里学习时，他就常常听先生景仰地提及舜帝，感叹一位君主为民尽瘁的高尚。因此，易雄想到自己能够去舜帝陵寝处为一县之长，感到心内就有了一种精神上的支撑，勃勃心间，就有了一种使命情感。

易雄曾经研究史籍中关于舜帝南巡的史实，想到司马承王爷能派他去掌管舂陵，其实是对他很大的信任。史籍对于舜帝崩葬九嶷山的记载以《山海经》记载为最早。《山海经》总共十八篇，其中就有三篇定论舜帝葬于苍梧九嶷山。卷十《海内经》记载：“苍梧之山，帝舜葬于阳，帝丹朱葬于阴。”卷十五《大荒南经》载：“赤水之东，有苍梧之野，舜与叔均之所葬也。”卷十八《海内经》载：“南方苍梧之丘，苍梧之渊，其中有九嶷山，舜之所葬，在长沙零陵界中。”《古文尚书》和《今文尚书》都载：“舜三十征，庸二十，在位五十，陟方乃死。”就是说舜30岁时被尧召用，为帝尧效劳20年，接尧之位后又在帝位50年，南巡视察，登上了九嶷山，并在那里去世。《竹书纪年·帝舜有虞氏》载：“三十二年，帝命夏后总师，遂陟方岳。”是说舜帝从61岁登临帝位，经过了32年，也就是93岁的时候，命令夏禹做摄政帝，自己就去南方巡狩了。

与易雄几乎同时代的晋代学者皇甫谧在《帝王世纪》中也说，

舜“南征崩于鸣条，殡以瓦棺，葬于苍梧九嶷山之阳，是为零陵，谓之纪市”。虽然皇甫谧提及的鸣条与《山海经》中所说不同，但还是肯定了舜帝南巡和舜帝去世后是葬于九嶷山的，与此同时，明确了“鸣条”既不是山西运城的鸣条岗，也不是安邑的鸣条陌，而是九嶷山里的鸣条峰——传说中的舜帝升天时那个叫“三分石”的地方，这与《尚书·舜典》中所说“陟方乃死”和《竹书纪年·帝舜有虞氏》中所说“遂陟方岳”是相吻合的。

易雄在其义父家读书时就认真读过司马迁的《史记》，更是对舜帝南巡苍梧之野而去世后葬于九嶷山深信不疑。他知道，司马迁是在阅读了大量史书后，行万里路亲历亲访，得到了历史的第一手资料才写成了《史记》的。司马迁“探禹穴，窥九嶷，浮于沅、湘”，在亲临九嶷山之后才郑重结论：舜“南巡狩，崩于苍梧之野，葬于江南九嶷”。很显然，司马迁下此结论，既肯定了舜帝南巡，也肯定了舜帝葬在九嶷山上。

易雄还知悉《山海经》成书于上古时期，除记述了远古人们的状况之外，还记述了各地山川、地理、部族、物产、祭祀、医巫以及原始风俗，它保存远古的神话传说和史地文献最多。《山海经》成书年代约在先秦时期，是所有记载舜帝的经、史书中离舜帝生活年代最近的，当然是最可信的。

到了春陵之后，易雄才知道在九嶷山及其周围，与舜帝南巡有关的地名甚多。自九嶷山至春陵县城的河流称为泠水。古代泠、零相通，泠水即零水。零者，涕零之意。泠水是为纪念娥皇、女英万里寻夫的爱情绝唱而命名的，意思是用眼泪汇成的河流。正是从这个意义上讲，泠水也可以直接称为泪水。易雄不明白的是，这地方原来称为泠陵是可以理解的，但后来为什么又改为了春陵呢？这个“春”字是否与“椿”相通？椿萱之意，是十分明显的，那么“春陵”是否原来叫“椿陵”呢？既是纪念舜帝也是纪念娥皇、女英那两位舜帝夫人的呢？而且，九嶷山九峰中的箫韶峰，也是因为舜帝曾在这座山峰下演奏韶乐而得名；娥皇峰、女英峰则是为纪念二妃万里寻夫的忠贞爱情而命名的。在舂陵西江还有个皋陶庙，是为了纪念皋陶随舜帝南巡而修建的。在九嶷山东南山麓的蓝山，境内的主要河流亦称为舜水。

今天，在古泠道县城位于九嶷山的北麓，县城旁建有舜庙，距现代已有 1700 多年历史，到明清时期该舜庙逐渐废弃。蓝山县西三十里有舜岩，舜岩附近也有祭祀舜帝的舜庙。与蓝山县接壤的临武县，县城西三里有舜峰山，附近也建有舜帝庙。在九嶷山东北面的道县，县城西面有虞山，唐代道州刺史元结在虞山下建有舜庙。——而古泠道县城即后来的舂陵县城旁边的舜帝庙，就是易雄为舂陵县令时修建的。

易雄初到舂陵县城时，那座县城还是在先前称为泠道县的县城。这座充满着舜帝遗迹的古色古香的县城正在九嶷山北麓。

易雄心中感到十分快慰！跟随义父潘繁豫读书时，就对自古以来的众多英雄豪杰包括尧、舜、禹这样的为民君主极为敬佩。如今来到舜帝安葬的这九嶷山下的舂陵担任县令，更是他不曾料到的殊荣，他下决心要在这里做出一番政绩，干出一番事业，也就不枉了做一代人臣，尽管不过是一小小县令，然而能独当一面，就能更好地发挥自己的聪明才智了。而且，也不辜负了谯王司马承的看重和信任。

他记起了临离开湘州府治长沙时，谯王司马承与他推心置腹的那一场谈话，胸中就充满了一种勃勃之气，全没想到他已是 63 岁的老人了。

离开长沙的前夜，谯王请他共进晚餐慰勉他，并且一再亲切地称呼他的表字：“兴长，你不要感到委屈，以为从别驾位置上去南方边远的春陵做个县令，是孤不重用你不信任你。不，不是的，孤就是想要有个值得信任的人去湘州南部为朝廷奠定一个模范县。那九嶷山里形势险要，战略地位十分重要。还是舜帝南巡病逝安葬之处。那里是三苗聚居之地，又有众多南下汉族移民占据着，那些原住民与南迁民之间关系紧张，民情其实十分复杂，弄得不好，就是我湘州隐患。弄得好了，却是我湘州粮食、兵员的补充基地。你懂吗？如今情势，孤不便多说，然你应该知悉，荆州王敦对建康对皇上的虎视眈眈之势，孤只能向你透露点点，皇上派孤来此湘州，就是要让孤稳固南方，不能给王敦以可乘之机。然而，你去的春陵，又是南方的南方，一旦战事烽火四起时，你那里进可攻退可守，孤将你安排到春陵，其实用意十分清楚。孤本来要安排你到零陵去做郡守的，但那里的郡守不错，孤不能随意撤换了他。现在这湘州只有春陵县令空缺，只能暂时在职位上委屈你去春陵了。你去春陵之后，万望你以朝廷国家为重，将春陵治理成一个能够影响周围乃至零陵、衡阳等南方郡县的模范，那孤对湘州南方的几个郡县就放心了。孤被派来湘州，皇上已经交了个底，那王敦的反意已经十分明显了，你一定能明白孤之良苦用心。这些话，只是你我私下悄悄说的，你可千万记住了，万望别负了孤之用意！”

谯王的话说到这个份上，易雄还能说什么呢？他感激谯王对自己的重视与信任，于是对谯王如同宣誓般地说：

“请王爷放心！我易雄自小所受之家庭教育，尤其是在义父潘先生处之所学，唯有‘忠义’二字。王爷将我从山林提携出来，我易雄深知王爷的义道，如此看重一山野草民，我是没齿难忘的。我绝不会计较地位高下，做别驾或更大的官还是做一县令，都是为朝廷为皇上为民众。尽管老了，然而能有如此出力的机会，我会珍惜的。我会记住且竭力尽心按照王爷之所示，在春陵任上绝不会负朝廷和王爷的！”

司马承很高兴："孤早就听说你之为人品性，你是忠义之人，孤一点也不怀疑，孤相信自己是不会看错的。那么，你就先去就任委屈一时吧。到一定的时候，孤会将你放到最恰当的位置的！"

辞别谯王司马承，在赶往春陵的路上，易雄想了很多，不仅想到春陵的地理历史环境，更多的是想到自己最要学习的是舜帝的精神，他暗暗勉励自己要像原来跟随的李绛县令和万嗣大人那样去为朝廷为民众做事出力。

李绛、万嗣和今天的上司谯王司马承，就是他此生余下时间和将要为政的学习榜样，他是带着一种特别勃然的心绪走上春陵的，无论怎样复杂的环境和政务，他已下了决心，必须做个好县令！

3

易雄没想到，一到春陵就遇上了一件十分棘手的事情。

大约是上任一个月之后的一个秋老虎天时，春陵这边还热得厉害。易雄起得早，不久就听见县衙门外一片吵吵嚷嚷，在这个小小的县城里，简直就是人声鼎沸。书吏欧阳诚匆匆进门对易雄报告说：

"大人！不得了了！那刘家坪的刘姓大族有几百人，抬着一具尸体，在县衙门外嚷嚷着请县令严惩凶手呢！"

"哦！"易雄来此不久就听欧阳县吏对他说过这个县里的人均是按照族群来聚居的，一个大族的聚居地就形成了一个小乡镇，几乎是些独立王国。这个县里最有势力的是欧阳（包括杨姓聚居平田）、刘姓（聚居刘家坪那里原来叫柏家坪），还有石姓（聚居石家峒，那是原住本地的三苗人大族）和李姓（聚居李仕湾）。除了这四大姓氏之外，分布于全县各处的还有其他一些大族。这些大族人群除石家峒的石姓和舜源峰下的柏家寨柏姓是本地苗人大族之外，大都是西汉、东汉时南迁过来的，尤其是西晋灭亡之后，从北方大量南迁的北方大族豪族，凭着手中掌握的钱财，南来之后，虽然是外来人口，却疯狂掠夺或强买田土山林，反而将本地世代聚居的苗人等他们称为南蛮的少数民族赶进了山里。这些外来大族与原住三苗民之间、各姓大族之间，经常爆发冲突，因此在易雄来此之前，他就已经了解了这个县的另一面：复杂的族群关系。这或许是他任内需要重点解决的大问题。

既然外面沸沸扬扬、吵吵嚷嚷，易雄吩咐立即升堂，审理这件人命案子。这是他来春陵处理的第一件大案，他由此入手，先快刀斩乱麻式地缓和或者解决这个县的族群纠纷，这是他面对的第一次考验。

府门一开，外面就涌进来百十来人，兵丁们和欧阳书吏怎么也阻挡不住，衙堂里挤满了人。

人们看到这位新来的县令不慌不忙，着令告状的刘姓大族族长以准确的语言陈述一切。

原因既简单又不简单，原来是刘家坪的刘姓与山里的柏氏苗人之间发生在昨天的一次械斗，就是为了争水栽种秋庄稼的事，双方大打出手，双方都打死打伤了人。刘姓族人先发制人，今天抬着一具死尸来到了县衙讨要说法。

那春陵县，古代是三苗聚居之地。苗人在这里占了大部分。尤其是县城附近的柏家坪，那是一片比较宽敞的山间平地，土地肥沃，物产丰富。苗人在这里发展得很快。但到西汉时，被西汉皇族赶到了山里。三苗人一直还是部落生活，一切都得头人说了算。但在刘姓皇族的驱使下，这些苗人斗不过皇族，只好在山里忍气吞声地待着。

原叫柏家坪今为刘家坪的地方，原本是姓柏的差不多已经汉化的苗家大族聚居地。到西汉元朔五年（前 124）汉武帝封长沙定王的第十三子刘买为春陵侯，柏家坪被划作他的治所，这就强行将世代聚居于此的柏氏苗人的土地征占了，另外在九嶷山里划出一大块山地给他们居住。山里土地是宽了，但远远没有平坦之地的柏家坪肥沃丰盈。只是迫于刘姓官家的势力，没有办法，只得迁进九嶷山里。春陵侯刘买死后，儿子刘渠继位，刘渠死后，儿子刘仁嗣位。这时皇帝又将其封国迁址南阳（今湖北枣阳）。刘仁舍不得这块土地，就命其儿子刘昌定继续居住在春陵，说是为守祖坟。刘昌定就成了春陵刘姓的始祖，在这里繁衍发展，到东汉末年，刘姓已经是春陵的大族之一了，柏家坪也就慢慢变成了刘家坪。

易雄在听取刘姓族长刘畅陈述了械斗的经过以后，未曾沉吟，就直截了当地问道：

“这么说，你们是与山里的三苗人打过大架了！确实，三苗人堵截下游的水流是有错在先的，然而你们聚众上山大打出手有没有错呢？”

刘畅回复道：“这可怪不得我们，他们把水流堵住，叫我们怎么种秋庄稼？他们这样做不是一次两次了，我们是忍无可忍没有办法。”

“是的，然而，是否可以相互沟通相互商量取得谅解呢？既然是械斗，你们是否也打死了他们的人？”

“我们打死他们四个！”内中一个年轻人抢先说道，不无一种骄矜之态。

没容族长怒目制止那年轻汉子的心直口快，易雄就抢先发话了：“这就是了！打死人家四个，你们自己才死了一个，你刘氏打赢了呀！还要告状?!”

那族长竟一时哑口无言，好一会不知如何回答县令的迅即反问。

“我作为一县之长，不能偏听偏信，不能只倾向于你先朝皇族大姓。想来那些三苗人，原本就是住在你刘家坪的原住民，你们刘氏占据着他们的土地，他们被逼着进了山里，自然有怨气，那怨气积得日久年深，不也是情有可原的吗？你们之间屡屡发生这样的械斗，何时才可了结呢？你刘氏占了人家的土地，本应该谦和待人，决不应盛气凌人。过去的事都远了，那是前朝留下的祸患，不好说的了。至于这次械斗，双方都死了人，那就扯平了！但一个朝廷、一个国家，自有法律管着一切事变。对于你们所告之状，我现在宣判：

一、双方各负一半的责任，谁也不是赢家。

二、所有伤亡之人，一律由各自族上负责：死者由族长组织安理，伤者由族上负责治疗，对方不负责任。

三、必须由族长和三苗人的头人负责抓出行凶者，尽快送到县衙，由我负责处罚或收监！

四、双方族长和头人都得来我县衙，一起沟通达成谅解。都是我县民人，须互相帮助，化解前怨，今后不得再有诸如此类事情发生。一旦出事，唯族长与头人是问！

听到新来的县令如此清晰威严的宣判，那刘畅一时还真傻了眼。往回，一遇纠纷状告，县令总是偏袒山下的外来移民而对山里三苗人重加处罚的。这新来的县令不仅不帮他们，还将他们与那些山里蛮子平等对待。那刘氏家族聚集县衙者一齐起哄了。但刘氏族长明白：这县令的处置是公平合理的，但他就是不能受三苗人这口闷气。

“易大人！你说的固然在理，然而我们处在下游的民人岂能任由他山上人截断水流？那还叫我们有活路吗？再说了，我们刘氏民人都是文明人，从不想与山里蛮子如此相斗。如今即算我们能听从大人判决，可那些山里土蛮子，从来就与我等大汉民族对立，与官府作对，他们岂会照大人的判决做？他们其实是些杀人不眨眼的蛮子，是不会听从官府的处置的。光我们听从可不行，他们不听他们不承诺他们不处置自己的凶犯，我们也就对不起大人了，我们也不会听从！”

“你听不听从是你刘氏的事，是是否遵守朝廷法令律条的事，你刘氏族长是明白道理的，你就看着办吧！至于那山上三苗人，我将亲自上山看望他们，与他们达成一致，你看如何？或许，也请你一同前往，能去吗？”

“不不不！大人，您不能去！我就更不能去了！”那刘畅连连摆手，“大人，您初来乍到，没有直接和那些蛮不讲理的土蛮子打过交道，他们是些‘和尚打伞无法无天’的家伙，以前就有县官进去山里没能回来的先例，大人您是不该拿自己的性命去跟那些家伙较量的！我刘氏就更不能拿性命去送上他们的砧板了！”

“你说得太过分了！”易雄笑笑，“他们总是人吧？是人就该有人性吧？皆因积怨太深才会物极必反的，我带着一颗真诚之心去见他们，他们会将我易某人活剐了杀肉吃了不成？我就不信！这样吧，你先将死者安葬伤者医治了吧，待我进山回来以后，再请你来商议以后的一切如何？到时如果他们将凶手交出来了，你们能交出来吗？”

刘氏族长悻悻然地喃喃着：“大人自去送死，我刘氏拦不住。如果他们接受大人判决，果然将凶手送进县衙了，我们刘氏绝对会听从大人的。”

“好！那就一言为定！待我从山里回来，我们再叙！那么，现在，你就带着你的族人散了吧！”

刘氏族人带着疑惑走出了县衙，但几乎所有进入县衙听判的刘氏族人，都对这位新来的县令竟会如此简捷地将一桩无法理清的人命案子这样三言两语判定了，他们都觉得如堕五里雾中，但对这位新来的县令又不得不有了一种无形的敬佩之情。

4

“大人，您真的要进山去吗？”书吏欧阳诚十分担忧地问道，“那些山里的人可是些吃生肉连猛虎都不怕的蛮子啊！他们哪会讲什么道理？弄不好，您自己都会遭受不测的！大人，我劝您还是不去了吧！”

“你也这么看吗？”易雄笑笑，“我还指望你为我带路做做土话翻译呢。你为一县之吏，也这么害怕县内的民众？”

“不是怕死，而是那些山里蛮子确实不讲道理。”

“这就是你的错误看法了！”易雄严肃地对下属说，“凡我县内人民，都是我等县令县吏应该关心爱护的，岂能将他们视为山里土蛮子，将山下平地人看作完全的文明人？他们都是县民，做县府官吏的，说是他们的父母官，就得像父母爱护自己孩子那样啊！你这种看法是不对的。你愿意去就跟随我，不愿意去，我也不勉强。我还是不信那些山里的苗人会吃了我！”

“当然，跟随在大人左右，是我这个县吏的责任，大人你去哪里，我当然要跟随着的。只是，必须多带兵士一同前往，以防不测是必须的！”

“不不不！不能带兵士，就我们两个人去。如果你害怕，那就我一个人去见见那柏家头人。看他是有三头六臂还是血盆大口！”易雄爽朗地笑着，着令欧阳县吏赶快准备。

易雄就在欧阳县吏的指引下，出城走了二十多里路，到了九嶷山下。易雄远望那众山簇拥的舜源峰，高高耸立于蓝天之下，显得异常的肃穆高昂，给人一种望而仰止的感觉。九嶷山诸峰确实雄伟壮丽，壁立峭然的石崖、郁郁葱葱的树木、逶迤坎坷的山路，无不显现出种种帝舜的庄重来。

易雄很兴奋，他悄悄地只带了欧阳诚走过柏家坪，因此刘氏家族的人一点也没有注意到一位县令和县吏经过了他们的田畴，他们绝对不会想到县令和县吏会不带一个士兵不带随从，就两个人悄无声息地进山去。

易雄和欧阳诚很快就进入九嶷山的一个山口了，欧阳诚领着63岁的易雄爬上了一座高坡，就赫然看到一座寨门威严地耸立在山头，走近了，易雄看到寨门如同一座战时的营寨栅栏门，上书三个巨大的字：“柏家寨”，寨门口竟然有两个荷戟的苗人站着岗哨呢！完全是一种独立王国据险坚守的土匪派山寨，令人望而生畏。

他们走近寨门时，那两个武高武大的守门者凶神恶煞般从寨门里闪出来，对易雄他们一声断喝：

“往哪里走！干什么的？”

这是本地土话，易雄听不懂，但那断喝确实是凶恶的。欧阳诚赶忙走上前去，用本地土话对守寨门的说了两句，一会儿，一个守门者迅即跑进寨子，另一个横着枪戟将他们挡在外面。

不久，易雄就看见一位山里长者带着五个汉子来到了寨门边，欧阳诚认识那长者就是柏家寨的寨主、头人柏树高，真正名如其人，那寨主长得高大，怪不得取名树高！

那柏树高走出寨门，立即拱手呼道：

“敢莫是县上太爷光临我荒僻寨子了？”

易雄赶忙答礼道：“在下春陵县令易雄，特来贵寨看望头人。”

那柏树高连忙就地下跪，随从的五个汉子也一齐跪下来：“不知县令大人驾到，柏某有失远迎！”

易雄赶忙扶起柏氏头人，执着他的手亲切地握着，久久也没有松开来。

这一幕却令欧阳诚傻眼了！他从来听说的是柏家寨的山里头人就是一个魔鬼、一个凶煞，虽然以前也见到过这个柏氏头人，但没有打过交道，总是远远地看着，不敢接近。或许是他听山下人传言太多，那柏家寨的头人形象就是一个恶煞的代名词，那柏家寨就是一个魔鬼窟。而现在跟着县令大人易雄进来所见到的柏家寨寨主头人竟是一位亲切和蔼的长者。这位长者正拉着他欧阳诚的手，将他和县令大人客客气气地请进寨子里去呢！

进入寨门高处，回望来路，只见山下的刘家坪一马平川，炊烟缭绕，田畴泛黄，景色甚美。再往里进，确实是山峰夹峙，瘦田薄土，森林覆盖，又上得一座山峰，才见下面水流清澈，形成了一个小小的水洼，绕过水洼，沿着山路逶迤曲折间，就见一片山间盆地，四处散落着百十栋草盖房屋，有一百来户人家聚居于此，只有最正中靠前面大山石崖的一栋庄屋，是砖砌瓦盖的，那是寨主的屋子。

进了寨主庄屋的厅堂，就可以居高临下看见整个寨子，十分地紧凑，如同一个深深的盆子，座落在舜源峰下。

欧阳县吏感到更为奇怪的是，寨子里的人来来往往，都很规矩，并不像外面所传的那样是一群凶神恶煞。坐在头人的厅堂里，赶来装烟敬茶的女人们低眉顺眼，十分温顺，他们两个受到了最高规格的接待，而且是极其自然的、温厚的。

“大人，”寨主柏树高向易雄拱手道，他这回用的是一种生硬的官话，易雄还是听得些懂的，“我知悉大人来此，是为了我们柏家寨与山下刘家坪的械斗。既然大人能够看得起我柏家寨山里人，我对大人也就是十分感激、十分敬重的。我们确实是些没读过书的苗人，又被逼着住到了山里，但我们不是不讲道理的蛮子！那刘家坪原本就叫柏家坪的，就是现在周边的人还是常常叫柏家坪，那里本是我们三苗人的祖居之地，皆因汉天子将他的亲族封到了这里建了个春陵侯国，要占我们的土地建立治所，那是前朝多少年前的事了。当时的皇上将我们安置在这九嶷山里，我们的祖上深明大义，知道‘普天之下莫非王土，率土之滨莫非王臣’，作为臣民，自然要遵循王道国律，我们早就认了。我们是苗人是山里人了，我们也希望安宁希望生息希望发达，并不想惹任何外来人等的。这次之所以出现两家械斗，其实是有我们柏家寨人的苦衷啊！大人，天时大旱，一连数月没有下雨，不要说下游柏家坪，便是泠水里都缺水了，我们这里是源头，由于天旱，尽管山林茂盛，但也藏水不够，山泉也枯竭了，没有水流下去啊。我们山里人本就生计十分艰难，没有水我们也无法种上庄稼。我们确实堵起山泉来留下一片水洼，要灌溉我们自己的田地哪！那刘家坪的刘氏不顾我们这柏家寨人的死活，一意要扒开水洼放了我们辛苦积攒下来的一点救命水，这样就发生冲突了。双方都打得红了眼。我们确实在冲突中打死了他们一个猛汉子，打伤了一些人，但我们柏家寨损失更加惨，大人，被他们打死了四个青壮汉子，打伤了十数个年轻男人哪！听说他们恶人先告状，要大人将我们置于死地。大人您说说道理看，我们也是人，我们也得活啊！我派出了解情况的人回来说：头人哪，春陵县里来了个清官大老爷呢，将案子判得十分公平，一点也没偏袒那刘家坪人。说句老实话，易大人，您是清官大老爷啊！以前两家闹事时，我们总是被县官追究，冤冤枉枉受罚受苦，我们怎么会服气呢！今天您清官大老爷竟然亲临鄙寨，是我等柏家寨人的福音啊！我先不谈械斗处置的事，您该怎么处置就怎么处置，今天我得好好接待大人，您易大人和欧阳大人务必在我寨子里住宿一晚，粗茶淡饭薄酒清蒸不成敬意，大人您务必不能拂了我们的心意！”

听了寨主这一席长长的推心置腹的话语，易雄十分高兴，先前听下面人说起山里柏家寨的人是蛮不讲理的莽汉，开始进山时看到那寨子门楼，他也是很担心的，看样子确实有些凶猛，只怕此次进山要功败垂成。他真还没想到这头人是这样的通情达理，他对治理好春陵尤其对如何化解那些家族世仇，就有了信心，柏家寨就是榜样。因而他愉快地对柏寨主说：

“柏家头人，你所说的这一切，都是十分在理的。我们可以慢慢地细细地讨论。既然柏家如此热情真诚，邀我俩住下来给你添麻烦，那我们俩就恭敬不如从命了，这两天就真要在您寨子里打扰了！”

“岂敢！岂敢！还望易大人、欧阳大人不嫌弃我山里住宿简陋，吃喝简单。我们是好客的，尤其是真诚友好的客人，何况还是县令大人委屈将就，我一定全程陪伴大人！”

这时，一个汉子走进来通报道：“树大爷，酒席已经备好，请大人们进餐室。”

于是，柏树高立即起身，殷勤地邀请易雄和欧阳诚进入了寨主头人的餐厅。

5

令县吏欧阳诚更为惊讶的是，县令大人与柏家上下简直亲如一家了！在进山之前，他欧阳诚是怀着十分恐惧的心情陪同易县令走出县衙的。他是该县的书吏，必须随时跟着县令，只好硬着头皮进了山，真没想到那被人描述得如同魔鬼一样的柏家头人，竟是一位谦谦君子、忠厚长者！

他们被郑重地请进亮堂的餐室，已经有四位须发皆白的族中长老肃立桌旁恭敬地等待他们，几位须发老人一个个都谦和恭谨。原来，头人每遇大事时必须请到族中德高望重的长老。直到易雄和欧阳诚在上首坐定，头人和一领头汉子坐在对面下首，四长老才在两旁坐下作陪。那一直跟随头人左右的五个汉子除一领班人陪坐在头人旁边之外，另外四个汉子就如同保护者（或者就是贴身保卫），肃立在寨主身后，一边指挥女人们上菜，一边为桌上的八个人倒酒。

宴会在十分热烈亲切的气氛中进行。四位长老一个个慈眉善目，轮番敬酒。寨主一边劝酒一边对易雄拱手说道：

“易大人！您与欧阳大人今日能光临山里，是我柏家寨子的荣幸，更是大喜！过去，我们三苗人是没人看得起的，莫说县令大人亲自登门，即使是我们找到县衙向官府求救，也是没人管我们的，我们就是没有母亲的弃儿！刚才我向大人禀报了，知道刘家坪人上县衙告状，我就派人赶往县衙打探情况，以便应对。打探的人回来那样向我回述大人判案的经过，我还真不敢相信！直到见到大人来此，如此谦和如此大度，我信了，也服了！我借这杯酒敬大人，感谢您那样公平公正。您的判决我们柏家寨人绝对照办，伤者我们自己会治疗，死者今天已经开始做丧事了，明天安葬，我们就先认错了，看他刘家坪人怎么说话！至于那打死他们一个人的汉子，我们自己已经将他关起来了。尽管是打斗中失手打死了人，但是我们打死人在先，我们认这个罪，明儿就五花大绑送到县衙去，绝不使大人为难。不过，我们柏家寨人也不是任意可欺侮的，那刘家坪人打死我们四个呢！他们那些凶手就不能逍遥法外！"

易雄马上答话："柏寨主！各位长老！易某真的十分感谢你柏家寨人的热情款待。其实款待是小事，最重要的是你们的大度宽容。你们所做的一切，就是我舂陵县的典范，那刘家坪人如不服判决，那就是他们违法了。我将向全县广泛宣讲你们的文明礼性，如果全县的各家大族都能像你柏家寨子一样，我舂陵县就安定了，民人就可安享太平了！"

席间的热烈亲昵，是欧阳县吏没想到的，也是他做舂陵县吏几年来所没见到过的。对这位新来的县令，他不能不佩服得五体投地，心里也就对易雄充满了崇敬之情。

饭后，头人提议易雄两人休息一两个时辰。易雄说：

"柏寨主，我初来乍到，事务千头万绪不能理清，还没养成中午休息的习惯呢。这样吧，如果您有精力，就陪我们在寨子里各处转转看看？另外，我还想去受伤的各家看望看望伤者，晚上，我们就和寨子里人们一道为死者做丧事，超度亡灵吧！”

“县令如此勤政亲民，我柏某人敢不从命？只是大人也一把年纪了，山路崎岖，实实怕劳累了大人。”

“不妨，”易雄笑笑，“我易某乃农家出身，农桑活计都是做过的，虽然老朽，体力尚可，你就放心吧！我们这就出去走走？”

那四位长老虽然年岁已大，但见县令如此身体力行，也表示要陪同一起视察山寨，那五个汉子本就是山寨保护者，当然也就陪着他们，一同沿山顺路由东到西自南往北，围着寨子慢慢走去了。

易雄表示要先慰问伤者，好在伤者都由寨子头人集中到寨子会堂侧边的一栋大屋里，那里就是寨子的临时医疗所，集中了几位山里土郎中、老巫医在给他们医治。易雄一个个询问了伤者的伤情状态，勉励他们尽快养好伤痛。这些从没见过大官的山里人，被县令如此关爱，一个个热泪盈眶了。县令亲临慰问打斗的伤者，在寨子里一下子就传开了，人们远远地望着那一行人等，都觉得又新奇又激动。

然后他们来到易雄进山时看到的那像个小小湖泊般的水洼。水并不大也不深，地势也低，易雄有些不解，为什么蓄起这么低的水位呢？就是为了这个水洼，两族人大打出手而且死了五个人伤了数十人？而柏家寨子的田大都是步步向着高处的梯田，难道将这水洼里的水倒灌上去？

真还是倒灌上去！一位长老说，他们祖上就是用水车将这水洼里的水，一级级地车灌上去，一直到最上一级的水田。易雄一时觉得不可思议，为什么不在高处做一座水坝呢？但他不了解此地地势地理，不好乱讲，于是提议到最上面去看看。

走到山上，易雄看见一条长冲，水流源头就在这里。如果将此处堵截起来，就是一座长而深的水库，居高临下，水量不小，不仅可以灌溉柏家寨子的田土，而且可以引向下面的刘家坪，那么两处的田土就都有水了，为什么没人想到这个呢？易雄试着问一位长老其中的原因。

“这里没人敢动土的!”一位长老说，“最上面就是舜源峰了，拦截了水流，不是我柏家寨子一家可以说了算的，得全县的人同意啊!不敢破坏风水哪，大人!”

“啊！原来如此!”易雄明白了。

“再说，这里修建水库倒是省了事，然而不是我柏家寨子一家可以做得了的大工程呢。大人，那是必得下面几个村寨一道做才能完成的。所以，我们也就只能用底下的水洼车水上来了。”

“如果几家联合起来做得到吗？”易雄问。

“做到是没问题的，只是哪个来为这个头啊？多少年来，各家大族都是只想自己，为了我们辛苦围堵起来的那点水，总是械斗不断，谈何容易啊!”

“如果县府出面，组织起来做能做到吗？”

“以前那些县府大人哪个会想这些事？只要在位时多弄得几个钱，谁还会像您这样穷究着呢？”

易雄没有再问下去，他沉吟了半晌，心里有了底。就随着寨主和长老回到了寨子议事大堂。吃过晚饭，只见寨子里的大大小小都涌向了议事大堂，原来大堂深处停放着四副棺材，躺着的是械斗中死难的强壮汉子。入夜了，灯火通明中，柏家寨子的人们全体来为死者做丧事了。

易雄提出要参与丧事后，寨主就把他们安排在客位坐下，只见几位师公模样的法师，敲击着锣镲鼓钹，围着那些棺材走过一圈又一圈，底下的众人一齐跟着师公唱一种不知词调的歌曲，头人解释说，这叫为死者超度，唱的是苗人祖上就传下来的夜歌子。在浏阳，易雄也听过唱夜歌的，但那种习俗与这里并不相同。这里的语言不同，腔调也不同，显得十分凄切、十分哀伤。在浏阳听到的夜歌太像山歌，甚至还有点喜庆的味道。这样凄然的夜歌一直唱到半夜，易雄心里感到十分难受，对这些常年生活在山里的苗人十分的同情，这样一个民族，在这样的山里生活环境中顽强地活着，实属不易。他生出了一种强烈愿望，想对这些山民们讲几句话，他征询寨主的意见，柏树高一听就十分感动：

“大人，你要参与我们土人的丧事活动，我已是十分感动也特别不好意思了。您想向我的寨子人民讲讲话，正是我想要求的呢，就是觉得不好启齿不好意思哪！大人有此美意，那就太好了，万望大人您开发开发我柏家寨子的民智啊！”

于是，寨主叫停了已经做到最后的丧事，向民众介绍了县令大人，郑重地请县令大人训话。

易雄清清嗓子，就向着翘首注目的柏家寨子众人讲了这些话：

“柏家寨子的兄弟姐妹们！我忝为春陵县令，今天来到寨子，接受了寨主和全寨人民的欢迎，我易某人活到 60 多岁，从未受到过如此真诚的礼遇，我十二万分感谢你们了！我知道，你们本是住在山下刘家坪原来叫柏家坪的，前朝你们的祖上被赶进山里，这么顽强地在此间生活，实属不易啊！前朝的事那是汉朝，是三国纷乱的时候，我们不说了，因为实在说不清了！今日，我们在大晋朝里，皇上是关心大家的，我易雄由谯王爷派来此地做县令，我是代表朝廷来为大家做事的，你们过去受过的委屈、受过的苦难都过去了！今后，我想请柏家寨子的兄弟姐妹们与我易雄同心协力，大家一起来创造属于我们的自己的自在生活，我不想看到以后还这样来为无辜死难的同胞如此悲切地哭丧唱夜歌，在寨主和长老们的导引之下，如果大家能听我易雄的，我就想引领大家团结一心，过上安宁稳定的日子，还望大家支持！”

人们都静静地生怕漏掉一个字地听着，尽管有些话听不太懂，但基本的意思似乎大家都明白了。于是一阵阵欢呼起来。这些瑟缩着住在山里的人们，几曾见过县令大人，又几曾有过被真正当人一般地对待？那种感动，他们是无法用言语表达出来的，只有一阵接一阵地欢呼了！

6

第二天，在早晨的温暖阳光照耀下，易雄说服了柏树高寨主，带着他那五个精壮保卫汉子，将那打死了刘家坪人的汉子五花大绑，跟随着易雄和欧阳县吏一道向春陵县衙赶去。

走到半路，易雄突然改变了主意：他决定就近在刘家坪里将那个争水械斗的案子判定，对两家因争斗而打死打伤的人怎么安抚、对打死人的凶犯如何处置，他已经有了个最佳的方案，因此临时决定就在刘家坪处理好，同时还可视情况而与这两家商量其他的一些想法。柏家寨的寨主听说要在刘家坪停下来，起先怎么也不同意。在反复说明之后，最终柏家寨子那位寨主头人同意了，于是他们直奔刘家坪祠堂走去，易雄对欧阳诚耳语一阵，欧阳书吏就匆匆离开，易雄带着柏家寨子的人，直接进了那十分雄伟的刘家祠堂，守祠堂的老汉听说是县令来了，也就打开中厅大门，让易雄等人进祠堂坐下饮茶。

这刘家祠堂十分气派，雕梁画栋，金碧辉煌，远远胜过那简陋的柏家寨子议事厅屋。除了两边的厢房侧厅显得矮小一点之外，正厅堂屋简直比县衙还肃穆气派。

不一会儿，刘家坪族长刘畅也带着十数个汉子随着欧阳诚赶到了祠堂。当刘畅看到端坐在祠堂左侧的柏家寨子寨主头人时，一时真还傻了眼。他不但不相信县令到了柏家寨之后会安然回返，更使他不敢相信的是，那一向传为魔鬼般的头人竟然来到了他刘氏祠堂，而且将一个汉子绑在了祠堂的屋柱上！

“刘家族长！”易雄笑着对刘畅说道，“相信欧阳书吏已经向你粗略地谈过了，我春陵县令进山走得累了，想借你这富丽堂皇严肃庄重的祠堂判一回案子，不知族长允许否？”

“大、大人！说哪里话来！”刘畅显然是没有任何思想准备，有点结舌了，“我不承想大人真的进山了，竟只带着一位书吏！您是何时经过我们这刘家坪的呢？我们该死，竟一点也不知道啊！不然再怎么也得派些人保护大人哪！”

“是啊！依您刘家族长的意思，我易雄只身进山，只怕早被山里魔王吃掉了！然而，族长，事情并不像大家传闻的那样，柏家寨子的人不是鬼魅，柏家头人也不是魔王，他们是一群和大家一样的善良的人！是人，是与山下民人一样的人！”易雄将这个“人”字重重地吐出来，那种威严早就将跟进来的刘家人镇服了。

“闲话不说，刘族长，我现在将柏家寨子的头人柏树高寨主请来了，他也着人将那打死你们刘家坪人的行凶者五花大绑带来了，我就想借你的祠堂作为县衙，在这里审结你们两家的案子，你以为可否？”

“可以！可以！”刘畅连忙回答，“大人愿意怎么办就怎么办。不过柏家寨子那凶犯可得严惩！”

“你们这里的凶犯呢？”易雄不容他辩解，就严厉地反问，“你们还打死他们四个人呢！我昨晚就参加了他们的丧礼，你们的那些凶手呢？立即给我带过来！”

“这个、这个，”刘畅嗫嚅起来，“我们一时还找不出是谁打的呢！”

“没有这个那个的，你也不要狡辩，在县衙你是怎样对我说过的，就忘了？你今天必须交出打死柏家寨人的凶手，不然拿你族长一人是问！”易雄一脸的严肃与严厉。

那刘畅是深知国法严厉的，只得交代族上的几个汉子去将几个直接打死人的汉子也五花大绑带进祠堂来。

此时，易雄见时机已到，严肃地对欧阳诚说道：“升堂！”

欧阳诚立即长声呼道：“升——堂——啦！”

这时只见从祠堂外冲进县衙的带兵司马和捕快，而且还带着十几个士兵，排列两旁。这一切是那么突如其来，那么不可思议。令刘家坪和柏家寨的人们都一时傻眼了！这些人怎么来得这么快？其实，易雄早在进山之前就已经交代县中的司马和捕快，一直让他们悄悄地跟到了山下，然后在柏家寨子下面的一个小村寨里隐蔽住了下来。只等看见易县令经过就随之而来。在接到欧阳书吏的指示之后，他们就立即赶到刘家祠堂来了。

变戏法似的，刘家祠堂变成了肃穆的县府衙门的审案大厅。随着“升堂”之声，易雄端坐在正堂桌前，呼道：

“柏家寨子寨主头人柏树高！”

“小人在！”柏树高应声站起，一头跪在堂下。

“刘家坪族长刘畅！”

“小人到！”刘畅也应声跪在堂下柏树高右边。

“你们两家因争水械斗，现在你们从实将经过道来！”

这是严正的时刻，也是严厉的时刻，刘家坪人听说县令来祠堂办案，而且是与自己械斗相关的案子，纷纷赶到祠堂门外，都想一睹究竟，人就越聚越多了。

刘家族长率先陈述，他恶狠狠地表述，对柏家寨一点也不相让。刘畅一个人说了一大气，将柏家寨人如何堵截水流的事添油加醋地描述一番后，要求严惩柏家寨人。然而，那柏家寨子的头人却先自认错，将堵水的事说得实在，又令刘家族长大吃了一惊。

“好，都说完了？”易雄下令将双方捆绑来的五个打死了人的凶手，带入堂下，问道，“你们几个可知罪过？打杀人将如何处治？”

五个汉子已经面如土色，一个个不能回话，只是磕头认罪，都承认是械斗中失手将人打杀了，并非故意。

“好！”易雄一脸严厉，声如洪钟，“刘家坪与柏家寨为争水械斗一案，本县在县衙已经初审过一次了，我这两天又在欧阳书吏的陪同下进入柏家山寨，具体了解了其中原委。今天借刘家坪祠堂再次开庭，一切其实我早已明了，其中原委非一件两件事造成，而是多年的积怨导致。其中不无天难地弊而非人力可控的因素，两家一时冲动，酿此大祸，死伤那么多人，刘家族长、柏家寨主负有不可推卸的责任，你们两个要好好反省，要向各自族人寨人认错！向县府认罪！因此县府将向你们罚款以代牢狱。至于这五个凶犯，本应以命偿命，然本县念及你们乃受族长、寨主唆使，在械斗中犯下人命大案，非个人行为，械斗中难免过激，本着法不责众之原则，对你们从轻发落。

“现本县判决如下：

“一、刘家坪族长与柏家寨主犯率众不良导致双方死伤人等过失之罪，罚令负荆向对方死伤民人家属请罪赔礼，并处相同罚款以为抚恤死者救助伤者。

“二、五个打死人之直接凶犯，其实也只是众多参与械斗者中之最凶猛者，鉴于几人手段凶狠实为恶劣，本应重判，但念及你们在打斗中失手，并无直接的故意，也属代众受罚，鉴于此，为自此杜绝此类坏事发生，本县本着治病救人之想，决定各判 3 年，但不给此五人牢狱之处，拟交各自族长寨主，让其罚做 3 年族上和寨子义工，以此赎罪。

“三、自此以后，凡刘家坪人进山，柏家寨人不得刁难；凡柏家寨人出山，刘家坪人不得逞恶。坪上寨中，应互为关照，慢慢消除仇视怨恨，两处民人应是一家。

“就此宣判，如有话说，当堂申述；如无申述，立即执行，所缚人犯，当堂释放，不送县牢关押，送交刘家族长和柏家寨主监外执行！”

还没等易雄宣布最后几句，已经是欢声雷动，柏家寨跟来的六个人一齐跪在易雄面前，那自认必死无疑的汉子松绑以后，竟至痛哭不止，连连向易雄磕头；祠堂内外，一片欢腾，刘家族长带着已经松绑的四个刘家坪汉子，也一齐跪倒在易雄面前，连称易雄乃再生父母。

整个刘家坪都沸腾起来了！

案子了结，易雄走下案桌，恢复了他常日的可掬笑容，一把拉起仍然跪着的刘畅和柏树高：

“本县知道，多年的宿怨要一时半会儿化解是不可能的，然而，本县确实希望两家亲如一家，你们两家以后慢慢好好相处吧！”

刘畅和柏树高都表示十分感激，但两人之间的生分还是显而易见的。易雄见此情形，就笑着对刘畅说道：

“刘家族长，本县带着柏家寨的客人初来贵地，你刘家不要破费破费招待招待我们？”

刘畅连忙拱手道：“怠慢了！怠慢了！自然得好好招待县令大人和县上的各位大人和兵士！”

易雄道：“只招待我县上的人等吗？你之近邻柏家寨来的可都是本县的客人啊！”

“一并！一并！”刘畅转而向柏树高拱手，“还望柏家寨主不嫌弃我刘家坪薄酒淡饭，不如您山寨有山珍野味。我刘家坪人今天一定要使出浑身解数，来招待县上和山里的贵客！”

于是，刘畅立即安排人在祠堂准备午饭酒肉，易雄要的就是这个气氛，他正想趁机将世仇多年的两家拢到一块，趁喝酒吃饭的当口，他还要筹划更加深远的大事呢！

7

刘家族人安排的酒宴很丰盛，但最初的气氛是尴尬的。正堂上摆着一桌正席，易县令首座，欧阳书吏在县令下首，县中带兵司马和捕快坐对面，两边靠右是主家族长刘畅和一刘家长老，左边则是柏家寨主柏树高和他的保卫头领。其他人等则在正堂下面的前堂坐了两桌，士兵们则坐在侧厅。看起来很热闹，但因为两家世仇又互相都并不熟悉，开初大家只是吃着喝着，并不多言。

易雄不愿意看到这种场面，他需要的是两家的和睦和融洽，尽管刘畅和其长老轮番给县令等人敬酒，但就是不理睬柏家寨子的两位，而柏家寨子的两位也不正眼瞧对面一下。两家都只是说些对县令的感谢话、恭维话。让刘家招待县令还一道招待柏家寨子的老仇人，明显是出于无奈，而柏家寨子的领头人能坐下来吃喝，全都是看在县令的面子上。易雄清楚这一点，他得努力打破这一局面。

来刘家坪的路上，易雄是对柏家寨主做过不少劝导的，希望他姿态高点，以换得刘家坪人的谅解，从而打消这两家长久以来的积怨。酒至半酣时，易雄对刘畅说道：

“刘家族长，你们祖上到底是前朝皇族，这祠堂就是修得气派！当时你们的老祖做着春陵侯，那侯府和这祠堂的修建还全靠柏家的工匠民夫哪，有这事吗？”

刘畅还算是个老实人，回答道：“大人，这个不假，祖上历来传下话道：侯府治所和刘家祠堂初建时，我们刘家人口并不多，而柏家人多，有技术的工匠也多，那确实是全靠了柏家上下帮衬着才建起了侯府治所和这祠堂的。所以当时，春陵侯向朝廷上表，要求多给柏家人拨了一倍以上的山林土地的。”

易雄显得饶有兴趣，转向柏树高问道：“柏家寨主，有这事吗？”

柏树高也老老实实地回话：“祖上确是传过这些话的，说那时朝廷虽然划拨我们柏家坪给春陵侯刘氏，但在山里给我们的土地确是很大一片，而且给过许多优惠，3 年不交租谷，这在我们那柏家族谱记述上也是写着的。”

刘畅也兴奋了：“我们刘家族谱记载得也很为详细，说春陵侯还和柏家寨主结拜过兄弟的，虽然那进山了的柏家寨主是苗人，我们祖上可是没有轻看过他的！”

“这就对了！”易雄十分高兴，看来三言两语就引导到点子上了，“这么说，两家族谱上都有记载，你们两家原来就是世交呢！你们两家的祖上竟然还结拜过兄弟！那就说明两家虽然民族不同，在前朝那些清明和顺的年代里，真还如同亲人哪！后来你们这两家兄弟般的亲人之间怎么就走到了仇人相对的地步呢？”

刘畅不知如何回答了：“这个，这个，自汉灵帝以后，到汉献帝时候，再到三国战乱，也不知道怎么回事，我们祖上就恨透柏家寨人了！”

柏家寨主爽然回道：“大人有所不知，那是因为天灾也因为人祸。东吴太平二年这里遭遇大旱，就是因为争夺我们水洼里那点水，本为兄弟般的两家就打红眼了！加上我们柏家有个武士被西蜀抓去，没承想他后来做到诸葛亮的将军，而刘家的人却投靠了东吴孙权。我们柏家寨子寨主认为你刘氏不投靠自己的西蜀刘氏政权反而帮着东吴孙家，我们这两家的仇恨就结得深了！”

“原来还有这么深的渊源！”易雄其实早对这两家的历史渊源有所了解了，却故意将其引向深入，“其实那一切都过去了！汉朝已不存在，三国也都为我大晋朝统一了！无论哪家，都是我大晋朝的子民了，那些历史旧账两家可否不再追究计较了呢？”

刘畅马上接话：“我们祖上当时帮助孙权也是出于无奈，如果能像那位柏家将军那样入于西蜀，还能不帮自家刘氏吗？当然，大人说得对！那些历史旧账谁也说不清楚，是不应该去计较了，还望柏家人大量！”

柏树高也接话道：“确实不能再计较那些陈芝麻烂谷子了！刘族长，我借这杯酒向你保证，我们柏家再也不会提及那些搞不清楚的过往之事了！今后谁再计较那些过去了的事，谁就是小人！”

“好！借你吉言！我敬你一杯！”刘畅喝了酒也爽快起来。

见两家开始说得融洽起来，易雄就想趁热打铁：“至于遭遇大旱或者水灾，光靠一家一地，其实是很难抗拒的，那就得联合起来。刘氏族长，我这次进山，倒是考察到一个解决你们两家乃至整个泠水下游很大一部分地区的水旱问题，只要两家带动，将附近那些村寨联合起来，就可以做到！”

“哦！”刘畅很感兴趣，“大人有何妙计？如能解决这等大事，我刘家坪人定当倾尽全力！我们刘家坪最担忧的就是无情的水旱之灾啊！”

易雄朝柏树高使使眼色，对他说：“寨主，你说说，舜源峰下那条长冲，不是泠水的源头吗？”

“不错，刘族长！”柏树高兴奋起来，竟第一次称呼了刘家族长，并抱拳道，“这次易大人特地去查勘了那泠水源头，说是可以联合各地受益村寨，集中民夫，将冲口堵起来，造一个又深又长的水库，再修渠道放水，加上专人管理，不仅我柏家寨不用再车水上灌，你们下游的各个村寨尤其是你刘家坪就不愁缺水了，遇到暴雨，也可积水，不使发生洪灾！”

“好啊！”刘畅兴奋得一下站了起来，“如能那样，我刘家坪全力参与，只是你柏家寨子可能得受些损失，你们的人会赞同吗？至于其他村寨，我刘某人可以出面组织，那是大好事啊！但是，舜源峰历来就不敢动的，那毕竟是我人文始祖舜帝的坟墓所在地啊！”

“这个嘛，我以为是不成问题的！”易雄沉稳地说道，“舜帝的陵墓究竟在哪里，我们还得勘查。即使在那里，也是可以动土的。你们想想，当初舜帝90多岁了，为什么要来到我们这南方山野，还不是为了民人大众？还不是为了南方的民人学习好农耕？他是一心为我民人造福而病逝在这个地方的，最好的纪念方式依我看就是做好建设为民人造福，相信把这个道理向民众说清楚了，谁也不会反对的，舜帝的在天之灵也会关顾我们的！”

“大人能这样操作，我刘家上下将全力以赴！要钱要粮要人，绝不含糊！”

“我们柏家寨也一样，不仅出人，而且出地，只要县府支持、大人认可，我们就全力以赴！”

易雄十分高兴，竟霍地站起来，举着手中的杯子：“两位！你们该代表两家重新结为兄弟了！我就借这杯酒，祝愿你们两家和好如初，共同筹划建设这个水库如何？”

刘畅和柏树高都站起来，互相举杯：“谨遵大人指点！”

易雄笑道：“举杯一笑泯恩仇！族长、头人！你们就当着我易某的面，真的吃回和睦酒。”

刘畅一时兴奋，立即指令手下抓只雄鸡来，他要当场杀只雄鸡，滴入酒中，要与柏家寨子头人喝雄鸡血酒。柏树高本就豪爽，立即最先痛饮了那杯血酒。

“从今往后，我柏家寨与刘家坪人就都是兄弟姐妹了！如有得罪之处，还望刘氏族长海涵！”柏树高竟然向刘畅半跪下去，刘畅连忙半跪回礼。

易雄高兴地将酒杯高举，对着下堂和侧厅的所有人说道：

“今天大家都见证了：刘家与柏家，自今以后，永结友好，情同兄弟了！待我县府同人规划以后，我们就进山将那舜源峰水库修好，造福千年万代！”

整个祠堂都沸腾了，只有一片欢呼！

易雄趁机又说道：“诸位，我们这春陵县，历史悠久，是我华夏人文始祖舜帝安息之处，我的意思是，在修建水库的同时，我们应该选址修一座舜帝庙，借以永久纪念我们的人文始祖，也凝聚我春陵人心！”

刘畅立即响应：“大人深谋远虑。大好！大好！那舜帝祠庙，我早就有想法了！还望大人青睐，选址时先考虑我刘家坪吧，这里地势宽阔，交通便利，我刘氏愿意倾全族之力，建好舜庙！”

柏树高也立即接过话：“舜帝祠庙所需树木建材，我柏家寨全部包了！”

在一片欢呼声中，易雄一行在夕照之下，才打道回府。那种兴奋与快慰，使他很晚也没能睡着！

8

易雄没有想到，在群策群力中，一年以后，周密筹划的舜源峰水利和刘家坪舜帝庙都已建成！

易雄决定以县府的名义，召集全县各个大族族长和山寨寨主的大会，一是在新建的舜帝庙集体祭奠人文始祖舜帝，二是举行水库放水仪式。

这是东晋永昌元年的前一年即 321 年，东晋建立才 3 年的时间，王敦的反意已经毕现，但易雄远在湘州南端的春陵县里，对朝廷的某些变化其实还不了解。他这一年来接受谯王的派遣来到春陵，就全心投入为春陵人谋取团结福利。而修建水利和舜帝庙，是他这一年来全神贯注的两件事，这两件事办得十分顺利，不仅全县各族各寨之间基本上得到和睦相处，而且对周围各县影响很大。不仅春陵人庆幸自己县里来了这么一位勤政清廉的好官，而且在周围各县，人们每每谈起春陵的这些变化时，都是带着十分羡慕的眼光来看待春陵县民、景仰易雄县令的。

又是一个秋高气爽的天，整个春陵县里都如同过年过节一般热闹起来了。人们都知道县令要召集各大族族长和各山寨寨主祭祀舜帝的大会，许多看热闹想要感受那种热烈气氛的民人都早早地赶到建在刘家坪一高坡上的舜帝庙宽敞的前坪里，有的甚至是从几十上百里的边远地方赶来的。一时间，刘家坪人声鼎沸，各种各样服饰在这个平坦的原地里闪耀着五颜六色。

刘家族长刘畅在这一年里竭尽全力，联络各地族长和山寨寨主，形成全县最优秀工匠的大会合，在他的统一指挥下，一座金碧辉煌、气势磅礴的庙宇耸立在高坡上。这座雄伟的大庙一进三殿，前殿宽阔，是人们祭祀的场所；中殿就是一个展览厅，刘畅请来了全县最优秀的画匠，在四周墙壁上依次画上了舜帝亲民勤政的画幅与文字说明，尤其对南巡至此的种种历史传闻，都用图解的方式体现出来了；后殿正中神坛上则供奉着舜帝的巨大塑像，锦衣高冠，雕像特别突出了舜帝的慈祥坚毅的神态，栩栩如生。两旁各塑着娥皇、女英的像，娥皇在舜帝右方，女英在舜帝左方。而两边则塑着皋陶等舜帝的随从老臣之像，这个后殿就显得十分肃穆庄严，一进入，敬仰的感觉油然而生。

除了三进正殿之外，两边各有厢殿，暂时只做管理庙宇的人员居住之地，一边则暂时做庆典时做饭吃食的厨房餐厅等用途，可以说设备齐全，功能全套。落成时刘家坪族长就曾请县令和县吏们来此查看，易雄和县吏们都很感叹很满意，当即易雄就决定祭祀的时间和方式，让欧阳诚带领相关人员做好准备。

现在，正是上午巳时，祭奠大典正式开始，一时鼓钹齐响，铳炮齐鸣。那些苗人们特有的四眼铳、三眼铳，将一个刘家坪震动得土飞叶落，看热闹的大人孩子一个个都捂着耳朵。

县令易雄带领五十来位族长寨主头人，迈着缓慢的步子，依次进入前殿，举行隆重的祭祀仪式，书吏欧阳诚是长于此种祭祀活动的，担任礼生指导。在一声声长长的呼告下，易雄带领全体与祭人等，虔诚地三跪九拜。中殿里，刘畅早就训练了童生乐舞，一色上古打扮，配上庄严的音乐，气氛凝重。乐舞之后，易雄走上中殿台阶，高声宣读祭文，祭文是他亲自精心撰写的，文情并茂，声音沉浑，参与祭祀者甚至热泪双流。然后，易雄即席讲话，说道：

"诸位！今天我们终于建成了这庄严肃穆的舜帝大庙，来祭祀我远古人文始祖，是我等的光荣，是我等的幸运！想我舜帝当年，不顾年老体衰，以93岁高龄从北方都城，不远数千里，来到我春陵，教土民农耕、建房、织物，抗击灾荒，抵御猛兽，造福地方。最后病逝于此，安葬于此，这是我春陵的幸福、是我春陵的造化。今日，我春陵各族各寨领头人众代表全体民人，集聚一堂，纪念祭祀我舜帝始祖，我们都应该学习先祖的勤政爱民之举，自今以后，我春陵民人要团结和睦，亲如一家，为我春陵人的福祉，为我大晋朝的繁荣，各各出力，万世荣昌！"

易雄的讲话极富感染力，一番话下来，众人热泪盈眶。易雄于是回到众人前面，带领众人山呼舜帝万岁。殿外，铳炮又震天响起，鼓钹又一次敲击，随着欧阳诚一声"礼——成——！"参与祭祀的人等又依次参观中殿的展览，一个个都感叹刘家坪人的努力，更感谢县令易雄大人的雄才远略。

刘家坪族长在左厢殿设置了盛大的酒宴，凡正式参与的人员都进入左侧厢殿餐厅，一字排开了十桌，丰盛的酒肉、热烈的气氛，将舜帝庙推向了沸腾之中，觥筹交错中，各族各寨人等竟然是那么融洽，那么和睦，这正是易雄所要达到的目的。

午餐后，易雄就带领所有参祭人员，徒步向柏家山寨进发。虽然山路崎岖，但大家兴致颇高，一路走去，看到新修的坚固渠道，沿着曲曲弯弯的山势，逶迤相接，又是另一番动人景象。下午喝茶时刻，人们到了舜源峰下，水库大坝之上，更是令各地参观者惊叹不已。出现在面前的，是坚固高耸的大坝，一律以巨石灰浆连接，斜斜的大坝直插下去，远远地，只见一条碧色的水库，竟不知有多深有多长，柏家寨主介绍说，这长冲本有十数里长，两边高崖耸峙，在两岸冲天绿树的映衬下，那一冲长长的碧水，显得甚为美丽。水库里已经蓄满水了，只等这一天开闸放水了！

站在大坝之上，易雄又利用这难得的时刻，向所有跟随来的全县头面人物和实权人物，做了一番演讲：

“诸位族长！诸位寨主！大家都知道，我们这柏家山寨与山下的刘家坪人，历年来为水争斗，结成世仇了！幸而柏家寨主和刘家族长，以大局为重，消融了隔阂，去除了仇怨，团结和睦，合作相处，同心协力，在一年之内建造了这么雄伟的水库，修筑了那么长长的渠道，为各自村寨也为下游各地，造了福祉。我们不仅要感谢柏家寨和刘家坪的所有人众，而且要记住往日的纠纷究竟何来？为今后民人之幸福，我以为，各处村寨，都要学学柏家寨和刘家坪人！都学到了，我春陵县就是各处的榜样了！”

与会者，在欧阳书吏的带领之下，竟一齐呼啦啦跪倒在易雄面前，欧阳书吏呼喊道：

“谢易大人高瞻远瞩，雄才大略！”

人们纷纷呼喊道：“谢易大人！遵易大人指教！”

易雄赶忙拉起众人，说道：“各位过誉了！这哪里是我的功劳，此乃柏家寨主和刘家族长的引领，两寨全体民人的苦干实干的功德啊！既造福了自身，也延及所有受益村寨。现在，我宣布：水库放水仪式开始！”

柏家寨主按照他们苗人的规矩，就在大坝上摆上案桌，设置神牌，摆上三牲酒礼，向四方顶礼膜拜之后，又让下人将一只雄鸡斩杀了，滴血于大坝各处，然后，柏树高高声呼道：

“开闸放水！”

随着柏树高的呼声，大坝左侧的下水道闸门洞开，一股股青绿的水流冲向渠道，那水流汹涌着却又循规蹈矩地沿着曲折蜿蜒的渠道向下流去，人们一片欢呼，那西边的阳光，似乎也丢下一片笑靥。

柏家寨同样准备了丰盛的山珍野味招待众人，直到黄昏时刻，当漫天晚霞洒锦的时刻，这一天的活动才告结束，于是赶往刘家坪，各自回去。

在回县衙的路上，易雄还很兴奋，他对欧阳书吏说道：

“这一年不简单，你受累了！不过我们不能下来，还要做几件大事，我想当务之急，就是要注意人文教化了！你看，对舜帝的祭祀，实际就是一种人心的凝聚。所以，我想下一步就要建立学馆，教化儿童了！欧阳，你费心多为此事筹划筹划？”

欧阳对县令怜惜般地说：“大人！这些事我倒是应该多为大人谋划。不过这一年多来，您只身一人来到我春陵，全力扑在春陵事务上，家室也没带来，依我看，当务之急是您必须回趟浏阳，看看夫人孩子，这里如无大事，您就在家多待上几天。您也 60 多岁了，也该歇息几天了！大人意下如何？”

“你说得对，我是得回趟家了，或许将夫人接来此地住住。不瞒你说，我是真想念我那几个孙子孙女啊！也好，趁现在事务不多，我就准备回去看看吧，正好我有些地方治理的想法，要向谯王报告呢。那就过年的时候回去一趟吧，暂时还得处理些杂事哪！”

“你的事总是很多的，怎么也做不完的！你刚才不是还说正好趁现在事务不多吗？您就回去吧，这里的一些小事，我会处理的。”欧阳诚知道易雄大人好像想起了什么必须立即做的事，又改变了主意。

“还是等等吧！”易雄心有旁骛，“暂时真还不行，那大平寨的凶杀案子还没破呢！人命关天的大事，可不能拖延！”

“您哪！您哪！”欧阳诚知道又得跟着县令大人忙乎一阵了，只好笑笑摇摇头，他太了解这位县令了！

“没关系！欧阳，”易雄也笑了笑，“过年时或者过完年回去一趟不晚！”

但易雄没有想到，朝廷不久就出大事了，他没能如期回家，也失去了与妻儿孙辈的最后相聚。

王敦真的叛乱了！易雄进入了他人生最为辉煌的时刻，以其生命换取了千古的声名。

第六章　王敦叛乱

1

东晋永昌元年（322），蓄谋已久的王敦终于打出了威胁东晋政权的叛乱大旗！

这一年，易雄已经 65 岁，在春陵县令任上，修建了舜源峰水库，建起了舜帝大庙以后，他正想创办学馆，全力加强民人尤其是儿童教化呢。他最初听到这个消息，似乎并不感到突然，因为凭他对王敦专横跋扈的听闻，其实早已预见到这场祸事的必然发生，只是没想到来得这么快速这么紧急。

易雄没想到的是，在自己将入老境时会遇到这样的变故，作为一个小小的边远地区的县令，一个人微言轻缺兵少卒的小官，他能做什么呢？但位卑未敢忘忧国，他关注着这场惊动全国的大事变，几乎彻夜难眠了。

他自然想到了王敦其人，想到了自己在这个国家多难之秋，能凭老弱之躯为国家做些什么？毕竟，经过这么多年的动乱，国家已是千疮百孔，百姓好不容易得到片刻的休养生息，而王敦的叛乱战事又将扰乱小民百姓的安宁了！

对于那个举旗叛乱的王敦，虽然他并未见过也未有过任何接触，但这样一个朝廷的大人物，他还是多少知悉一些他的过去的。

王敦出身于琅琊王氏大族，是显赫一时的晋代士族大家的佼佼之子。他娶的是晋武帝的女儿襄阳公主。在洛阳时，他就曾以其出自琅琊临沂王姓世家的显赫身世为世人瞩目，更何况是武帝司马炎的驸马爷呢，早年就做过给事黄门侍郎、青州刺史。西晋末，当东海王司马越掌权时，又被任用为扬州刺史。

远在永宁元年（301）的时候，赵王司马伦篡夺帝位，派王敦到兖州慰劳担任兖州刺史的叔父王彦。三个月后，齐王司马冏兴兵讨伐司马伦，诸王都起兵响应。恰在此时，王彦收到齐王的檄命，邀请他一同起兵；王彦畏惧司马伦兵力强盛，不敢应命。王敦却劝王彦响应，最终齐王击败了司马伦，王彦也就获得奖赏。司马伦失败后，晋惠帝复位，王敦因其投机远见而得到晋惠帝赏识，王敦升迁为散骑常侍、左卫将军、大鸿胪、侍中。

从这些事件变化中可以看到，王敦还是颇有政治投机头脑的。到永嘉元年（307），司徒王珩推荐他做了青州刺史，拜广武将军，不久朝廷又征命王敦为中书监。此时王敦踌躇满志，觉得自己需要积蓄力量收买人心了，于是将妻子襄阳公主的侍婢都分发给将士，又将些金银财宝分发给部众后，才欣欣然回到洛阳。这恰逢时在荥阳遥控政权的太傅司马越来朝，王敦认为他此行一定会有诛杀处罚，即尽量靠近司马越，表示忠诚。后来司马越果然收捕中书令缪播等十余人并处死。司马越因而任命王敦为扬州刺史；当时，洗马潘滔已经看透王敦，就向司马越建言："别让王敦到远离京城的偏远外地去，那样会使他肆意妄为，将成为无法制约的地方豪强。"但司马越此时已经十分相信王敦了，没有听取潘滔的意见。

在"八王之乱"的复杂政治军事环境中，王敦的投机头脑可谓十分灵活。能去江东成为扬州刺史，就为以后西晋灭亡、王敦等拥立司马睿为东晋元帝而发达起来奠定坚实的基础了。

可以说，没有王敦、王导兄弟，就没有后来的东晋朝廷。

西晋只立朝49年便灭亡了，王敦在扬州便与堂兄王导一起拥立王室司马睿延续晋朝。他们兄弟是晋朝得以据江东一隅延续的最大功臣，所以晋元帝司马睿对他们兄弟给予了巨大的权力。王敦、王导兄弟辅助司马睿在江南地区建立名望，名义上是为中兴晋朝，实际上在暗暗积蓄力量，其实王敦总想取而代之。司马睿是依靠王敦及王导才当上皇帝建立了政权的，所以当时有民谚说："王与马，共天下。"晋元帝司马睿征拜王敦为尚书，但王敦坚持留在扬州不上任，因为扬州地域重要而且太有实权了。司马睿于是任命王敦为安东军咨祭酒、扬州刺史，加广武将军。后更升任左将军、都督征讨诸军事、假节而代表皇帝行使职权。

先前，还在永嘉之乱后，西晋怀帝被掳，司空荀推司马睿为盟主；但当时的江州刺史华轶不肯听从司马睿的指挥，于是司马睿派王敦与历阳内史甘卓和杨烈将军周访一起进攻华轶，将其击败，华轶败走被杀。后来，王敦还率军击败了湘州杜弢为首的流民叛乱。有这样的功绩，王敦在朝廷上下，可谓声名赫赫了。

王敦、王导兄弟，其实左右着东晋的命脉。王导管内，为朝廷丞相；王敦御外，掌管着几乎全国的军事。当时，东晋的经济、军事重心在于荆、扬二州，王敦进位为镇东大将军、开府仪同三司，加都督江、扬、荆、湘、交、广六州诸军事，又兼任江州刺史，几乎统治着大半个东晋土地，还被封为汉安侯，长期据守武昌，掌握长江中上游的军队。他统辖这么多州郡，贡赋进入自己腰包，朝中将相官吏多出其门。王氏兄弟专擅朝政，权势日大，严重威胁晋室，使得晋元帝逐渐感到严重不安了。

晋元帝得采取些对策了，尤其是长江上游，王敦占据着武昌，对首都建康虎视眈眈，随时都会造成威胁。虽然晋怀帝时已经将荆州分割为荆州和湘州，但王敦随时可能控制南边的湘州。对荆州南边的湘州，晋元帝得想办法控制。所以后来晋元帝将其堂叔司马承派去湘州做了刺史，这湘州刺史之争，也直接影响了王敦的反叛。

其实，王敦的反叛野心，早就露出来了。

2

易雄听说王敦不仅早有野心，而且性格雄奇豪爽又冷僻乖戾且暴虐残忍，但他又十分重视人才，将许多人笼络为自己亲信，王敦是个有着十分复杂性格的人物。

易雄听人说，王敦年少时，行为举止就像个五大三粗的乡下人，说话也大声霸气。晋武帝当时叫一帮社会名流会集到一起，类似于开一种艺术沙龙，讨论歌舞。在那种集会上，别人多少都能说上点什么，只有王敦一人毫不关心，而且脸上还表现出鄙视的神色。他自己说只会打击乐，武帝便叫人拿了鼓给他，他便捋了袖子站起来，拿起鼓槌用力敲，敲得节奏感很强，鼓点的频率也很快，神气豪迈，旁若无人，令所有人都赞叹他雄壮豪爽。这其实充分显示了他的性格特点。

其实，王敦不仅长得仪表堂堂，而且颇有谋略，性格十分豪放爽朗。家庭又是十分豪奢的。他每每与人喝酒，便要以金如意击节唱歌，甚至将钵盂击得尽是缺口。一到放浪之际，便高声诵唱曹操的诗句：“人生几何，对酒当歌”，或“老骥伏枥，志在千里”。其豪放之状，令与之豪饮者赞叹不绝。其实他是借曹操的诗句来宣泄自己暗藏的野心。据说远在西晋的时候，一位大臣去拜访太尉王衍，正巧当时王敦、王导、王戎兄弟几个都在其家，这位大臣出来后不禁感叹道：“在王家我看到的只是满堂的琳琅珠玉啊！”

王敦小时候确实长相不凡，但也未必招所有人喜欢。据说族兄王戎就不太喜欢他，洗马潘滔则说："处仲（王敦的字）蜂目已露，但豺声未振，若不噬人，亦当为人所噬。"长相如此奸诈，以至于将来一定要吃人，同时也或许会被别人吃掉。这一方面反映了当时人们品评人物重视长相的习惯，另一方面也确实揭示了王敦性格中一些特点。人内心的精神世界常能通过长相表现出来的。在魏晋那个精神世界自由的时代，可能更是如此吧！

易雄也像那个时候的许多人一样，还听到过许多关于王敦的逸事。

据说王敦与武帝司马炎之女襄阳公主成亲后，一日去茅厕，见厕内有一装饰华丽的漆箱，打开一看，里面装有干枣。王敦不由感叹：到底是帝王之家，连解手都有果子吃。于是，他将箱中的枣子一扫而光。未曾想，此事让婢女讥笑了一番。原来厕内所置干枣，不为食用，而是用来塞鼻的。王敦因此对那些婢女颇为痛恨，只是碍于公主和王室的权威，才没有发作。

王敦是个急性子。一次，他用筷子夹鸡蛋，屡屡没夹上，火了，拿起鸡蛋摔到地上，然后捡起来，气得满脸通红，一口吞下。

世人都认为王敦妻子是公主，他就该是个高尚的人。不过他也曾经沉溺色欲，搞得身体很差，整天腰酸背痛，双腿发软。他身边的人就规劝他，王敦说："不就是玩玩女人吗？我没觉得有什么啊？你们觉得不好，那这不也很容易吗！"于是就打开后阁，把家里的几十个小妾、婢女都赶出家门，任她们想到哪就到哪。对这件事，当时人们都对他赞叹有加呢。可见，王敦还是个颇能节制自己的人。

但王敦又是个性格坚忍狠辣的人，很早就从他的行为中体现了出来。有一次，王恺请客，王敦与王导都在座。席上有艺人演奏音乐。有个吹笛子的女孩不留心吹走了调，残忍成性的王恺认为丢了他的面子，立即叫人把那女孩拖下去，当着客人用鞭子、木棍抽打，直到把她打死。座上的客人都大惊失色，认为王恺太残酷了，唯独王敦无动于衷，神色自若地照旧饮酒，就当什么事都没有发生一样。

又有一次，也是在王恺家里做客。王恺叫一个美人替客人敬酒。有一个客人大概不会饮酒，美人敬到第三杯，他再也喝不下去了，将剩下的大半杯酒倾倒在了地上。王恺一见大怒，认为是这美人没尽到心意，丢了他的脸，立即命人把这美人拖到院子里杀了。王恺又换了一位美人敬酒，刚好敬到王导面前。王导本不会喝酒，但他心肠较软，怕敬酒人获罪，便勉强地将酒喝了个干净。当美人敬到王敦的时候，王敦故意不接。那美人已吓白了脸，可王敦像是没注意到一样，坐着纹丝不动。果然，王恺又拍桌大怒，将那位美人拖出去杀了，再换一位美人来敬酒。当这位美人又敬到王敦的时候，王导怕出事，连忙拉着王敦向王恺告辞回家。路上，王导责备王敦心肠太硬，王敦却冷冷地说："他杀自家人，关我什么事！"也许，他没有这副刚硬冷酷的心肠，就走不上叛逆的道路吧！

王敦为司马睿政权的建立立下了汗马功劳。当时南方颇有些"乱匪"，势力很大。王敦以及他手下的陶侃（陶渊明的曾祖父）同叛匪苦战数载，后来因功被封为震东大将军，都督江梁荆湘交广六州军事，这就是说，湖北、湖南、广东、安徽、江苏等东晋大半地区都归王敦控制了。不过王敦并不安分，他身边也颇有几个奸佞小人。为人方正的陶侃被排挤到广州，王敦权势日益扩大，越发骄横专擅了。当时他的兄弟们因为王敦、王导的提携，也有些骄纵恣肆的家伙，比如王含等人。王含在庐江郡做官，贪赃枉法，声名狼藉。做弟弟的王敦为了维护他，故意在众官面前说："家兄在庐江郡一定干得不错，庐江人士都称赞他呢。"王敦的主簿何充当时在座，正色道："我何充就是庐江人，我所听说的并不是那样子！"王敦听了不说话，旁人感觉到很不自在，而何充则很平静，神色自若。王敦是什么人？晋武帝的女婿，官拜大将军，可以说是位极人臣，能翻手为云覆手为雨。何充竟敢如此直言，还能有好果子吃？何充最终被贬到外地做了个小官。

应该说，这样一位位高权重的朝中重臣，这样一位威名赫赫的豪放之士，为什么要起来举旗叛乱，威胁朝廷，扰乱百姓好不容易才得来的相对安宁的生活呢？

易雄一时半会儿还想不明白，但有一点他是清楚的：那就是忠君之事，保护百姓的安宁生活，在这多事之秋是最为重要的。因此他虽然远在舂陵这个南蛮之地，对时局的关注却成了他日夜难眠的大事。

3

作为一个县令，易雄十分痛恨的是，为什么王敦要举旗叛乱威胁朝廷，破坏百姓好不容易得来的相对安宁？

其实冰冻三尺非一日之寒。

318 年，司马睿在王敦、王导兄弟拥戴下，偏居江东一隅，即皇帝位，是为晋元帝，建都建康（今江苏南京）。

建康，后来称金陵，曾是孙吴、东晋以及以后的南朝宋、齐、梁、陈的都城。这座城市东倚钟山（紫金山），西踞石头山（清凉山），相传诸葛亮对此有“龙蟠虎踞”的赞语。东晋南朝时，建康城在今玄武湖南，南城墙距秦淮河约有五里，西城墙距长江也有相当的距离。城中还有台城，宫殿官署都在台城里面。城西的清凉山有座石头城，石头城负山面江，西南面即秦淮河入长江之口，形势极为险要。当年孙权在这里筑城，显然是作为江防要塞的。秦淮河边上另有西州城，是扬州刺史的治所。它的东面有东府城，是宰相和扬州刺史的府第所在。这些城起先都是土城，从东晋末年到南齐，逐渐改用砖砌，才愈显得气势宏伟。

历史地看，建康城不论造得如何坚固，它的安危存亡却是取决于上游的形势。如果对手掌握了长江中游的重镇，建康就很容易变成危城，从晋初王濬楼船下益州，到清代太平军从武汉东下破江宁，无不如此。现在东晋就面临这样的局势，王敦本为扬州刺史，但他没有在靠近都城的扬州刺史府，却据有武昌，控制六州，一旦起事，只要乘势而下，就可直达建康，东晋朝廷就岌岌可危了！

王导、王敦堂弟兄两个，本来一内一外，辅佐晋元帝，应该以稳定半壁江山的统治为己任。但是，一个家族的权力太大，这是任何一个帝王所不愿意看到的。所以，元帝即位后，看到王家势力太大，为了巩固他的皇权统治，他就得想些对策了。

因此晋元帝首先就重用他做琅琊王时幕府中的两个旧人：刘隗和刁协。他以刁协为尚书令，刘隗为侍中。

刁协字玄亮，渤海饶安（今河北盐山西南）人，做过本郡大中正，也曾在成都王司马颖、赵王司马伦、长沙王司马乂手下任过职，因谙熟朝廷制度，渡江后就入琅琊王司马睿幕府。东晋定都建康后，朝制初创，众臣对各种礼仪制度都很陌生，无论什么事都要向他请教。元帝重用这样一个人，是理所当然的。刘隗字大连，彭城（今江苏徐州）人，长于文史，做过彭城内史，也在渡江后入琅琊王幕府。琅琊王司马睿任丞相时，他做丞相司宪，执法很严。南中郎将王含（王敦之兄）曾一次要求他任命参佐和地方首长二十多人。刘隗认为一次任命太多不妥，而且他们的才能资格与职位又不相符，便提出劾奏。他竟敢于碰王家，王家自然讨厌他。

元帝即皇帝位后不久，竟然撇开王氏兄弟，重用刘隗、刁协。两人受到重用，更是处处维护皇权，抑制大族。对此王导虽然有些不满，但作为丞相近臣，不好公开说什么。晋元帝大兴三年，王敦却从荆州上疏，自述从永嘉五年（311）为扬州刺史带兵讨伐江州刺史华铁起，10年在外，认为晋元帝对他们兄弟多有疏远，疏中对晋元帝颇多不敬指责之语，说："导顷见疏外"，请元帝回忆过去说的"吾与卿及茂弘（王导字），当管、鲍之交"，这就等于责备元帝食言，最后希望他能始终信任王导。这道奏疏到了建康，被王导退还给王敦，但王敦再次派人送交元帝。晋元帝司马睿看到这个上疏言辞侮慢，十分震怒，司马和王家的矛盾就随之大起来了。

王敦的上疏是这样说的：

> 臣从弟王导，昔蒙殊宠，委以事机，虚己求贤，竭诚奉国，遂藉恩私，居辅政之重。帝王体远，事义不同，虽皇极初建，道教方阐，惟新之美，犹有所阙。臣每慷慨于遐远，愧愤于门宗，是以前后表疏，何尝不寄言及此。陛下未能少垂顾眄，畅臣微怀，云导顷见疏外，所陈如昨，而其萌已著，其为咎责，岂惟导身而已。群从所蒙，并过才分。导诚不能自量，陛下亦爱忘其短。常人近情，恃恩昧进，独犯龙鳞，迷不自了。臣窃所自忧虑，未详所由，惶愧踧躇，情如灰土。天下事大，尽理实难，导虽凡近，未有秽浊之累；既往之勋，畴昔之顾，情好绸缪，足以历薄俗，明君臣，合德义，同古贤。昔臣亲受嘉命，云："吾与卿及茂弘当管鲍之交。"臣忝外任，渐冉十载，训诱之诲，日有所忘；至于斯命，铭之于心，窃犹眷眷，谓前恩不得一朝而尽。
>
> 伏惟陛下，圣哲日新，广延俊乂，临之以政，齐之以礼。顷者令导内综机密，出录尚书，杖节京都，并统六军，既为刺史，兼居重号，殊非人臣之体。流俗好评，必有讥

谤，宜省录尚书、杖节及都督。且王佐之器，当得宏达远识、高正明断、道德优备者，以臣暗识，未见其才。然于见人，未逾于导；加辅翼积年，实尽心力。霸王之主，何尝不任贤使能，共相终始！管仲有三归反坫之识，子犯有临河要君之责，萧何、周勃得罪囹圄，然终为良佐。以导之才，何能无失！当令任不过分，役其所长，以功补过，要之将来。导性慎密，尤能忍事，善于斟酌，有文章才义，动静顾问，起予圣怀，外无过宠，公私得所。今皇祚肇建，八表承风；圣恩不终，则遐迩失望。天下荒弊，人心易动；物听一移，将致疑惑。臣非敢苟私亲亲，惟欲忠于社稷耳。

元帝见疏大惊，即召刁协、刘隗及谯王司马承等入宫，将王敦的上疏给他们看后说道："王敦以顷年之功，位任足矣；而所求不已，言至于此，我可怎么办？"

司马承道："王敦拥兵自重，排斥忠良，滥用亲信，藐视皇家，必有异图。陛下不早裁之，以至今日，若再姑息，王敦的祸患就不远了。"

元帝长叹道："此人不制，朕必不能安枕了！"

正议论之间，梁州有急报到，说梁州刺史周访病逝。周访的去世，元帝如同失去擎天一柱，因而痛哭不已。元帝立即下诏追赠周访为征西将军，赐谥号为"壮"。元帝决定立即调湘州刺史甘卓为梁州刺史，都督沔北诸军事，镇守襄阳。

元帝继续与这几位大臣商议湘州刺史人选，王敦的奏表又到了，他表举宣城内史吴兴人沈充为湘州刺史。

刘隗连忙阻止："皇上，不可！沈充乃王敦亲信，不能让他担任湘州刺史。再说，湘州在荆州之南，怀帝时才从荆州分出，地势重要，陛下应当安排自己的心腹之人去镇守湘州。”

元帝对王敦让沈充担任湘州刺史也顿生疑忌，就对谯王司马承说道：“王敦奸逆已经显露，他把朕视为惠皇帝，其反之势不远了。我想，湘州据上流之势，控三州之会，乃南楚险固，是用武之地，朕怎得再用王敦私人，同恶相济？今想请叔父去湘州，不知意下何如？”

司马承跪拜道：“君有诏命，臣唯尽力为之，何敢有辞？然湘州经蜀寇之余，民物凋敝，若得到任，必需三年，方可进入军戎状态；否则时日促迫，教养两难，虽粉身碎骨，也无益呢。”

元帝大为欢悦，遂立即下诏，命谯王司马承为湘州刺史，克日赴任。元帝又依刘隗之计，以尚书仆射戴渊为征西将军，都督司、兖、豫、并、雍、冀六州诸军事，镇守合肥；以刘隗为镇北将军，都督青、徐、幽、平四州诸军事，镇守淮阴；皆假节领兵，名义上为讨伐胡人，实际上是防备王敦。

其实王敦所谓上表等动作是醉翁之意不在酒，他早就有觊觎皇权的野心了。他并不十分担心晋元帝对几位大臣的任用，其所以没有早早动手，是因为在朝中他最惧怕的还有两个人：祖逖和周访。

祖逖（266—321），字士稚，范阳遒县（今河北涞水）人，是东晋名将。西晋末年，率亲朋党友避乱于江淮。313 年，以奋威将军、豫州刺史的身份进行北伐。祖逖所部纪律严明，得到各地人民的响应，数年间收复黄河以南大片土地，使得石勒不敢南侵，因军功而进封镇西将军。祖逖北伐以来，势力越来越强盛，却受到朝廷的忌惮，朝廷对祖逖在北方的军事行动向来不闻不问，而在祖逖历尽艰辛收复了大片黄河以南的领土之后，晋元帝却派一个文官戴渊去取代祖逖。大兴四年（321），晋元帝任命戴渊为征西将军，都督司、兖、豫、并、雍、冀六州诸军事，兼司州刺史。祖逖认为戴渊虽有才望，但无远见，无助于北伐，而且自己既收复黄河以南大片土地，却突然由如此不谙军事的文臣统领，心中甚为不快。同时，祖逖忧虑权臣王敦和宠臣刘隗对立，内乱将会爆发，北伐难成，因而忧愤成疾。祖逖虽然患病，但仍图进取，抱病营缮虎牢城，同时派人修筑营垒作为南部部队的据点以防后赵侵袭。同年九月，有“妖星见于豫州之分”，祖逖仰视星空，叹道：“此为我啊！刚刚平定河北，然而天欲杀我，此乃不佑国也。”不久，祖逖病逝于雍丘，年仅56岁，朝廷虽追赠为车骑将军，但东晋从此失去一名北伐大将。祖逖去世，豫州百姓如丧父母，谯梁百姓更为之立祠。但王敦却大喜过望，史书说王敦“久怀逆乱，畏逖不敢发，至是始得肆意焉”。

像祖逖这样一位一心为国的功臣，晋元帝竟派戴渊以相牵制，这使得祖逖非常不快，晋元帝大兴四年（321），祖逖因朝廷内“王”与“马”的明争暗斗，国事日非，以致忧愤而死于军中。虽然晋元帝追赠其为车骑将军，部众被弟弟祖约接掌。但其死后，北伐功败垂成。可惜一代名将，就这样在皇帝和权臣的权力争斗中陨落了。北伐大计，也就一时无期了。

另一位名将周访（260—320），字士达，本籍汝南安城，因祖辈于汉末避乱江南，于是在吴亡时改为庐江寻阳（今江西省九江市西）人。曾参与讨平江州刺史华轶作乱及荆州杜曾叛乱，又协助平定杜弢的流民叛乱，对东晋能于南方建立甚有功劳，官至安南将军兼梁州刺史。先前，王敦担忧杜曾势力增长，于是向周访允诺，一旦周访擒获杜曾，就会让他任荆州刺史。但周访杀杜曾后，王敦仍然自任荆州刺史，没有兑现承诺，周访仍任梁州刺史，未得到任荆州。周访对王敦失信曾经大怒，王敦写信给周访，试图解释，但没有结果，周访、王敦之间便结下了仇怨。王敦除惧怕祖逖之外，朝中将领中，他次为惧怕的就是这个周访了。周访在襄阳时推动务农和练兵，用心去听取群众意见，而且又自选地方官员，任命后才上表朝廷。周访的行动和强大的军事力量令王敦十分忌惮。王敦虽然早已有不臣之心，但还是不敢有异动。而周访与之相反，虽然屡立战功，且被王敦所惧，但仍谦虚而不言功勋，更将功绩都归于朝廷，于是得到士人尊重；而且周访擅长安抚人心和招纳群众，令士众都愿为他效死。周访练兵之余亦与李矩、郭默等仍在河南一带的东晋将领合作，打算北伐。当周访知悉王敦有不臣之心后，更是恨得咬牙切齿。王敦知道周访肯定不会支持自己，所以王敦也就一直不敢作乱。没承想到大兴三年（320），周访去世了，仅仅享年 61 岁！

两年之内，王敦最畏惧的两个人都死了，他觉得时机已到，便蠢蠢欲动了！

4

远在舂陵任上，且只为一小小县令的易雄虽然耳闻王敦的许多不轨言论和行动，也相信国家终有一天会爆发动乱，但他身处边远，就只一心为舂陵这个边远小县的民众谋一方之利了，他并不知道王敦之乱其实是在王敦的精心策划下爆发的。

王敦在起事之前，虽然欣喜于两大畏惧之人周访和祖逖都已去世，但知道要长驱直入建康夺取政权，必须巩固后方。虽然他名义上掌控六州，但实际上各州刺史是否支持他，也是不能完全掌控的，像广州等地，甚至鞭长莫及，尤其是梁州和湘州，他必须首先稳定下来。

所以，王敦在武昌起兵出发前，首先就到了安南将军、梁州刺史甘卓的驻地襄阳。梁州刺史甘卓本来担任湘州刺史，也一向与王敦交好。但甘卓对晋元帝却更为忠诚，对元帝将他调为梁州刺史实在心存感激。当然，现在掌控六州军政的王敦来了，甘卓不敢怠慢，十分热情地接待了王敦，立即备酒设宴，尽力款待王敦。

酒宴上，王敦对甘卓说："甘将军，如今皇上重用刘隗、刁协等奸人，扰乱朝政，我王敦王氏家族扶持皇上就位，对皇上一向忠心耿耿，岂容朝政日非，让这一班乱臣贼子如此胡乱下去？我意已决，将起兵直发建康，以清君侧，不知将军意下如何？"

甘卓早知道王敦此来何意，但事关重大，他一方面惧怕王敦的势力，不敢得罪；另一方面又惧怕朝廷怪罪，感到十分犹豫非常为难。

甘卓不好回话，只是唯唯顾左右而言他。

"甘大人，君侧不清，对皇朝将遗祸无穷！我王敦为皇朝稳固责无旁贷。甘将军你为皇上重臣，岂能坐视不管？敦今日特来梁州，就是邀约将军与我一同起事，发兵建康，以清君侧！"王敦单刀直入，直言不讳。

"这，这，大将军，此事还容从长计议才好。"甘卓嗫嚅着。

"还从长计议?!"王敦高声道，"朝廷被刘隗、刁协一班奸臣把持，皇上被其蒙蔽，我们作为大晋重臣，岂能犹犹豫豫从长计议？那国家就完了！"

面对王敦咄咄逼人的气势，又不敢不应承，于是表面上伪装答应王敦，与之一同出兵。王敦自是十分高兴。

其实甘卓一直犹豫着也只是在观望着，王敦看出甘卓的犹豫来了，则加紧行动，想以实在的行动来逼迫甘卓同盟。看到甘卓同意与他一起行动，就放心行动起来。

但是等到出发那天，王敦已登上战船，甘卓却没有到，只是派了参军李梁来到武昌，传达了甘卓的意见，劝说王敦不要动用军队反叛朝廷，建议王敦上表皇上，表达自己的意见，一切听从皇上裁决。

王敦听了那参军李梁传达的甘卓意见，非常恼怒，但又不便当着参军发作，就故作吃惊地对李梁说："甘将军没有明白我上次和他交谈的意思吗？我这只是去消除皇上周围的坏人，并无反叛朝廷的意思呀！请李将军回去对甘将军说，我已多次上表，然没有效果，非采取军事行动不可了！我们此去，是清君侧，必要皇帝罢免刘隗、刁协等乱臣。如果事情成功，我一定奏请皇上高封甘将军，请你转告甘将军。"

李梁回禀甘卓后，甘卓有些动摇，仍然拿不定主意。也有谋士向他献计，不妨出动军队，假意与王敦一起举兵，待他东下后再讨伐他。但甘卓怕将来说不清楚，还是不同意。

当时，湘州刺史司马承得知王敦举兵东下，便派主簿邓骞前往襄阳，希望甘卓忠于朝廷，讨伐王敦。参军李梁知悉王敦的势力与决心，就对甘卓说：

"我劝将军可伺机而动，不要匆忙行事。如果王敦取胜，就假意应承王敦，他王敦必将重用您；如果王敦不胜，再伺机起兵平定叛乱，朝廷也必将重用您。这样，无论哪一方取胜，您都不会吃亏，因此不能轻易举兵出战。"

邓骞反驳李梁说："你劝甘将军这样做，就是脚踩两只船，必然会招来祸患。"邓骞转而对甘卓慷慨陈词："其实，王敦本人率领的兵马不过三万余人，他沿江东下之后，守卫武昌的只剩五千，您甘将军的军队超过王敦武昌守军数倍，如果此时率军进逼武昌，一定能取得胜利！您就是朝廷第一大功臣了！甘将军如果发兵攻打武昌，就可摧枯拉朽，不必有什么顾虑。"

邓骞已经说得极合情理，不料门外传报说，王敦又派人来了。原来王敦怕甘卓在他后方动手，即派参军乐道融赶往襄阳，他让乐道融去邀甘卓与他一同立即东下。甘卓听了邓骞的话后，正在犹豫不决的时刻，没想到治所外面守卫报告：王敦大将军参军乐道融求见！

甘卓不敢怠慢，立即召见乐道融。

其实乐道融根本不赞成王敦的举动，见了甘卓反而问道：“甘将军准备与王大将军同去建康吗？”

甘卓不知乐道融是何意思，既然是王敦手下的参军，又是王敦派来的说客，怎么问这样一个问题呢？

甘卓一时还不知如何回复乐道融，而乐道融却款款而谈：

“将军，你可要认清形势了！王敦大将军所谓清君侧不过是个幌子，我跟随王敦多年，对他的认识比你们清楚。他要的不是什么清理君侧的所谓奸臣，而是整个晋朝的土地、皇上的江山，就是要将民人拖入战火之中。这实际是大逆不道反叛朝廷。你甘将军若是皇上忠臣，就该在他王敦东下后趁机袭击武昌，那就可使王敦因后方失事，不战自溃！”

原来这王敦派来的参军说客不是替王敦说话的，却与湘州派来的邓骞唱的是一个调子！

听了邓骞和乐道融的劝说，本来甘卓已经心动，准备出兵武昌的，但又不想立即表态，回答说：“我再想想吧！你们走得累了，先去歇息吧。此事明天再说吧！”

邓骞和乐道融没法，只好暂时回驿馆休息。

李梁待两人走后，就对甘卓说：“大人，你不能听信那邓骞之言，他是因为湘州告急，想利用您甘将军的力量来为他湘州挡住王敦南下的魏乂大军。您在湘州多年，应该了解那湘州不过是从荆州分出不久的一个新州，那临湘，现在叫长沙的州府，城池凋敝，城防不固，怎么可能挡得住魏乂两万精锐？谯王为救自己，却派邓骞以三寸不烂之舌来蛊惑将军，您对湘州的军事实力还不了解？怎能以您之力去为他人挡箭？再说那乐道融吧，身为王敦大将军部下，却替谯王说话，是何意思？这个人，我觉得人品极坏！卖主求荣的家伙，他的话也能听信？想王大将军派他来梁州，原本是要劝将军与之联合的，乐道融却替谯王说起话来，与那邓骞一个调子，这种人我是不齿的，关键时刻，还望将军三思！”

甘卓本就是耳朵根子很软的人，做事总是犹豫不决，听得邓骞与乐道融一说，他就想立即起兵指向王敦，赶快夺取武昌，听李梁这么一说，就又犹豫起来。

“你说得颇有道理，如今之计，如何是好呢？”甘卓很觉为难，“一边是皇上，一边是声势浩大的王敦大将军，我这梁州刺史夹在中间确实为难啊！”

“将军，您一点也不必为难！”李梁说道，“您只要按兵不动，静观其变就是了！”

“我甘卓世受皇恩，今皇上有难，我怎能坐视不管？”甘卓摇摇头道。

“将军一点也没有对不起皇上的地方！”李梁断然说，“怎会对不起皇上呢？王敦大将军打出的旗号并非夺皇上的龙椅啊！他打的是‘清君侧’的旗号，要对付的是刘隗、刁协等朝中大臣。您一位戍边将领，与之何关？只要拖延着，静观着就是了！待到时机一到，您就可打出旗号：王敦胜，您支持王敦，他必然要感激您；皇上胜，您再发出檄文，讨伐王敦，皇上必然要奖赏您！您身处这边远梁州，天高皇帝远，最好进退自如，那又何必强出头去，招致不测呢？”

这一席话，彻底将甘卓打动了！他不觉喜从心来：

“好，你说得在理！就照你的话办！这样很好，两边暂时都不沾惹。你去代我回复乐道融和邓骞，进击武昌的事，就暂时搁着吧！”

李梁赶忙去驿馆回复邓骞和乐道融。

听到李梁的回复，乐道融长叹一声，没再说话，他知道那甘卓不可依附，回王敦处已经是不可能了，于是悄然回到家乡，最后竟忧郁而死，那是后话。邓骞听到回复后，对李梁一顿痛骂，无以为计，只好转回长沙如实回复谯王了。

甘卓既然如此，王敦觉得梁州暂时还没有太大的威胁，倒是释然了。唯一有些担忧的是南边湘州那死硬的谯王了，但他已经派出魏乂，相信不久之后，魏乂就会传来捷报了！

5

王敦大军沿江东下，势不可当，竟很快就占据了建康城西离皇宫咫尺之遥的石头城了！

王敦既已占据石头城，晋元帝惊慌失措，不好设法。只好令刘隗、刁协赶快逃跑。一开始，两人还假装以死效忠元帝，不肯离去。

元帝司马睿就说："王敦此举，本为二位爱卿而来，不赶快趁机逃出，等死吗？"

二人也深知王敦一旦进入建康皇城，自己是必死无疑的了。于是刘隗拜别元帝，带着家人，连夜逃出建康城，向北而去，后来就逃到后赵去了。刁协这人一向待下人刻薄，手下早已不耐其烦了。如今失势，忙忙如丧家之犬，带着一帮手下逃到长江边上，还因行动迟缓而对手下怒骂打杀。手下忍受不了，一刀将其斩了，一群人提着刁协首级，投奔石头城王敦大营去了。

王敦乘胜入都，放纵士兵抢劫掳掠，都城一派狼藉，鸡飞狗跳，民众四散奔逃。太子司马绍十分愤怒，即要带领东宫护卫冲出宫门直取王敦。跃马正要冲出宫门时，中庶子温峤赶到，勒住太子马匹劝导："太子息怒！臣闻善战者不怒，善胜者不武，殿下乃国之储君，安危系之天下，岂可孟浪！"太子仍然要强行冲出，但被温峤抽剑斩断缰绳，才止住了太子的鲁莽。

晋元帝此时无可为计，刘隗已逃亡远去，又听说刁协已死。心想你王敦打的旗号就是清君侧，除刘隗、刁协二人。现在跑的跑了，死的死了，你王敦应该收手了吧？中庶子温峤和众大臣都说：王敦既然为刘大人、刁大人而来，如今大兵临都，民众惊恐。皇上不如暂时安抚王敦，以避首都涂炭。

晋元帝听从诸大臣意见，只得下诏赞扬王敦忠君爱国，封王敦为丞相、都督中外诸军事、录尚书事，加封武昌郡公。令百官公卿均去石头城拜见王敦，以之与王敦暂时讲和。

如今王敦大权在握，可谓一人之下万万人之上了。百官到石头城时，王敦只下令召其兄弟、前丞相王导单独见面。王导一见王敦便直言不讳：

“我弟也太鲁莽！能得今天这个结局，已是祖宗荫庇了！以兄看来，见好就收吧！如今刘隗逃亡刁协死去，皇上已经让步，封你如此重爵，你就随坡下车吧！”

王敦犹自不允，竟然说：“你怎么这么胆小怕事?！刘隗虽亡刁协虽死，但朝中与我王氏一族对立者知有多少?！必得一一除掉！司马氏之皇位乃我王家所拥，他竟敢听信奸邪之言，对我王氏打压。我意是废了司马睿，由我王家取而代之！”

王导历来谨慎，听这言语吓了一跳：“我弟千万不能做此胡想！晋室建朝以来，民心所向；我王氏虽为琅琊大族，毕竟无皇室权威。一旦民心丧失，只恐我王氏一族死无葬身之地！”

王敦其实也自知晋室只剩江东一隅，北方大片国土由异族分裂为数国。内忧外患之时，不是夺位建国之机，只得说：“我王氏何时能够建国，可暂时不提。但晋室司马氏无视我王氏权威而累害于我，此等朝政必须改革！”

“好吧！”王导只得妥协，“既如此，暂时你得出门接见众人，以安君心民心，至于以后，待时机成熟再作道理吧！”

于是，王敦戎装出见众官，并表面上客气地将众公卿让进大营坐定。众公卿唯唯诺诺，没人敢言语，但等王敦发话。沉默了半晌，王敦说：

“怎不见太子前来？”

众人都觉得王敦目无尊长，竟敢指斥太子不来见新丞相，明显是想对太子动手，但慑于王敦淫威，都不敢说话。

王敦又问：“不知太子为人、能力如何？”

中庶子温峤说：“闻太子以至孝名于天下！”

王敦不屑地转向温峤：“我听说古人言：‘事父母几谏’，前者皇上有过，重用了刘隗、刁协等邪恶臣子，太子何为不谏止，又怎能说至孝？！”

王敦早已对太子司马绍心存不满，又听说太子曾欲带兵出宫门与之决斗，所以故意问太子情形，想借太子不孝为名废掉太子，所以首先这么说话。

温峤说：“钩深致远，不能以小事论之。今大将军带兵来到皇城，也没见太子提出反对意见，可见对皇上下诏重封阁下，太子并没有劝谏，以皇上之见是听，所以是为至孝。”

几乎所有的大臣众口一词，赞美太子的孝心和忠心。尽管王敦十分忌讳太子司马绍的诚勇谋略，碍于众人之言，也就不好贸然对太子下手了。

王敦转向戴渊道：“戴将军，前日那样凶猛地与我交手，还有余勇吗？”

戴渊知道王敦在故意羞辱他，于是正色道：“岂敢说有余勇？只是力不足，不能战胜你！”

王敦很为不快，只好转了话题：“我这次清君侧之举，天下人怎么看？”

戴渊回道：“能怎么看呢？所谓见行者谓之逆，体诚者谓之忠而已！”

王敦无奈，只好说：“你可真会说话！”

王敦又对周凯说：“伯仁（周凯的字）你辜负了我！”

周凯不卑不亢地回答：“您率兵乘车进犯都城，我作为勤王武将，不能抵挡您，使得军队败散，是我‘辜负’了您啊！”

王敦本来想在这次皇帝派来的百官见面会上，着实羞辱一下与他对抗过的朝中勤王文武官员，却不想反被周凯给羞辱了，感到很没有面子，十分恼怒。

事后，他手下的一个参军吕猗本来就与周凯等人有宿怨，于是在王敦面前挑拨道：

“大将军没有看到吗？这戴渊、周凯等人，一直与您作对，今天来拜见您，竟毫无愧色，还敢于如此说话。这种人不除，将来您还怎么驾驭百官？”

王敦本就十分痛恨这二人，只因为要在表面上做做样子给晋元帝看，暂时隐忍了。听吕猗这么说，觉得必须除掉这二位皇帝依靠的臣子。恰好王导又一次来见他，王敦便对王导说：

“戴渊、周凯乎南北众望，是不是应该位列三司？或为令仆？”

王导不好作答。

“那么，既不应位列三司，又不能成为令仆，只有除了他们，否则对我们王氏极为不利！”王导虽有同感，但还是没有作答。于是王敦命邓岳立即带甲兵前往建康，捉拿戴渊、周凯。

戴渊已先自回营，他有守卫皇城的责任。周凯等率百官回到皇帝身边，晋元帝很为高兴，就问道：“近几日来，我两宫无恙，诸人平安，爱卿们觉得新丞相可有希望？”

周凯回奏道：“臣等难以判断，不过皇上与太子自己应该明了，只管行使皇命就是，不管他如何！”

护军长史郝嘏劝周凯说：“依这两天去石头城的情形看，王敦的态度恐怕对大人很为不利，大人不如暂避锋芒。”

周凯正色说：“我周凯位为皇上大臣，不能为皇上分忧，致使朝廷兵败，我岂能外出逃生苟活于草野之间?!”

正议论时，邓岳率兵直上金殿，目中毫无皇帝，大呼道：“奉丞相命令，捉拿奸臣周凯！”

周凯大声笑道：“大丈夫为国尽忠死得其所！”即昂首阔步走出皇宫。被邓岳手下捆绑。

经过太庙时，周凯大声呼喊道：“王敦贼子，反叛朝廷，倾覆社稷，枉杀忠臣，祖宗有灵，当让其速速就死！”

绑押他的士兵在邓岳指点下，以枪刺刺他的嘴，以致血流满脸。待带到石头城时，戴渊业已带到。两人就同时被杀。事后，王导在翻阅公事时才发现周凯曾经向元帝上过救他王家的奏章，后叹不已，指责王敦太过残忍了。

王敦说：“杀就杀了！何必以妇人之仁动此恻隐之心！如此大动作，枉杀一个两个，在所难免。周凯既然有过仁义，我将其厚葬并安抚其家属就是！”

晋元帝见身边大臣一个一个被杀，许多人陆续逃亡，只得进一步向王敦妥协。特派王敦从弟王彬去往石头城劳军。王彬是个有正义感的王氏族人，到了石头城，不去拜见王敦，却先去拜祭周凯，见周凯尸体而痛哭失声。王敦大为不满，指责从弟道：

“你身为王家人，却胳膊肘往外拐，岂有此理！”

王彬反唇讥道：“你只知自己，哪还有王氏族人？不是周大人奏请皇上，还会有王导、王彬等王氏族人在吗？你之此举，乃为灭族罪恶，你还不赶快收敛！”

王敦怒声喝道："放肆！不看你是王氏族人，我一剑就在此刺死你！"

正说着，却见快马赶来，传来了据守武昌的王含派人送来的急报：甘卓即将攻进武昌了！

王敦这一惊非同小可！武昌是自己的大本营、大后方，武昌一旦落入甘卓手中，加上湘州尚未拿下，再看广州陶侃也在北上，自己即使占据建康，也会前功尽弃！

于是他也不顾晋元帝的劳军之举，只对王彬丢下一句：

"你敢不顾王氏利益，胡说八道胡作非为，看我怎么收拾你！"

于是，布置下属坚守石头城，他点率两万精兵，悄悄地连夜乘快船赶往武昌去了。

6

王敦后方虽然还有湘州谯王司马承，但他并不十分惧怕司马承，他其实是十分轻视那位王爷的。

司马承其实并非一个无足轻重的人物。

晋元帝大兴三年（320），司马承受命后，溯江而上，赴湘州上任，行抵武昌时，便轻装简从去见王敦，他是想一探王敦虚实。

王敦见一亲王上任途中亲自登门拜府，表面上也不敢怠慢，十分热情地将谯王司马承迎进府中，使人准备盛大宴席招待谯王。他这样做，并不是看得起谯王，而是做给皇帝看的，表面上表示他对皇室的尊重。同时他也想借此机会与谯王拉近距离，一旦起事，或许可以将谯王司马承拉过来，至少不致在后面危害他吧！

宴席间，王敦也想试探司马承的打算，说："大王雅素佳士，只怕不是将帅之才啊！"

司马承不卑不亢地回答："公未见过吗？铅刀岂不能一割乎？"那意思很明白：我虽不是将帅之才，但即使是一把钝刀子也可以一用的，那就是说我谯王也是可以领兵作战的。

王敦心里想，这个腐儒，一把铅刀，可能做什么用处？后来他对其亲信钱凤说："他不知畏惧而学壮语，此之不武，何能为也！"王敦觉得元帝派这样的无能之辈为湘州刺史，镇守在他的南面，实在大可放下心来。

当时，湘州人称"湘土荒残，公私困弊"，其府治长沙也还十分凋敝。司马承到长沙后，自奉节俭，出门也只乘坐茅草盖顶的车，又"倾心绥抚"，起用了一大批出身寒门的湖湘人士。王敦听到这些，又担心起来，于是借口北伐，要征调湘州境内的所有船只。司马承知道不能使其起疑心，就虚与委蛇，仅"分半与之"。他留了个心眼，拖着，只给了一半。

司马承是个有识见的亲王，他明白元帝将他派到湘州不是让他来享清福的，湘州地广人稀、物产不丰，而且气候不好，山林瘴气甚厉，但他得把湘州管辖好，在对付北边武昌的王敦势力上，湘州是皇上的一个重要的地盘。司马承到湘州后，就注意修复长沙城池，加固城防，并且网罗名士要人。他来后听说原来的湘州主簿后来又做过湘州别驾的易雄，是个声名甚著的贤人，只因为出身低微，不耐在官场受门阀府邸观念的轻视而赋闲在家，司马承决定学刘备故事，亲自去到易雄赋闲的浏阳西湖山下，屈尊去拜访易雄。后来他果然将易雄请出来，派往南边的春陵县担任县令。谯王如此礼贤下士，得到了湘州士人的称赞，都说湘州有幸，来了一位贤圣般的刺史。

最为湘州府治长沙人称道的是，司马承听说长沙贤士虞悝、虞望兄弟"慷慨有志节"，在乡深孚众望，就欲结交这两位乡贤，要提挈那兄弟俩出来为国效力。恰巧虞家老母亲去世，谯王就乘着那辆茅草盖顶的破车子，亲临虞家吊唁，令虞家和其亲属人人感动。虽然虞家兄弟因母新丧，暂时没有出来进谯王府中为官，但此事远近传闻，不仅虞家兄弟亲属感恩戴德，而且谯王的谦虚平易、礼贤下士竟传遍了长沙城。因而谯王在湘州深得民心，能够一呼百应。

现在，王敦既然要反叛了，后方就不能出现漏洞。因此他虽然看不起谯王司马承，但也希望把司马承拉过来。于是派参军桓罴前往长沙，妄图软硬兼施，串合司马承派遣军队参与叛乱。

熊罴奉王敦之命来到长沙，就长驱直入刺史府第，以一种先发制人的傲慢态度，对谯王说：

“老王爷，现在皇帝被刘隗、刁协一帮奸人围裹，政出不轨，国家危矣！今王大将军欲起兵东下，以清君侧，派我熊罴来此，传大将军将令，邀约王爷以社稷为念，与之一道伸张正义，即日起兵！”

听到熊罴这个蠢货如此大言不惭，谯王意欲发作，但又强忍下愤怒，反唇相讥道：“皇帝任用官吏，难道需大将军认可吗？不听大将军之言，就政出不轨国家危殆吗？何谓清君侧？君为天子自用州牧将领，有何不妥？君侧众人一心为国又有何不善？难道反叛朝廷、逼迫君王、杀害忠臣义士能为正义之举吗？”

熊罴一听，自是冷了半截，一时还不好措辞，不能不将趾高气扬之势软了下来，堆上笑脸说道：“王爷可别误会了大将军美意！为国家计，大将军认为只有以清君侧才能挽救国家殆势，更何况北伐事业，非有大将军等才能完成。刘隗、刁协之流算什么人物？仅凭一张寡嘴一三寸不烂之舌博得皇上信任，岂能靠他们进行北伐？他们要尽阴谋诡计，肆意陷害忠良，难道值得皇家信任？大将军还望王爷深明大义看清楚形势，不要误了自家前程和身家性命！”

“胡说八道！”司马承一拍桌子，愤然站了起来，“王敦这是蓄谋已久的造反背叛。堂堂皇朝刺史堂前，岂容你如此胡诌！”

熊罴见谯王发怒，竟吓得语无伦次了，却又强装镇定，笑脸相迎："王爷不要震怒，小人我也不过是转达大将军的意思。大将军说了，只要王爷与我家大将军一同起兵东下以清君侧，就请王爷做大军军司，望王爷三思！"

司马承更加愤怒了："我乃晋室亲王，朝廷所命之湘州刺史，领一方守土责任，岂能接受王敦伪职?！看来熊参军你为虎作伥，十分可恶！不杀你不足以平民愤，不杀你不足以出我心中恶气！"

于是，司马承喝令左右将熊罴囚禁起来，待以后推出斩首，以断那王敦邪念。

司马承义不从王敦，拟起兵勤王，率所部"驰赴朝廷"去。

当时还没出发东下尚在武昌的王敦得到湘州刺史竟然囚禁了他的使者熊罴的消息，勃然大怒！但他看不起谯王，觉得小小谯王，仅凭荒僻的湘州，成不了大事，不足为虑。反期已定，他只好自己率领大军东下，派南蛮校尉魏乂和将军李恒、田嵩等率领两万大军径直向南，进军长沙。

一场湘州抗逆的艰苦卓绝的抵抗，就在长沙城里展开了！

第七章　湘州抗逆

1

湘州，《通典》记载，属“古三苗国之地。自春秋以来，为黔中地，楚国之南境，秦为长沙郡，汉为长沙国，初封番君吴芮为长沙王；及景帝，封子发为长沙王。后汉复为长沙郡，晋因之”。晋怀帝永嘉元年，分荆州之长沙、衡阳、零陵、建昌、营阳、邵陵、湘东以及江州之桂阳八郡设立湘州。治所临湘即后来的长沙。

湘州在西汉时经济极为落后，所谓“楚越之地，地广人稀。饭稻羹鱼。或火耕而水薅……是故江淮之地，无冻饿之人，亦无千金之家”。至东晋时期，湘州各方面远远不及荆州和扬州，甚至差比东边的江州，仅强于最南边的广州。虽然荆州和扬州是政治地位最高、经济最为发达之地，但此时的湘州从三国时起，经济已经很有了起色，人口也相对增加了，物产也甚为丰富。魏文帝就曾说：“江表唯长沙名有好米。”随着西晋的灭亡，大量流民和北方少数民族大量南下涌入，带来了北方先进的耕作技术，实际上，湘州等处，经济已经有了相当的发展了。

在东晋偏据江南一隅的这个时期，湘州最大的优点是其战略地位。所谓“湘州据上流之势，控三州之会”“南通岭峤，唇齿荆雍”。

因而湘州在这个时候，处在荆、江、梁、益、广等州之间，战略地位与掌控意义都是不可同日而语的。晋元帝既然对王敦有了防备，就不能不听取刘隗、刁协等人的意见而重视湘州，而王敦既要反叛朝廷，也就不能不重视湘州所具有的战略地位了！

晋元帝在面对王敦咄咄逼人之势时，岂能听从王敦的意见，派王敦的亲信为湘州刺史？所以晋元帝必须将一位自己最信任的人——本家堂叔谯王司马承派来担任湘州刺史了。而王敦在反叛军队出发之初，既想笼络甘卓拉其与之一同东下建康，又想拉拢谯王、湘州刺史司马承。甘卓模棱两可，犹豫不定，那还好说一些。但可恨那只能用“铅刀一割”的谯王司马承，竟然也与自己作对，还扣押禁闭了自己派去游说的参军熊罴，因而王敦大怒，誓言要攻下湘州，捉拿司马承。于是在出发攻打首都建康之前，王敦就派出魏乂、李恒、田嵩等人分兵进军湘州了。

魏乂当时为南蛮校尉，是王敦的从母弟弟，当然是王敦最信得过的人了。王敦又派出手下将军李恒、田嵩，跟随魏乂一道挺进湘州。在王敦率大部队沿江东下开拔之后，三人立即奉王敦之命，带领两万甲兵，星夜疾奔，浩浩荡荡朝湘州府治长沙杀来了！

临行前，王敦交代魏乂等务必尽快解决谯王司马承，将司马承捉拿到武昌去。

魏乂向王敦保证：“大将军只管放心东下，就长沙城那样的城池守卫，当年张昌几天就拿下了，我们这一去，不出三天就可以拿下来！”

王敦觉得司马承不是心腹大患，所以只给了魏乂两万兵马、少数水军。但对魏乂如此轻敌，也心有忧虑，就特别交代李恒、田嵩说：“李将军、田将军，你们是久经沙场之人，此次南下长沙，务必与魏乂将军同心一致，不可有半点闪失啊！”

“大将军放心!”李恒牛高马大的身躯笔立在王敦面前，声色严肃地说，“就司马承那样的文弱书生老态龙钟者，我们定能活捉交付大将军处置!”

田嵩也畏畏缩缩地在王敦面前说：“大将军只管东下，我们必定与魏将军同心合力，尽快拿下湘州!”

有这样几个忠心将领攻打长沙，王敦便不顾甘卓并没有跟随而来，留下兄弟王含率五千人马据守武昌，也就急忙忙率领水陆两路兵马沿江东下了。

这时的湘州府治长沙，城池并不稳固，虽然有湘江横亘南北，但叛乱水军只要顺洞庭而来，就可直达城边。好在王敦的大部水军都已跟随东下，魏乂、李恒带领的只是少数象征性的水军，基本上都是步卒，其精锐大部队是沿着陆路赶来的。此时长沙城内兵卒不过两千老弱，而敌军十倍于他们，谯王感到事态严重。加上长沙城内民众听闻魏乂大军南下，已经人心惶惶，十分震动。许多富户有钱人家，早已在收拾细软，纷纷逃往乡下亲戚家去。

谯王司马承立即召集桓雄等人商讨对策。

议事堂上，谯王首先征求大家意见：“面对大兵压境，各位有何良策?”

长沙郡守站出来说：“王爷，如今之势，魏乂、李恒来者不善，对我长沙城和整个湘州是志在必得，想我长沙城内，仅有两千余名老弱兵卒，实在是无以与之对抗。”

谯王司马承一听，就有些愠怒：“照你这么说，我们就只有开门请降了?”

长沙郡守回答说：“降倒不必，可先避其锋芒，先将兵民尽量撤离，民众可动员其尽量下乡先行躲避，我们则可撤往零陵、郴州一带，再不然直至广州依附广州刺史陶侃陶大人，再待朝廷事态发展而作区处，当为良策。”

湘州主簿桓雄立即指斥郡守：“大人所言差矣！反叛之贼，不得民心，只要我们将湘州各郡县官民动员起来，也就十数万兵民，岂怕他两万乌合之众?！再说，退往零陵、郴州，乃至广州，还有我等守土之责吗?！”

两派意见，一时间争论不休，谯王只得先自表明态度：

“长沙郡守之意，尽管也有道理，但放弃长沙，退往零陵、郴州甚至广州，是极不可取之举！皇上让我镇守湘州，岂可做逃亡之臣?！桓雄之言，意气可嘉！但魏乂来的是精兵两万，我们是不可轻敌的。桓雄所说动员各郡县官民，正是我之所想！我们只有将各郡县动员起来，组织军卒，全力对付来犯，才是良策。我之起兵，志欲死于忠义，岂可顾及个人安危而苟且偷生，先自作败军之将为犬兔奔突！我意已决，必须动员全州军民，誓死打击叛贼，保卫城池，以死谢皇上相托之重！”

正在这时，堂下报告虞悝、虞望兄弟来到，司马承大喜过望，连忙下堂将那两兄弟接进府中。

虞悝坐定之后，歉然对谯王说：“王爷海涵！皆因母丧事多，没能及时相帮王爷，实在对不起！”

倒是司马承有些过意不去：“前者承去府上，确实是诚挚相邀两位出山帮助我治理湘州，无奈先生母丧在身，不好勉强。今者令堂新葬，三年守丧期间，岂敢劳动两位?”

虞悝说：“国家兴亡，匹夫亦不能卸责。今王敦反叛，魏乂、李恒即将兵临城下。我等岂能因家事丧葬不顾国家大事?！承蒙王爷看得起，屡顾茅庐，没齿难忘！今湘州面临危殆，所谓覆巢之下岂有完卵?但凡王爷有用得着我们兄弟之处，定当万死不辞！”

谯王此时当着众下属对虞悝、虞望兄弟说：“以虞兄意见，我们是逃往南边主动出击好，还是以死抵抗好呢?”

虞悝回答说：“鄙州荒敝，粮器空竭，舟舰寡少，难以进讨，所以出击是绝不可为者；退往南边，虽然能够自保，但置民众于何地?既然王敦直指建康，湘州一旦落入其手，建康岂不更加危殆?窃以为，最适宜者乃收众固守！我意只需传檄四方，让八郡郡守带兵救援，魏乂、李恒其势必分，然后一鼓图之，事可捷也。”

“王爷，当然应全力抵挡来犯!”虞望斩钉截铁地说，“我长沙城虽然城池凋敝，尚可尽力加固。我湘州府治有数万民众，民心岂向叛逆之贼?!我们兄弟是长沙本地人，我们愿为王爷组织民众，动员能武者投入战事中，老弱者做好勤务，只要大家都行动起来，区区两万敌军，亦可淹没在大众之中！虞望虽然不才，然少年时即习武学艺，研读兵书，颇愿任事，可以参与固守城池。即使战不过魏乂、李恒，我们既为晋室臣民，也该死于王事，决不能逃往他乡，给天下留下笑柄!”

谯王顿时感到有了依靠。

虞悝接着说道：“虽然我驻守城内兵卒不够，但湘州所辖地域广大，我们可以檄至湘州所辖各郡县地方，号召大家招兵买马，前来抵敌保卫皇室，只怕大家前来之后，魏乂、李恒将陷入我重重包围之中呢!”

谯王大喜过望，拍掌说：“先生所言正合我意!”

谯王当即任命虞悝为湘州长史，负责处理日常政务；虞望为湘州司马，统率指挥全州军卒。交代主簿桓雄立即拟定文稿，传布各郡县长官，责令即日起兵奔赴长沙，阻挡魏乂、李恒。

一场轰轰烈烈的湘州抗逆的战斗就要打响了!

2

谯王令主簿桓雄拟文向湘州八郡以及所属各县发出调兵传檄以后，却只有建昌郡守王循、衡阳郡守刘翼和边远的春陵县令易雄首先起兵响应，其他各地郡守都还在犹豫作观望状。

易雄一接到谯王司马承的调兵传檄，毫不犹豫招募民兵，准备勤王，将县里一切事务都交给县吏欧阳诚掌管。这位县吏是春陵最大的家族欧阳氏族人，一向与这位来自浏阳的县令十分要好，就劝导说：

“大人，想我春陵县，离湘州首府长沙甚远，何必千里迢迢赶去那生死难卜的地方呢？况且大人在这里许多事务都还才开始，要等待大人去完成呢，以我之见，不如等等时日，看看势头再说。”

易雄坚决地说：“你说哪里话来！国家正在遭难，湘州此时紧急，谯王大义，正等着各地援兵相救呢，我乃朝廷所命之一县长官，岂能偷闲坐视，不管大事？！”

“湘州地域辽阔，八郡郡守都还不见动作呢，便是我们这个边远的零陵郡中，郡守也还不见动弹，我们一个小小的春陵县，又何必先人而行啊，大人！”欧阳诚还要坚持，“况且，我们小小春陵，能有几多物资几多枪械几多兵员呢？听说王敦大将军已经出动大军浩浩荡荡挥师东下，便是向长沙进犯的魏乂、李恒也有两万精兵呢！”

“你是何意？！”易雄不禁十分震怒，“国家危难，岂能容你这等情绪？！”

不管平日里两人是何等相契，易雄当即暂停了欧阳诚县吏职务，立即选一位坚决支持他的另一大家族刘姓人补为县吏，并召集春陵各大家族族长和三苗人各寨寨主赴县衙议事。易雄慷慨陈词，阐明当前局势，宣讲救国之道，得到各大家族族长和山寨寨主的支持，大家都表示：从兵员到物资，对县令的正义之举必予以无条件的供应。

春陵本就是顺帝南巡殉职之地，舜帝的坟墓立于九嶷山中，民众对国家对官府历来就十分忠诚，加上易雄来此之后，为春陵所做一切，都在民众眼里心里留下了十分深刻的印象。何况在这九嶷山下的春陵县，人民尊尚武艺，习武之人甚多，在各大家族族长和各山寨寨主传布县令决心勤王的号召之后，许多有志之士青年武士，均跃跃欲试，数日之间，来县府应招民兵达到一万多人。易雄让刘姓县吏从中挑选出五千精壮兵员，稍事训练，便举旗开拔，直向湘州首府长沙而去。

春陵至长沙千里之遥，易雄一改文官装扮，与士兵一道短装挎刀，一色战马奔腾，甚至经过零陵郡时也未停步，令零陵郡守尹奉十分惊讶。

易雄率五千强悍的兵马，勉励兵士日夜兼程，意欲抢在魏乂、李恒两万大军到达长沙之前赶到，历经数日急行军，终于在四月初到达长沙城内。

谯王一见易雄来到，十分振奋，亲自将易雄迎至王府。

“易将军千里迢迢，不畏艰险，实乃英雄壮士，可见我当时去浏阳拜望将军，实属识人！”谯王执着易雄右手，赐他在右向而坐。

易雄立即离座，虔诚拜倒在谯王面前：“王爷当日莅临寒舍，唤某出山为国出力，授某为春陵县令。此去经年，幸不辱命。今国家危难，长沙告急，王爷已有传檄命达，易某敢不从命？自当万死不辞！”

继易雄赶到长沙之后，又有建昌郡守王循、衡阳郡守刘翼亦各率数千兵马来到。加上长沙本地湖湘义士周该、周崎等人平日训练的数百武士，此时，长沙城内也有了一万多士兵了，使谯王更加坚定了抗逆的决心，即时召集虞悝、虞望兄弟，周该、周崎兄弟，长沙司马桓雄，与易雄、王循、刘翼等相见，并一起商讨抗逆对策。

这些人，都是决心以死抗逆之士，一时间谯王府内群情激奋，斗志昂扬。谯王再次召集大家商议，征询抗逆对策，司马承首先说：

“想我湘州地荒人鲜，势孤援竭，众心疑惑。此前，王敦叛逆曾派参军熊罴游说于我，我司马承乃晋室一员，岂能做叛逆之贼?！幸各位忠于朝廷，率众助我。至此，我长沙城内已有万余将士，情势今非昔比了。而今之计，是率军出城迎敌或另寻道路赶往建康勤王呢?还是守住城池，以尽臣子之责?还望各位帮忙定夺。”

虞悝接着说：“王爷欲率军直接迎敌或旁插江州直抵建康勤王，拳拳之心、报国之愿，在下们都能理解并应支持。但正因为我湘州地荒人鲜，势孤援竭，而且人心犹豫，所以仅凭我们城内所有兵力，要出城迎敌或择路远赴建康勤王，窃以为是不可取的，敌军锋芒正盛，若正面迎敌，必将遭遇挫折；择路远赴建康，也没有攻击王敦大军的实力，以虞某陋见，只有守土尽忠，才是王爷及我等应尽职责！”

谯王连连点头：“虞长史所言甚是，我其实也是这么考虑的。但长沙城池毁败甚巨，加上湘江正是水涨期间，若魏乂等乘势水上，恐怕城池难保也！”

虞望站起来一揖，声如洪钟，比起其兄来，竟有一股赫然之气：“王爷无忧！我还是如前所议：想我湘州地虽荒僻，人却忠醇，即是这长沙城中，数万之劳苦民众，谁愿意遭受涂炭?只要我等深明大义，将兵民组织起来，如能众志一心，颇能抵挡得住。只是现在富户豪绅，心事不定，纷纷外逃。我意必先四城紧闭戒严外出，尤其那些富户，要责成他们拿出钱粮，支持抗逆，不得外逃！青壮之人整训为兵，自有兵员补充。当然，这些临时出阵者难以与训练有素的魏乂兵马相比，但如告知他们生死存亡利害，或许亦能以一当十呢！另外，一定还要四处招兵补充，我就不信，众志成城，还不能抵御远道而来的魏乂鼠辈?”

易雄也站起来说："王爷，虞兄所言极是！我以为当务之急，该当继续向八郡各县发出传檄令牌，须草拟一章檄文，尽数王敦罪状，让湘州各地官民都知悉王敦之狼子野心，号召全民起来抗逆。现在湘州八郡，还只有建昌王大人、衡阳刘大人领兵前来，加上本地长沙郡少数兵力，其实广大湘州甚有潜力，还有五郡以及所属数十个县呢！如能全数动员起来，还怕区区魏乂、李恒、田嵩之两万乌合之众吗?!"

谯王甚为欣喜，就说："易兴长你说得好！我们大家都知晓你易雄大名，幼即有神童之誉，又为湘州主簿多年，你之文笔，我湘州谁能可比？这讨王檄文之撰，非君莫属！望勿推辞！"

易雄说："此等时刻，易某恭敬不如从命！如蒙不弃，易某自当领命，檄文一事，我当连夜不寐，明日即可呈上王爷定夺后发出。今日易某还幸会王循王大人、刘翼刘大人、桓雄大人以及我长沙城内虞悝、虞望两名士，周该、周畸两义士以及众多慷慨将士。当此危难之时慷慨之际，我冒昧提议：我们这些人何不在王爷面前，为勤王大计为守土报国，与王爷一道盟誓：与湘州共存亡！与长沙共存亡！"

与会议事者一致同意，鼓掌欢呼。谯王命人设置神案，焚香燃烛，摆上三牲酒礼，这一干人等，就在十分亢奋中面朝东向远念建康城，鸣响礼炮，跪拜下去，盟誓抗逆。

轰轰烈烈的湘州抗逆，就正式拉开了帷幕。

3

易雄连夜不寐，秉烛于驿馆之中，带着满腔义愤，奋笔疾书，写下了一篇气势磅礴的《湘州军民讨王敦叛逆檄》，檄文阐述清晰，言简意赅，通俗易懂却又气势磅礴：

惊闻天朝大将军王敦者，竟敢冒天下之大不韪，举旗反叛朝廷，纠集数万乌合之众，挥剑直指建康，威胁皇城，逼迫圣上，兵蠹到处，涂炭生灵，是可忍孰也，不可忍也！

查王敦据武昌都会，扼长江之险，营一己之私利，置国家于水火，反朝廷之正义。悍然挟皇朝之师，作反叛之剑，欲斩断朝廷与民人之系联，妄图以“清君侧”为名号，蛊惑愚氓，酬其邪恶，篡大晋朝廷之神器，欲登大宝以得其奸。

我大晋民人，历经三国战乱百余载，渴望休养生息，幸得武帝英明，创“太康之治”；元帝神武，立大晋之本。正官民竭力同心北伐复统之际，王敦贼子竟欲坏我大晋神器，狼子野心，昭然欲揭！

今我湘州军民，已临生死抉择，我司马承受吾皇之遣，牧守湘州，今日之势，唯有抗逆，才为我司马承之所为者，吾意坚决，务战王敦，尽忠报国，保护皇上，即死无憾！凡我湘州郡县，各界军民人等，望檄文到达之时，即行起兵勤王，齐聚府治，与王敦叛逆决一死战，不获全胜，决不收兵！旌旗到处，鼓钹齐鸣，誓将反贼擒之于帐下！

试看今日之域中，竟是谁家之天下?!

第二日一早，就赶往谯王府，正好虞悝、虞望兄弟，周该、周畸兄弟和住在谯王府上的王循、刘翼两位郡守早早地也都在谯王府上，大家读着易雄所撰檄文，无不拍手称赞。

谯王连连说：“写得好！写得好！正是我想说的。这一篇檄文出去，定当唤起各郡县官民，也会给王敦以道义上的沉重打击！”

作为长沙名士，虞悝本就文才十分了得，读了易雄撰写的檄文，更是对易雄赞不绝口："易将军大手笔！既无晦涩难懂之句，又无哗众取宠之言，实实在在，必能唤起官民人等，助我谯王抗逆。我湘州长沙郡浏阳县出了您这位才子，是我长沙之荣、湘州之德、朝廷之幸！"

虞悝转向谯王说："王爷，事不宜迟，我看易大人此文无须修改了！望王爷下令书吏连日赶书，着人快马送往各郡县，令各地即日起兵响应，齐聚长沙，与魏乂、李恒决一死战！"

谯王司马承知道，虽然群情激愤，但要对抗魏乂、李恒所率的正规军队，非为易事。于是让虞望司马立即召开军事部署会议。此时，有探马来报：魏乂、李恒军队已经占据巴陵县，县令逃跑，正乘胜厉兵秣马，不日即将杀向长沙来了！

在谯王的主持下，虞望作为兵马统帅，将其部署一一阐述：周该、周畸所带武士，负责巡游城内，维护市内秩序；易雄所领五千兵马扼守东门；王循、刘翼所领五千余人据守南门，自己除统一指挥之外，亦率领城内三千余人坚守北门，谯王则坐守中军，处理突变事故。

虞望说："现在唯一困难之处在于：西边虽临湘江，有深水护卫，但城池不固，是为一大隐患。我意是待各郡县援兵到达时，扼守沿江各个码头和南门。既然敌军已到巴陵，恐怕暂时王大人和刘大人还须分兵，请王大人率兵守沿江一线，刘大人暂扼南门，估计在开战之后，南边还不吃紧，不必太过忧虑！"

谯王和众人都觉得虞望这一部署无可挑剔，就分兵奔向各自驻点去了。

易雄所撰讨王檄文果然奏效了！各郡县在接到以谯王名义发出的这篇慷慨陈词的檄文后，纷纷率兵前来长沙了！零陵郡守尹奉首先响应，即日进军营阳郡。这大大地助长了长沙的士气，军民同仇敌忾，整个城市都沸腾了。因魏乂军已占巴陵，不日或将兵临长沙城下，易雄认为尹奉可暂时在营阳待命，集聚南来各县队伍于营阳，一旦战事激烈，即可令其从南边杀入，到时里外夹击，可在南门外与叛军决一死战。谯王接受易雄建议，令尹奉集聚湘州南部各县勤王军队，暂屯于营阳准备随时接受调遣以救应长沙。

各郡守县令纷纷举旗响应，一时间竟然风起云涌一般，令谯王司马承大为感动，觉得能有此局势全仗易雄神来之笔，到底文笔不同、气势磅礴，此前发出的第一份檄文反响不大，可见文辞笔墨之厉害可以与军队相匹敌。司马承按照虞望的军事部署，将湘州西边几郡前来勤王的部分入城军队，部署在防守较弱的沿江一线，王循就与刘翼合兵一处，防守南门了。

唯有坚守东门的易雄只有从春陵带来的五千人，而东门绝对是李恒必将全力争夺的地方。为了增加兵力，易雄的小儿子当时正跟着他从春陵来到长沙。于是易雄请示谯王，欲临时派小儿子易天腾连夜赶回浏阳，在家乡再招兵买马，扩充队伍。谯王此时对易雄父子更是感激涕零，一再嘱咐易天腾，如能招到浏阳兵马，便立即赶来东门城外，支援其父亲，易天腾信誓旦旦，策马赶回浏阳去了。

“唉！”谯王感叹道，“我湘州军民都能如易别驾你父子般忠君爱国，何愁魏乂、李恒、田嵩不破！可喜各郡县接到易别驾你撰写的檄文之后，纷纷起兵，令某大慰平生。如果湘东郡守能够与我同心同德，率兵前来，则东门一线，可以无忧。唯一可恨的是，湘东郡守郑澹，竟派人送来如此一封混账信件！”

谯王说着，从袖袋里掏出郑澹给他的信件，“易别驾、虞司马、虞长史你们几位看看此信，何等令人气愤！”

原来湘东郡守郑澹本系王敦的姐夫，不从国家大义出发，而誓死效忠王敦。接到湘州刺史讨王檄文后，送来此信。信中历数谯王不是，盛赞王敦将清君侧而保国安民，其反叛乃为国家之幸。不仅拒不从命，不服调遣，还怒骂谯王不识时务，公然表示只唯王敦之命是听。

谯王此时持信问道："各位，对郑澹该如何处置？"

易雄立即义愤填膺地说："郑澹枉食朝廷俸禄，枉为一郡守，竟徇私情而叛皇上，实在大逆不道！想我湘州军民同仇敌忾，岂能容此等鼠辈占据湘东，危害我之后方？！我建议王爷，应立即出兵，先行解决郑澹，不留后患。不然其一旦招得湘东地方兵马，与魏乂南来叛军会合，将大损于我！"

谯王说："我意亦如此。不立即捉拿郑澹，恐扰乱我阵脚。"

易雄说："王爷放心，我愿领一千兵卒，立即前往湘东，先将郑澹正法，以儆效尤！"

虞望说："王爷，还是我去为妥。易将军驻守东门重地，力量较弱，且都是易将军从春陵带出之远地兵员，一旦易将军外出，群龙无首，恐怕出事，易将军是不能须臾离开的。我愿立即率五百人马，连夜赶往湘东治所，将郑澹斩杀！北门一线，我已部署停当，军卒皆为长沙军士和城内武士，只需我兄长和周该兄弟掌管就不会存有二心。我不出三日，即可提郑澹人头回来！"

谯王觉得虞望说得在理，立即派虞望率领五百人连夜赶赴湘东。

这是四月的一个电闪雷鸣之夜，虞望率领人马趁着月黑风高，连夜急行军，以迅雷不及掩耳之势，于第二天夜半到达湘东郡守府外。虞望命队伍将郡守府团团围住。郑澹本是文官，手下仅有三百护卫士兵，王敦要他招兵买马一事尚在筹划之中，怎敌虞望趁夜马不停蹄赶来突然袭击？三百郡守护卫竟然在虞望的突袭下土崩瓦解。

于是，虞望带领十数人左斩右杀，直至郡守寝处，郑澹尚在睡梦之中，闻有动静，立即起身，却被虞望擒住。

郑澹惊魂未定，结结巴巴地对着虞望："你是什么人？想干什么?！我乃湘东郡守，王敦大将军姐夫，谁敢动我?！"

"嘿嘿！"虞望冷笑道，"不认识我吧？我乃谯王殿下湘州司马虞望，奉谯王将令，捉拿反贼郑澹！"

郑澹知道末日到了，却不甘就范，于是跪下来："将军饶命！我也是迫不得已，王敦乃儿女舅父，至亲者也，岂敢不听他的？既然谯王有令着我勤王，我当与将军同赴长沙，愿助谯王守湘州。且容我数日，立即招兵赶去长沙与谯王一道坚守长沙。"

虞望知道他在耍花招保命了，就掏出他发给谯王的信件，甩向郑澹脸上："这是你的誓言呢！你这王敦养在我湘州的一条凶狗，岂能容你花言巧语？"

郑澹急了，急忙站了起来："我愿起誓，前者实为无奈，家小尚在武昌，王敦与我又是亲戚，他要我拒绝谯王，我不敢不听。如今既然谯王大义，我绝对服从谯王。只是得容我数日，招整队伍，即日就可赶来湘州！"

虞望冷笑道："你哄三岁孩童哪?！如今这等说辞，岂不可笑！已经晚矣！受缚吧！带你去见谯王，让王爷发落！"虞望即令手下将郑澹捆绑，不料郑澹自知黔驴技穷，竟趁人不备之际，跳起来，往壁上抽来利剑，迅即刺向虞望。其实虞望早有防备，闪过身来，说时迟那时快，一剑挥舞，手起刀落，就将郑澹斩杀于寝榻之下了。

虞望出郡守府，召集郡守护卫训话，说明当时之势，动员三百兵员跟随他赶往长沙勤王。那些士兵本从睡梦中方醒，见虞望手下已经提着郑澹首级，一个个都傻了。这些人平日都是武士，也听说了王敦叛乱之事，几个有正义感的士兵立即表示愿随虞望赶赴长沙。其他的都想，突然遭此变故，郡守已死，只有听从长沙来的司马大人了。于是虞望在湘东府治城内休整一天，又招收了两百来青壮武士，合起来竟有一千来人马，于是提着郑澹首级，趁着雨后艳阳，浩浩荡荡于第三日赶回了长沙。

谯王大喜，城内守军也士气更盛了。

4

不日，魏乂和李恒率领的两万大军，已到达长沙城下，除西面的湘江防线之外，已将小小长沙城三面围住，湘江里，也游弋着魏乂水军裨将指挥的少量大船，但面对王循和刘翼的坚强防守，那十数大船其实只是象征性的围城，还不能有太大的动作。但北面围攻的魏乂和东面突进的李恒，一时间对长沙城造成了巨大的威胁。

在将领们的鼓励之下，谯王一不做二不休，将王敦派来游说的熊罴从狱中提取出来，站在北门城头，鸣锣击鼓，向魏乂喊话：

“魏乂、李恒逆贼且听着：你们助纣为虐，跟随王敦反叛朝廷，来日当会碎尸万段！为今之计，只有与我等同心同德，保卫朝廷捍卫皇上才是出路！令你们速速降我！”

魏乂在城下听了哈哈大笑：“司马承你个老朽！竟敢如此不识时务?！我王敦大将军已率领十万大军紧逼九江了，不日即可抵达建康，你还在这里做着美梦！王大将军此举仅仅是为清君侧，势必铲除刘隗、刁协等奸人，维护晋室正统，巩固皇上权威，岂是造反？你司马承既为皇上叔父，岂能不维护皇上权威，竟也敢与刘隗、刁协等沆瀣一气吗？识时务者，该立即接受我王大将军所授军司一职，将来论功行赏，你谯王可立盛世之功，岂可如此冥顽不化，自找死路?!”

“魏乂反贼，胡说八道！”

谯王不再与其废话，喝令将熊罴推出北门城头，当着魏乂之面，砍了熊罴，取血祭旗，令魏乂跳了起来：

“老匹夫！竟敢如此，你将死无葬身之地！”

于是魏乂下令速速攻城，火炮、箭镞如同雨点般射向北门城头。与此同时，东门外李恒所领部众，也向易雄所部万箭齐发，火炮齐鸣起来。

虽然虞望亲率精壮士兵坚守北门，无奈魏乂勇猛，加上一门门火炮齐聚北门，万千箭镞跟随射向虞望阵地，本就不甚坚固的北门就被毁坏了一角，在硝烟箭镞中，虞望身先士卒，奋勇力战，幸遇巡防到北门的周该、周畸兄弟冲上城墙，才将几乎要攀上城门之敌打退下去，检点自己的队伍，竟死伤大半。

连续数日，北门吃紧，谯王就亲自带领部分士卒巡防城内各处，将周该、周畸调往虞望处，以协助虞望退敌。不几日，又传来东门易雄处也已坏了城门，幸亏早前易雄派出小儿子易天腾赴浏阳召集兵员赶来了，同来的还有戴安的孙子戴煜、宋文栎的孙子宋成，他们几个表兄弟本来在家就跟易雄学得文章武艺，一个个身手不凡。这仨表兄弟带来一千多名精壮，奋勇冲击李恒阵地，迫使李恒退到了二十里外的马王堆附近。易天腾、戴煜、宋成才率部赶到城门下，易雄忙令迅速打开城门，将一千浏阳士卒迎入城内，才缓和了局势。

一脸黑烟灰土的易雄，几乎没有时间洗脸，更别说休息了。但兵员日渐减少，确实很为焦虑，他不得不日夜巡防在城门头前。

面对顽强抵抗，魏乂、李恒没想到小小破败湘州府治长沙竟如此难攻。双方战事竟成了胶着状态，魏乂、李恒十分着急，两人曾经在王敦面前夸下海口：不出三天就会拿下长沙，半个月内将踏平湘州，如今带行军和进击长沙，已经过去了二十多天，除了没有任何防守的巴陵被占，县令逃跑之外，没有半点功劳可向王敦报告。两人彻夜无眠，竟然想不出更好的办法能够迅速攻进城池并不坚固但防守顽强的长沙城内。他们此时才明白，当年关云长进逼长沙时，为什么难以战胜守将王忠，不得不采取智取的方法。但是现在能用什么更好的战术智取呢？

四月的天气，变化无常，又是一场瓢泼大雨降临了。魏乂与李恒、田嵩彻夜商议，魏乂意欲利用大雨倾盆时节，从北门边开福寺外掘开湘江堤坝，居高临下，引江水灌入城区，逼迫虞望出城决战。

对于这一策略，谨慎的李恒有些犹豫："魏将军，此举可得从长计议。须知我等军士均部署在东门和北门一线，此两地地势还是较为平坦的。如贸然引水，岂不要首先淹了我们自己的将士？"

田嵩也说："可得想个万全之策！我知道，开福寺一地乃湘江下游，水总是会往下游流去的，岂会听从我们的指挥倒灌入城将城门冲开？！"

魏乂哈哈大笑："两位将军过虑了！我已查勘了地势，北门外那一带地势低洼，正好蓄水为湖，待水积满，就可将缺口堵住，避免江水继续涌入，然后将蓄满之新湖水掘开，即可倒灌将城门冲开，不愁虞望等不成鱼鳖！"

李恒仍然怀疑："那我们自己的军士呢？将军可安置在哪里？"

"这好办！"魏乂捋捋胡须坦然笑着，"东门之外，均系山峦，地势较高，我们可以先将队伍藏匿山峦之中，一俟水灌城门城墙之后湖水退去，我们一齐掩杀进去，何愁长沙不克？！"

听魏乂如此周密的计划之后，李恒、田嵩都认为确实是好计。于是不再攻城，合兵一处，密令田嵩领一大队士兵连日挖湖，只等湖成，即决堤灌水，实行攻城。

虞望觉得奇怪，怎么这几日魏乂他们停止了攻城？他立即向谯王报告这一蹊跷，谯王听从他的意见，召集虞悝、易雄、桓雄、周该、周畸和几位进城郡守讨论，大家都不能理解魏乂他们搞什么名堂。竟然一连几日不但没有攻城，甚至连兵士的旗帜都没有看见了！

周该说：“只怕是王敦在前往建康的路上遇到了挫折，着魏乂他们撤兵东下支援去了？”

桓雄摇摇头：“不可能，据探马报告，王敦大军已到安庆，离建康也就短短一段路程，京城里刘隗、刁协大人虽然严阵以待，但王敦据上游之势，建康很有可能陷落！魏乂不可能撤兵。”

周畸说：“这些天连续下大雨，或许他们躲雨去了？”

“大战之际，还会怕雨怕风?!”虞悝笑道。

周畸这样一说，近乎调侃，大家都开怀大笑起来。

易雄沉吟半晌，推测说：“以我之见，魏乂他们定是有什么隐秘的大动作。这样的大雨滂沱，湘江水位暴涨，他们会不会利用水来做文章?”

大家觉得易雄的担忧十分有道理，易雄提议着人出城打探个明白。老这样不知对方的部署，不是为战之道。

“知己知彼百战不殆，这时候我们要特别警惕。”易雄担忧得很，“我是浏阳山里人，我深知长沙浏阳一带地势坎坷，有的地方甚至低洼得很，一旦魏乂利用地势，造出深湖，引水倒灌入城，我们就麻烦了!”

虞望说：“我觉得易将军所虑极是，必得派人出城打探明白才好采取应对措施。”

周该自告奋勇：“我去！这长沙城外，我哪处不熟悉？趁夜里大雨，把我挽下城去，保证天亮前打探清楚回来。”

谯王认为这样甚好，就令周该出城打探。

这日夜间，周该趁着雨势，令人悄悄将其用绳索挽下城门，消失在雨幕之中。他是长沙本地人，对四城之外的地形、地势、村庄、屋宇都十分熟悉。他首先来到东门之外，竟没有见到一个李恒的士兵，他感到十分奇怪，于是到了靠近马王堆的一处村子，竟然户户无人，黑灯瞎火。但他隐隐感觉到了马王堆以及更远的山峦上，全是李恒的相当隐蔽的旗帜，隐隐中还听到士兵们的细小声音。

原来都躲进山里了！那是为什么呢？难道真的是躲雨去了？对于作战者来说，雨大风狂并不是躲避的理由啊！周该带着十分的疑惑，想再靠近一点，但已经听得到士兵的吆喝声了，他不敢贸然再靠近了。于是带着满腹狐疑，折向北去，在古开福寺附近，周该竟然看到了惊人的一幕！

在树山隐蔽之下，在北门城头不能看到的地域，竟然有数千魏义士兵在靠近湘江的一处低洼处狠命挖掘，甚至冒雨于黑灯瞎火中挖掘。这里虽然低洼，但相对于北门城头来说，却又地势很高。熟读兵书的周该明白了：原来他们确确实实在挖掘湖泊，那意图是十分明显的了！

周该不能不佩服易雄，是那位聪明的春陵县令想到了魏义的意图！周该此时已经惊出了一身冷汗，觉得此行实在不虚：毫无疑问，魏义是想筑湖引江水倒灌入城，采取水淹的办法一鼓作气拿下长沙！事不宜迟，他迅速返回到北门城头外，在天亮之前发出暗号，让等在城门的士兵将他挽上城去。

当全体将领在谯王府上听到周该探查的情况时，都倒抽了一口冷气，也敬佩易雄的准确推断。对于魏义的这一毒辣计谋，一时间都束手无策：湘水倒灌，不仅城池遭殃，而且兵民不保！谯王着急了，连连说道：“如之奈何？如之奈何？”

大家都一时想不出对策。

倒是易雄轻松地站起来，对谯王和众人说：“王爷无忧，各位别急！以我之见，魏义这一手虽然毒辣，但他毕竟是一介武夫，蠢笨至极！如果他在上游妙高峰外掘湖引水，那我们长沙城就完了！可能他估摸妙高峰地势太高，洪水将会被阻，冲不到城内。其实，如果在上游蓄水或直接引水淹城，我们就无法对付。如今他在下游开福寺上靠洪山庙一带掘湖，毕竟不能蓄太多的水，不然他自己的士兵也会被淹。他的算盘只能打到这一桥，我们自有办法对付！”

谯王和众人被易雄的满有把握的话语振奋了，谯王则迫不及待地问道：

“易别驾有何锦囊妙计？快快道来！”

“想我长沙城池，虽然破败，但这些时日经我等全力经营，北门及东门城门、城墙还是坚牢的，我们只需继续加固，抵挡住临时挖掘的一湖洪水还是没有大问题的。就算冲开一两个缺口，有众多士兵堵塞，或可无虞；城内居民可暂时下令撤往天心阁和妙高峰一带，那些地方地势高，估计洪水也就是最初的冲击，也不能淹到城内的这些高处。我们暂时可以集中大部分兵力，据守北门到东门一线城墙之上，西边靠湘江，江水因连日暴雨水势甚大，魏乂的水军有限，只是威胁式地在江中游弋，暂时还攻击不到西门及西城一带，南门及南边城墙尚固，虽然田嵩不断挑战，但他对南城不构成大的威胁。这就对我们集中兵力歼灭来犯之敌十分有利！如果我之判断属实，王爷大可高枕无忧，或许洪水来时有些势不可当，但坚固了城墙，洪水也莫奈我何！”

谯王首先击掌称快，赶忙拉着易雄的手：“易别驾分析得甚为有理！真是天助我也，有易别驾这样的雄才，我湘州何愁！”

虞悝说：“根据周该将军的探查报告，魏乂筑湖倒灌的毒辣之策确实无疑。愚以为，就按易别驾所言重新整顿兵力，以此抗击来犯。我为长史，就负责疏散民众吧！虞望与别驾一道，将兵力集中北门至东门一线，西边和南边照原不动，是为良策！”

大家都说：“幸亏易别驾想得周密深远！”

于是虞望开始调动部署：“除我与易别驾所率兵马迅即坚固城门

城墙之外，即日之内，各处须集中帮助东北二门一线坚固城门城墙，待洪水来时，再各驻其地。我与易别驾首当其冲，我们得加倍小心！我兄即日就率领府中大小官吏，务必迅速将民众撤往高处！”

谯王见安排停当，也就下令各司其职，严阵以待了。

5

果然不出易雄所料，四月二十八，天一放晴，却见北门之外洪水滔滔，直向北门连接东门一线汹涌冲来！

幸亏早有防备，洪水猛烈冲击着城门城墙，除最初的猛烈之势将北门边一段城墙冲开之外，洪水竟然只能乖乖地顺着坚固的城墙向南冲去，却因南边地势较高，不能出去，就在各处低洼处形成了一个个大小不等的湖泊沟汊，倒令魏乂、李恒、田嵩各自所率兵士在深水泥泞中行进迟缓，一时半会儿竟靠不到城墙附近来。

但最初洪水冲开的一段缺口确实是极大祸患！巨大的水浪沿着街道，直灌入内，将北门一带变成了一片汪洋，许多房屋应声而倒，街道上积水很深，形成了一道道河流。好在兵士都在城墙之上，民众早已撤至南边的几座城内高地了。军民无一伤亡，倒是魏乂的军队一时寸步难行。一天以后，魏乂所挖的一湖之水已经冲完，只能将北门及东门之外的大片村庄、田地、沟壑淹没，形成了一口口塘坝死水，站在城头上看去，四处一片狼藉。倒灌之法没有达到魏乂预期的效果，魏乂、李恒、田嵩都有点沮丧。但城墙已经冲开了一段缺口，魏乂觉得已经不错了，便指挥三路兵马合兵一处，涉水策马，指挥部众踏着泥泞向缺口处奔来。

此时虞望、易雄等正组织兵士尽快填补缺口，已达半座城墙高了。战事就在这尚余一半的城墙上惨烈地展开了！

易雄留下小儿子易天腾和戴煜、宋成率领他从浏阳带来的一千兵士守住城门，自己则率领春陵带来的兵士直奔东门至北门一线，援助虞望。周该和周畸也率本部几百人赶到缺口处，一时间，运土推砖，齐堵缺口。此时，魏乂、李恒、田嵩的三队兵马齐聚北边城墙缺口之下，在火炮和弓箭掩护之下，魏乂指挥全军，潮水一般涌入北门一线，只见硝烟之间，两军为争夺缺口展开了短兵肉搏。魏乂下死命令，谁若后退，就地斩杀。魏乂站在前头呼喊道：

“大家听着，谁先上城头，连升三级，赏白银千两！”

但一次次登上城头的魏乂士兵，都被虞望和易雄指挥的顽强而不怕死的士兵砍下城墙，竟然一步也不能前进。

魏乂怒了，率先冲入队伍前面，竟然要亲自冲上城头去。李恒连忙将他扯住，呼叫道：

“魏将军乃一军主帅，岂能做士卒之举，让我带领敢死队伍冲上去！”

李恒不顾魏乂阻拦，真的身先士卒，冲上了城墙。

虞望一见李恒竟然冲了上来，也顾不得许多，跨上前去，与李恒短兵对峙起来。

虞望居高临下，李恒尽管勇猛，却不是虞望的对手，竟被虞望劈面一刀，左臂受伤滚下了城墙。李恒带着刀伤，爬了起来，在城下怒骂道：

“虞望匹夫！你且等着！自会有人来收拾你！”

见李恒受伤，魏乂又要接着冲上去，又被田嵩拦住：“魏将军岂能如此造次？你退后指挥全线攻击，这里我带人冲上去！”

田嵩不高大，但身手敏捷，一跃而上了城头，他身后的士兵见带队将军已上城头，一窝蜂般争先恐后冲击城头，或许是人多拥挤，竟然没能冲上几个。田嵩孤身一人，尽管武艺高强，却不敌城头上众多士兵的围堵，被逼到一个角落里，只好又飞身退下城头。魏乂一见，便再也挺不住了，呼叫李恒、田嵩道：

“两位将军在下面指挥队伍继续冲吧，我魏乂今天要为王敦大将军舍死一搏了！”

看到主帅亲自冲上城头去，余下士卒一个个舍死拼命跟了上来，竟然占据了城头。看看不济，虞望交代易雄全力指挥，便独自一人冲向魏乂，两位主帅竟然在城头上你来我去地对峙起来。

魏乂一边挥剑刺向虞望：“虞望小子！识时务吧，此时投降尚是时候。你放下刀剑，我保你不死，可在王大将军面前举荐你，地位绝不在我之下！”

虞望挥剑向魏乂刺去：“魏乂反贼！做梦去吧！你助纣为虐，竟敢反叛朝廷，今日就叫你死在我之剑下！”

无奈此时大批魏乂士兵已上城头，配合魏乂将虞望团团围住。易雄一见此种危险，立即指挥部众，飞奔过来以解虞望之围，但魏乂部众越涌越多，虞望不敌魏乂，终于被魏乂一剑刺倒！

易雄眼睁睁看着虞望倒地，不觉大叫一声，冲向前去，但众多魏乂士兵又围了上来。正在缺口就要失守的千钧一发之际，周该、周畸兄弟和刘翼、桓雄等人赶到，守城士兵蜂拥而上，魏乂终于不敌，十分沮丧地又退下城去了！

易雄等人击退了上城之敌，缺口成了人肉城墙，一层层站在上面，向着城墙下的魏乂军队，那种同仇敌忾之态，令魏乂只好暂时收兵。

北门城头上，易雄、周该、周畸等人扑向虞望。虞望已经成了一个血人，早已断气，只一双眼睛仍然睁得老大，望着天空，直到虞悝赶来，轻轻地将虞望的眼皮抹下。一干人痛哭失声，虞悝对着虞望的尸身没有哭泣，只是喃喃地诉说：

“兄弟，你安心去吧！国家事还有我们哪！一家老小，还有你兄弟我哪！你死得壮烈，没有辱没我虞家声名，你是我虞家最好的子弟！”

易雄忙着让人扎起担架，将虞望遗体放到担架上，覆盖上战旗，令人将虞望缓缓抬起，踏着泥泞，向城内走去。

谯王闻讯赶来，下令将虞望遗体抬到王府门前大坪里，命人搭起帐篷，唤道士和尚几十人来到王府，要给虞望做盛大的丧事。虞家老小也闻讯赶来，一时间王府大坪里鼓钹锣镲响起，白幡青帐悬挂，将士轮番走进走出，悼念这位英勇战死的抗逆总指挥，湘州才上任二十余天的司马。

就在这大坪里，谯王悲伤哭泣之后，带着已经嘶哑的声音，对众人说：

“虞司马不幸殉职，以身报国，我必将其英雄业绩报告皇上，一定要封赏虞将军和虞氏之忠烈一家！现在顽敌当前，我们要学虞将军舍生赴死之大义，誓剿反贼！”

人们带着十分沉痛的情绪，走向虞望的遗体。谯王下令将虞望遗体暂厝城内观音寺内，待剿灭叛贼之后再隆重安葬至虞家祖墓。

“战事正紧，民心不安，各位还得秉承虞望将军遗愿，众志一心，击退反贼。城内一切民事，仍归虞悝长史负责处理；虞望将军已然殉国，军队不可一日无帅，我今任命前湘州别驾易雄为湘州司马，担任抗逆总指挥，接替虞望将军。易雄将军有勇有谋，堪当此任，望勿推辞！”

所有将士官吏，都早已知悉易雄不仅文采十分出众，而且武略也十分了得。于是，大家都觉得此等非常时期，抗逆惨烈之际，能有易雄这样一位贤能，已属万幸。谯王阵前任命易雄为主帅，正是众望所归，因而一齐欢呼起来。

易雄并不推辞，而是勇挑重担，宣誓般说：

“既然王爷信任，军民人等鼓励，易某当誓死与大家同心一德，不灭反贼，决不罢休！”

6

抗逆形势日益紧张也日益惨烈，为保住城池不让魏乂的军队攻进城里，长沙的军民付出了惨重的代价。士兵牺牲甚多，各门守军因牺牲受伤，损失已将近一半；而且城市已被围困将近两个月，城内粮食严重短缺，尽管城内水井不少，但因遭受一场洪水，北门到东门一线的水井严重污染，只好趁黑夜取湘江之水，由于已是初夏，暴雨不断，江水也是黄涛滚滚，并不适宜饮用。但没有办法，民众和军队只好取来江水，澄清以后再用。

形势是越来越严峻了。虞悝担负处理日常事务，每日难以睡上几个小时；易雄就更加艰难了，作为虞望的接替者、剩余军队的指挥官，他几乎没日没夜守在阵地，从南到北，自东往西，他得查看所有阵地，并指挥击退魏乂、李恒、田嵩从东、从北、从南发起的一次又一次进攻。只有西边的湘江因水势暴涨，魏乂的少量水军除了占据了西边的橘子洲之外，并不能前进一步。然而，其他三门之外的战事，每日里甚为吃紧，看看就要进入七月，暴雨过后，炎阳高照，一天天热起来了，这就给守城军民带来了更大的困难。

谯王司马承感到事态严重，特别是兵员的损失过大，城池的守卫面临更大的危险了。于是，在一个月白风清的六月底的热浪之夜，谯王让易雄召集所有将领和在城内的各郡太守齐聚谯王府，要商讨一个万全之策。

谯王觉得这两个月来，将领们就没有吃过一餐像样的饭菜，于是交代王府厨子，想方设法从湘江里弄了些鱼，又购得一头猪宰了，精心办了两桌稍微像样的菜肴，将从建康带来的皇上送他一直舍不得喝的两坛江南著名的“桃花春”酒搬出来，要与众将军吃喝一场，一边商议以后的抗逆之事。

看到谯王如此热情款待，易雄、桓雄、刘翼、虞悝、王循和周该、周畸兄弟，都十分感动。一个个举起酒杯，说要借花献佛，敬谯王一杯。

谯王说：“现今城内粮食紧张，甚至水都紧急。各位将领和大人们辛苦了！不仅流血流汗，甚至没有吃上一餐像样的饭菜，我司马承十分愧疚。本来我也没有能力招待大家的，还好，我王府厨子是本地人，想尽了办法，从江边弄来了些水鱼，又帮我购了头猪宰了。临离开建康时，皇上送我两坛‘桃花春’酒。今日我们一聚，两个月了没有在一起吃喝，大家放开来吃饭喝酒，然后一起商议下一步的抗逆事宜吧。各位也都看到了，形势对我湘州守卫军民是越来越不利了，各位先吃饭喝酒吧！”

当前抗逆形势各自都很明白，哪里还能自在地吃喝得下？于是，一边就放下筷箸，争先恐后地商谈起来。

刘翼首先说：“王爷，现今南边零陵太守尹奉所率之军联合南部各县士兵，其实也有数千人，可一直驻扎在营阳。因为王爷曾令其固守营阳，没有北进。现我湘州府治告急，可否考虑调营阳之兵北进解围？”

王循也说：“我衡阳之兵随我来者已损失大半，急需补充兵员了。我衡阳郡各县业已召集三千兵马，但因为两月围困，信息不达，不能调遣，这实为紧急，我意是必须想办法将南边兵马迅即调入，才能解长沙之困。”

谯王举杯道：“各位，我们就这样：边喝边谈，吃饱喝足，再商议出一条道来如何？”

易雄举杯站起来说：“难为谯王今日盛意，我先干这杯酒，感激谯王和刘、王两位大人！”

于是众人响应都站起来，一齐向谯王敬酒。谯王眼含热泪，一饮而尽。

“是我司马承无能，连累了各位！而今之际，还得各位舍生忘死同心协力，务必将抗逆大战进行到底！”

“这个王爷不用担心！”易雄慷慨激昂地说，“我等既然接受王爷召唤，就没有将生死放在心上。为朝廷确保，这颗头颅只要还在项上，就当与叛逆决一死战！愚以为，刘大人、王大人所言甚是。当今之势，也只有南边有军可调。北边巴陵早已失陷，县令逃亡不知去向。西边因江水阻隔，又有魏乂部队占据橘子洲，江中还有其水军骚扰，不能指望。只有南边的军队可以赶来解围。但自从魏乂围城以后，信息不通，指令不达，营阳和衡阳之兵接受不到命令因而不能轻举妄动。现兵员日减，必须动用南边几郡数县的兵员了！只有即日派人突围出去，以谯王和刘、王大人的手令，将他们调入南城之外，里外配合而决一死战了！”

“易将军所言正是我之所想！”谯王坦言，“然而三门已经围得水泄不通，突围恐非易事啊！况且，谁可担此重任呢？”

桓雄说：“可否从水路向上逆流？愚以为只有顺水路上达营阳、衡阳，可解长沙之围。”

易雄急忙否定道：“照理说，只有水路是可行之路，但如今不行了！一则，我没有水兵，江上渔舟和各类船只均被魏乂水军控制，一叶孤舟在江上航行必被他们拦截，更不能沿江而上。况且如今水势甚大，逆流之船非好把式不能为之。此路恐怕难为。”

大家也觉得易雄说得在理，观如今江上情势，哪怕飞过一只鸟去，都会被魏乂水军拦截。虽然魏乂的水军不能进攻，但游弋于江上封锁城池，配合其他三面陆军士兵的攻击，又确实厉害。

“那就只有陆路突围发令了！”刘翼说，“谯王，我愿承担突围赶往营阳、衡阳调兵之职。”

谯王连连摆手：“你和王循大人若是平时，我会毫不犹豫让你们赶去调兵，但此种时刻，你们一文官，怎能担此重责？只怕还没到城下，就会落入贼众手中！”

周该此时已经喝得双颊微红，站出来朗声笑道：“王爷、大人、易将军！运筹帷幄，要靠你们设计。而此等突围奋战之事，各位大人怎么能忘了我周家兄弟？！我与周畸兄弟，历来在这长沙城内城外，习武交友，四处地形熟悉，如说为文，我等斗大字不识几个，要说杀敌、要说奋勇突围，送封信件下达个命令，只有我兄弟二人可以胜任！”

周畸也豪爽地说：“我兄所言一点不错！也正合我意。而今之计，突围去营阳、衡阳之事，王爷和各位大人放心交给我兄弟去办则大可放心！”

易雄说：“两位周兄所言甚是！王爷，愚以为，这事只有交由两位周兄才是至当之举。两位武艺超群，赤胆忠心，舍二位不能有最合适人选。企望王爷、刘大人、王大人即就草拟手令，交周兄急速南下才好！”

谯王大喜：“我心中一块大石落地了！实实如此，突围出去传达调兵将令，确实非周家兄弟莫属！来来来，我们这一餐酒饭一直没能吃好，现在各位请坐好，喝个痛快，也算为周该、周畸将军饯行吧！我们举杯，祝愿两位一帆风顺，搬得援兵，则我湘州有救了！”

7

但是三天之后，魏乂、李恒竟带着周该、周畸来到东门易雄阵前，耀武扬威大呼小叫：

“易雄竖子！速速来前听着，看你们派出的周家兄弟怎么说话！”

易雄站在城头，远远看见周该和周畸两兄弟跟随魏乂来到城墙之下，颇为疑惑：难道那两兄弟已经叛变？

原来周该、周畸趁着月黑风高下了城墙，悄悄地向南边行进，一路上躲过南门外围城的岗哨，沿着江边芦苇北行，随后插入黑石铺一带山林，竟再无任何阻拦。

周畸说：“兄弟，看来魏乂、李恒只是在东边和北边围困得紧，这南边比较松懈。”

“是啊，”周该很觉高兴，但也有些担忧，照理说，兵家围城之道，不能如此将一南边放松的，“魏乂用兵有些蹊跷，或者在南边只部署了一些疑兵？”

周畸也有些不解：“应该说他不至于如此糊涂，他难道不知道南边不仅要围城而且要谨防南边各郡来的救兵哪，怎么会如此松弛呢？”

“兄弟，我们得小心，这不合常理。”周该急急地推论，“可能在这暮云市一带山里，埋伏着大量士兵以防南来之兵呢！”

进入暮云市后，周家兄弟发现竟然不见任何守卒了。两人十分欣喜，只要过了暮云市的那一片深山老林，就不需担忧不能突出重围了。一两天后即可到达营阳，救兵即可在几日内到达长沙城南，照魏乂这样部署，亦可在城南一带打他个落花流水。

但是他们估计错误了！魏乂不是那样的脓包，他其实早已知晓长沙城内兵力空虚，必然会依靠西边和南部数郡的援兵。因此，他早已布置田嵩率领部分兵马占据湘江之西岳麓山并节制橘子洲上的水军，以防西边各郡县的救援；而在南边的暮云市一带山林里，却部署了相当的重兵，准备迎击南来之救援兵马。他自己则率一万精兵，摇旗呐喊，在东、北两座城门之间日日强攻，造成对城内的心理上和实质上的严重威胁。

但易雄和谯王都没能知晓魏乂的这一部署，更别说周该、周畸出城之后就更无法了解魏乂的部署了。正在二人庆幸将要越过暮云市那一片深山老林时，却遇上了突然拦截的数百李恒部众。而且李恒站在了最前面。

显然，经过以前两个月来的多次交手，双方都已认识。见常常在城头与己方士兵交手杀伐且武艺不凡的周该、周畸两个黑大汉，李恒不敢掉以轻心，指挥士众将周家兄弟围住了！

周家兄弟武艺超群，两人背靠背一顿强行厮杀之后，终于不敌李恒。毕竟李恒不是孬种，也是湖广有名的刀剑能人，何况其手下不乏武艺高强者，在经过一番艰难的对峙之后，虽然周家兄弟砍倒了不少士兵，但终于被李恒抓住。

李恒立即亲自将周家兄弟押解到魏乂设在马王堆的大营。正是天将放亮的时刻，魏乂听说抓住了周家两个黑大汉，欣喜得一骨碌就从床上跳起来，立即审讯周家兄弟。

魏乂看到捆绑得结实的周该、周畸，假意客气地说：

“怎么能将谯王的两位将军捆绑呢?！快快松绑赐座！”

周该、周畸被抓以后，只想能够找机会尽快逃脱，见魏乂如此对待，虽然知道他是故意的，却也想见机行事。周该对周畸使使眼色，对魏乂说：

“拜上魏将军！我们周氏兄弟在长沙城内，迫于谯王压力，为其出力，却不料谯王不信任我们，累次为难我们。况且城内被围两月有余，士兵民众吃食困难，我们兄弟本江湖中人，岂能容忍那谯王，岂能忍受饥饿之苦，这就偷偷出城，想投靠将军，却不想被将军的士众不问青红皂白，捆了起来！还望将军开释，放我等一条活路，让我们远离这硝烟之地！”

魏乂听后，一阵冷笑：“周将军好口才，哄骗三岁小儿哪！既要投靠我魏乂，何来往南逃窜？分明是赶往营阳、衡阳等地搬取救兵，竟在这里胡言乱语！”

周畸连忙接话：“魏将军有所不知，当初我兄弟与我商议时确实想投奔将军，因我害怕将军会记恨前仇，不如干脆逃出长沙，另寻路道躲避战乱。所以就往南走了！”

魏乂岂会相信这样的说辞？于是笑笑：“你两兄弟都好口才，哄骗我还嫩了点。瞧你两个在城头上那般卖力，那日救援虞望，也曾与我交手，不仅武艺高强，而且对司马承忠心耿耿，你们欲要我相信，须随我做一件事，才能证明你们确实愿意跟随王大将军正义之师。立下功劳，你们兄弟自然可荣华富贵！”

周该故意顺路下坡：“唯魏将军马首是瞻！”

“好！”魏乂击掌说道，“你这就随我去城下，向易雄、谯王呼喊，劝其投降了，我才可以信得过你们！”

周该、周畸知道没法消除魏乂的疑惑，只好孤注一掷了。跟着魏乂来到了城下。魏乂将易雄等呼叫出来站在城墙之上，这就令易雄产生了疑惑。

魏乂对周家兄弟说：“你们向易雄等喊话吧！让他们出城投降！”

到得这种时刻，周该、周畸也不慌忙，只是因为救援任务没有完成，心内不安。但既然已到此等关键时刻，生死已经无暇顾及了。周该就高声向城上大声呼喊道：

"谯王殿下！易雄将军！各位大人！王敦已经战败于湖州，悄然回军了！甘卓将军率军已经占领武昌！勤王战事胜利即在眼前了！我湘州军民坚持到底吧，魏乂即日将亡！"

话音未落，魏乂愤怒已极，挥剑指向周该，寒光闪处，周该即时被杀，周畸在一边亦骂不绝口。

见此情景，易雄知道搬取救援之兵十分艰难，眼见着周该如此壮烈牺牲。易雄掩不住愤怒之态，跳起来指挥士众，向魏乂处万箭齐发。魏乂连忙令手下缚住周畸，返回大营。

魏乂露出狰狞面目，对周畸怒号着："周畸听着：你兄弟俩哪是什么出城投奔于我，分明是赶往营阳、衡阳等地搬取救兵，想花言巧语来糊弄我？城内情况怎样，赶快从实招来，司马承、易雄等有何部署，速速向我报告，可以留你一条性命！不然，你将与周该一样，必死无疑！"

周畸哈哈大笑："魏乂反贼，自己死到临头了，还如此放肆！我周家忠于朝廷，岂是怕死之辈?！我兄弟被你杀戮，不日自有人找你算账。想从我这里知悉城内情况、知悉谯王与易将军抗击你们这些逆贼的部署，做梦去吧！要杀要剐，悉听尊便！"

魏乂下令将周畸拖了下去，严刑拷打，只打得周畸皮开肉绽，奄奄一息，但周畸就是再不开口。魏乂没法，只得将周畸杀了！

8

湘州抗逆战事胶着对峙已经三个月了，司马承看看长沙城内兵员剧减，城中粮食更是奇缺，兵民都处在饥饿状态了，派出报信求援的周该、周畸兄弟也被魏乂杀害，此时谯王十分着急了！

易雄对谯王说："而今之计，只有一个取胜的办法。"

谯王十分惊喜："易将军，你之心间真是一锦囊，又有何妙计？快快道来！"

易雄说："王爷，而今没有别的办法，南边的消息不通，营阳的军队不敢轻举妄动，不能怪他们，我总想，如今只有再次派邓骞前往襄阳，希望甘卓忠于朝廷，不要再按兵不动犹豫不决，只有说服他与湘州共同讨伐王敦。先请他攻下武昌，魏乂军必要回师救援，湘州之围可解，我们即可出城追击，与甘卓大人衔接好，南北夹击，可望成功！"

谯王说："易将军此计甚好，其实我也多次想过。无奈那甘卓总是进进退退犹犹豫豫，就怕他没有决断！不过以我湘州此时情况，也只能这样一试了！"

于是诏令邓骞再次潜入梁州试试。邓骞领命，趁黑夜挽下城去后，化装成乡下商人模样，竟然骗过了北门外魏乂守卫，日夜兼程风餐露宿，赶到了襄阳，求见到甘卓，向甘卓陈明利害，只是说长沙城内军民同仇敌忾万众一心，抗逆战事正如火如荼，南边营阳军队正全力推进北上，广州刺史陶侃将军的大军正在北上途中，不日即可进入湘州，对魏乂军形成了夹击之势，假说胜利已经在望，如果甘卓能够出兵武昌，可使其后院起火，亦将一举捣毁王敦后方，不仅可使勤王大业急转直下而取得胜利，而且将迫使王敦失败！

"望甘将军审时度势，当机立断，与谯王一道讨平贼子，则可为晋室立下大功，为皇上处置王敦之叛乱取得主动啊！"

邓骞最后这样说，似乎满有必胜把握，令甘卓有些心动了。邓骞又说：

"甘将军，现今王敦数万军队已经东下，虽说已经攻下石头城逼进建康，但各地勤王之师对其已成包围之势，广州陶侃大人正率师北上，其势锐不可当！形势对我抗逆军民十分有利！而其老巢武昌城内，只有王含所领五千余人马，我还是此前来时向将军说过的那句话：你之军马数倍于他，即可摧枯拉朽，取武昌如囊中取物，此种功劳将军如何不取？还需要犹豫吗？”

甘卓本就是优柔寡断之人，几经犹豫，进进退退，自己没有正确主张。这时听邓骞说城池并不坚固的小小湘州府治长沙竟能坚守将近三个月，而且打得魏乂没有办法进城一步，甘卓的心又动了起来，觉得邓骞说得颇有道理，就对邓骞说：

“谯王可否保证在我占领武昌之后，配合我一同阻击王敦？”

邓骞说：“那是自然！谯王派我突围来见将军，其实就是要与将军联手，可致王敦于绝境！谯王让我代表他与将军歃血为誓，同心同德共击王敦。一俟将军出击武昌，谯王便会着易雄率领全部人马出击，届时湘州南部兵马也一齐北上，里外合击，何愁魏乂不败？你我两州齐心协力夹击，又何愁武昌不取?！到那时，甘将军您与谯王可就是勤王大功臣了！”

甘卓还是犹豫：“容我再考虑考虑。”

此时甘卓的参军李梁又站出来反对了，他对甘卓说：“甘大人听某一言，据我所知，湘州已经弹尽粮绝，坚持三月不假，但早已是强弩之末，何况与魏乂大军相比连钝弩都不是！别听邓骞巧嘴簧舌，欲置将军于尴尬境地！我劝将军伺机而动，反正襄阳地处西陲，可静观其变，不要匆忙行事。我也还是那句话：如果王敦取胜，就假意应承王敦，他王敦必将重用您；如果王敦不胜，可即起兵参与平定叛乱，朝廷也必将重用您。这样，无论哪一方取胜您都不会吃亏，因此不能轻易举兵出战。”

邓骞反驳李梁说：“甘将军如这样做，且不说作为晋臣不去勤王乃人臣道义不可取，便是为黎民百姓计，甘将军能眼见国土烽火连天、百姓流血涂炭吗？李梁之说，是误将军。这样脚踩两只船，必然会招来祸患。”

邓骞又对甘卓慷慨陈词：“其实，王敦留守武昌的兵马不足一万，据报仅只五千，甘将军您的军队超过武昌王敦驻军数倍，如果此时率军进逼武昌，一定能取得胜利！您就是朝廷第一大功臣了！甘将军如果发兵攻打武昌，就可摧枯拉朽，不必有什么顾虑。”

邓骞已经说得极合情理，不由甘卓不动心，于是甘卓不顾李梁等反对，决心再一次起兵，并发出檄文，历数王敦罪状，浩浩荡荡进逼到离武昌仅有数十里路的猪口，大有一举攻入武昌断王敦后路之势。王敦留守武昌的王含闻讯大为惊恐，想自己仅有五千余人马，怎能阻击甘卓两万精兵？于是速速遣人赶往石头城，就有了后来王敦急速率领两万精兵援救武昌之举。

本来甘卓只需一鼓作气就可迅即攻下武昌的，不料他生性犹豫，却在猪口屯驻下来，还想静观形势，坐失了攻击良机。

王敦星夜兼程赶回了武昌，且立即派人召见魏乂，强令魏乂不惜任何代价迅即攻下长沙；他深知甘卓犹豫成不了大事，其实只在观望，并无真正攻击武昌的魄力。王敦看出甘卓的犹豫来了，则加紧行动。立即派人执起“驺虞幡”以朝廷新丞相的名义命甘卓停止军事行动。甘卓这个老糊涂得知周凯、戴渊被杀，流下了几滴眼泪，竟无半点痛恨王敦的情感，只是说：“既然圣上和太子都安然无恙，我也可以歇手了。”又听说王敦已经回到武昌，则无心进击了，遂下令返回襄阳。邓骞再三劝他，应进兵彭泽（今江西湖口），截断王敦东西两段的联系，把他一鼓解决，但甘卓不听。

当时，甘卓听从邓骞的意见，又相信南边陶侃和营阳北上兵力，才下了决心，写檄文声讨王敦罪状，同时调兵遣将讨伐王敦的。然而他优柔寡断的性格，却使其坐失良机。

王敦办事果断，从石头城匆匆赶回武昌后，立即派甘卓的侄儿、参军甘昂回去见其叔父，传王敦的话说："足下此举自是臣节，我不怪你。我是因王氏处境危急，不得已而为之，今奸臣已除，我已被皇上命为丞相，则请足下班师，以后当再结好。"这一席话本来空洞无物，可甘卓慑于王敦势力，听了竟也有些心动，以致兵到猪口［在今湖北京山境，离夏口（武汉）还远］，就不再前进了。

甘昂本是王敦亲信，一到襄阳表面传达了王敦的话后，就请甘卓屏退左右，对甘卓说："叔父岂能听信别人的谗言？王敦大人是何等样人？他掌控着六州军政，现今已经攻占建康，驻军石头城，那石头城离建康皇城也就近在咫尺，皇上已经任命他为丞相，朝廷内又有他兄长王导大人在内操持，石头城所驻军队为沈充掌握，可万无一失。当初王大将军率军东下也不过是逼迫皇上清除奸佞小人刘隗、刁协等人，现在刘隗已逃亡后赵，刁协已死，连周凯、戴渊这样的大臣都已被杀。王敦大将军、大丞相听说你起兵击其后院，已经带甲两万赶了回来，您竟在此时起兵进击武昌，不是自己找死吗？当初您就想错了：您坚决跟着王敦大将军东下，此时岂不是王敦功臣？您想这王氏兄弟内外相助，岂能不成功？您想，王将军当初去建康清君侧，有王导大人在朝廷内声张，皇上会听谁的？民间本就有'王与马，共天下'一说，他们兄弟与皇上与朝廷休戚与共利益一致，王将军当然必胜无疑。现在大局已定，您此时却听信那即日要破的湘州谯王的蛊惑，发出檄文讨伐他，能有好结果吗？叔父您这样出尔反尔，当初既答应王将军出兵建康，后又返回，王大将军没有怪罪您已算万幸了，今日忽而又发出檄文声讨王将军，这不是自寻灭亡吗？"

听到侄儿这一番似乎推心置腹的话，甘卓惊出了一身冷汗，连忙着人收回檄文，下令撤军。而都尉秦康和邓骞等人听甘昂这么说，一时大怒，斥责甘昂，要斩了甘昂。又反复劝说甘卓忠于朝廷，一举消灭王敦。但是甘卓仍然畏首畏尾优柔寡断，不听秦康劝告。

恰在此时，传来王敦的回军已到武昌，此时的甘卓十分庆幸自己没有蠢蠢而动，竟然下令又一次回师襄阳了，错失了击败王敦占领武昌的机会。

王敦接到王含的报告，迅速赶回武昌，那甘卓已经返回襄阳了。

虽然王敦赖甘昂之三寸不烂之舌，基本稳定了甘卓，但还是对甘卓十分不放心。不久后，襄阳郡守周虑等人赶来武昌，王敦对周虑极尽亲热之能事，设宴尽情款待他，令周虑对其俯首帖耳，拜倒在王敦脚下。

王敦秘密对周虑说："你家刺史甘卓出尔反尔，竟敢与我为敌，大人以为甘卓为人可取吗?"

周虑本是势利之徒，对甘卓早已腹诽甚多，就说："为大将军计，此人不除终为后患!"

"如此，还望周大人为我谋划!"王敦直接摊牌："周大人如能择机帮我除掉甘卓，事成之后你就接替其为梁州刺史吧!"

这就正中周虑下怀了，周虑向王敦保证，可即日除了甘卓。

与王敦秘密勾结后，周虑回到襄阳，假惺惺对甘卓说："襄阳城外有一大湖，湖上鲈鱼甚美。"邀请甘卓去湖上吃新鲜鲈鱼。甘卓爱吃鲈鱼，于是不加防备，竟只带着几个随从跟随周虑去了湖上。周虑先让其随从吃饱喝足，一个个喝得酩酊大醉，失去保护，周虑就趁机令手下将甘卓杀害了！并立即向王敦报告。王敦大喜，亦不经过皇上批准，就地任命周虑为梁州刺史。

9

五月初，王敦匆忙回到武昌时，得知湘州刺史司马承在易雄等人支持下，竟坚持了将近三个月了，魏乂却没能攻下来。

可叹甘卓本来可以轻而易举地战胜王敦，为朝廷立下大功的，却不想优柔寡断犹疑不定，反而被王敦暗算了。

王敦没有了梁州的威胁，唯一有些担忧的是南边的湘州了！他立即快马将魏乂召回武昌，严词对魏乂说：

“你临行前夸下海口，三两日内占领湘州，如今都过去快三个月了，你有何说辞？贻误军机，真该将你斩首！”

魏乂自知不好说什么，只是诚惶诚恐，汗流浃背，跪在王敦面前瑟瑟发抖。

魏乂结结巴巴地说：“大将军息怒。我们本来进展顺利，无奈那易雄竟然为司马承草拟檄文，使得湘州八郡以至各县群起抵抗我大军，实在难以进军啊！”

说着，魏乂将易雄所撰之讨王檄文附件呈上，王敦一读，虽然怒火中烧，但读到易雄文辞，不能不佩服其文笔，于是叹道：“那易雄竟有如此文笔，可叹不为我用，做了那老朽谯王的帮手，可惜可惜！”然后，命令魏乂：“你得速速将司马承、易雄等抓获，押解来武昌。那易雄先别害他性命，或许可为我用。虞望已死，去了我心头一患，至于那虞悝，必须抓住，将其就地斩杀，包括其虞氏一族，都得全部杀掉，以泄我心头之恨，警告长沙百姓之盲从！现在我已经进入建康，全国已经在我掌握之下。这里有我截获的司马承写给皇上的信件，你可将其射入城中，让他们知悉建康的战事已经结束，他们必然会自行瓦解！再给你半月时间，必须尽快解决司马承！不然就自己提头回来！”

魏乂连夜赶回长沙城下，与李恒、田嵩等立即在阵前宣布王敦大军东下畅通无阻、建康已经攻陷的胜利信息，魏乂、李恒的两万军队都是精选的训练有素的将士，伤亡甚少，听到建康已下，士气因此更加高昂。于是在兵临城下 90 多天后，魏乂改换了攻势，竟调转部队，全力攻击相对薄弱的南门，向刘翼、王循的阵地发起了凌厉的攻势。

刘翼、王循毕竟是文官，对战事不甚明了。虽然易雄不断亲临南门重地，但东门、北门以及西面的江边都很吃紧了，易雄作为全城抗逆总指挥，几乎没有了一点休息的时间。在坚守到第 98 天时，南门被攻破，魏乂部队蜂拥而入，刘翼全力抵挡，无奈他武艺不行，竟被魏乂士兵刺杀于南门之上。

这时，谯王已经没有时间与能力来安葬刘翼了，只好指示易雄带兵全力将刘翼遗体抢了出来，草草装殓，暂厝于观音寺内。

南门攻破，魏乂士兵如潮水般涌入城里，在坚持了 5 天巷战之后，湘州终于陷落了。士卒尸体相枕，易雄、虞悝等都在士卒的尸体上坚持拼杀到最后一刻，被魏乂士兵俘获。

魏乂带着士兵一窝蜂似的涌进谯王府，将正要自杀以谢皇恩的谯王之剑夺下来，奸笑着对谯王说：

“老匹夫，不听王大将军之言，自取灭亡了！”

震惊天下的湘州抗逆，在经历了艰苦卓绝的 103 天之后，不得不画上了句号。

第八章 喋血武昌

1

谯王领导的湘州抗逆在经历了 103 天艰苦卓绝的战斗之后，终于失败了！魏乂耀武扬威地进入了谯王府，立即着人赶往武昌城向王敦报信，然后将长沙城内民众一万余人集中到校操坪里，四面士兵围着，一片杀气腾腾的气势。魏乂命人将俘获的谯王和易雄等人带入操坪。平时，这里是军队操练的地方，此刻，魏乂的军士排列在检阅台和操坪四周，衣冠不整的民众瑟缩着站在坪里，望着昂首挺立的谯王等人，都感到了阵阵担忧与恐惧：大概，魏乂要在这里杀人了！

魏乂端坐在台上，一副志得意满的胜利者姿态，当着那么多长沙民众的面，他要羞辱一番谯王和抗逆将军们了。

魏乂对站在台下的谯王司马承冷笑道：

“谯王殿下，早知今日，何必当初？你悔也不悔？”

司马承昂首哈哈大笑：“逆贼！想我司马承秉皇上旨意，能在这湘州与军民人等凭借着忠君之气，以荒僻之城，与你们这等贼子战下 103 天，为晋室基业、为皇上安危已尽了全力。今落入你等贼子手中，唯死而已！能为晋室为皇上死节，是我等荣光。要杀要剐，悉听尊便！”

魏乂怒斥道："想死？那太容易了，但不会那么简单！你忤逆王大将军意志，得送大将军处置，且让你苟活几日！"

"愿为晋室尽忠！愿为皇上尽责！——你就给我一刀吧！"谯王自知必死无疑，实不愿拖延时日。

魏乂不顾及谯王的怒喝，反而命人给谯王设置座位，并道："你是王爷，理当有座。我还要留着你这躯壳向王大将军邀功请赏呢，哈哈……"

魏乂转而对易雄微笑着："易雄将军，我知悉你本文才了得，又有武略十分。这些天与你交手，你以谋略与我对峙，我魏乂对你十分敬重。只要你当众跪拜投降，王敦大将军是非常惜才的，我当保你荣华富贵，子荣妻贵，意下如何？"

易雄冷笑道："魏乂将军真真'好意'，竟然肯青睐我小小一春陵县令易雄！想我易氏一族，从始祖在易水发达以来，至我祖父承球老大人，敢于在曹丕篡汉称帝时主持正义，血洒许昌，赢得世人敬佩。我易雄一家，跟随祖母颠沛流离，幸得晋室统一全国经历太康之治，民众得以休养生息。却不料北土沦陷，晋室振兴江南，又遇王敦逆贼，为一己私利，掀起战事，荼毒民人。我易氏乃忠贞之族，岂会与你等逆贼为伍？！保我湘州保我谯王保我晋室，乃易雄职责，何惧七尺身躯抛掷乡野？！士可杀不可辱，死则死耳，岂可卖身求荣！"

魏乂怒斥道："好你个易雄竖子！不识抬举，自找死道！大将军不计你擅自糊涂檄文，看你文笔尚佳；我魏乂与你交手，亦敬你指挥章法。大将军不计你前有侮慢之错后犯抗击之罪，意欲留你为用，你竟敢如此冥顽不化。不是大将军知会将你带入武昌听其发落，你今如此无礼傲慢，我当将你与虞悝一道明正法典，送入地狱！"

易雄笑道："如此甚好！那就谢谢魏将军了！"

魏乂不再理睬谯王和易雄了，高声喝道：

“带虞悝、虞望全家！”

只见军士们将虞悝及虞望两家大小数十口人捆绑着鱼贯而入。谯王见状，愕然起立，欲奔向虞悝。虞悝赶忙跪在谯王面前，捆背双手仍然深深叩头：

“王爷！虞悝无能，未曾为皇上守得住城池。不过我虞氏一家算是尽忠尽力了。今魏乂残忍，将毁我一族，我们虽死无怨。人生自当有死，今我虞氏阖门能为忠义之鬼，岂可惜哉！虞某就此别过王爷和易雄将军了！”

谯王颤巍巍扶起虞悝，向其全家大小拱手致谢：“长史大人，是我无能，连累了大人一家。虞氏忠贞，皇天可鉴！王敦逆贼，绝不得善终！”谯王义愤填膺转向魏乂，大声斥责道：“魏乂蟊贼，我是湘州刺史，一切皆应我负责任，放过虞氏无辜大小，要杀向我司马承开刀，虞氏家小何罪之有?!”

魏乂冷笑道：“你司马承说得轻巧！虞氏是什么人？所谓长沙名士，实为长沙地痞！沽名钓誉，放着顺民不做，竟敢冒犯王大将军，阻碍大将军之护国大业，助你司马承为非作歹，致使长沙军民涂炭，此等刁民、地痞，王敦大将军早有将令，必须当众正法，以保百姓无忧！”

谯王大怒：“好个王敦贼子！好个魏乂流氓！竟敢如此残忍，天道难容！”

易雄也怒斥道：“王敦贼子，竟敢如此草菅人命！是可忍孰不可忍！王敦狼子野心昭然若揭！魏乂你且听着：湘州抗逆，是我等所为，保境安民效忠晋室之举，乃我等忠于晋室之以死相争，与无辜虞氏一家大小何关?！你竟敢如此残暴！要杀要剐只需向我等而来，岂能如此不顾天道人怒，残害虞家大小！”

魏乂冷笑道：“都别废话！奉王敦大将军令，必须将虞悝、虞望助纣为虐一家杀无赦！刀斧手听令：将虞家大小一律处斩！”

刀光剑影闪处，虞望、虞悝两家数十口人，竟在光天化日之下众目睽睽之前，被无辜杀戮！虞悝转过身来，望谯王跪拜下去，呼一声：“王爷珍重，虞某就此永别了！”

刀光一闪，虞悝面对谯王被杀。

谯王与易雄几个都双目欲裂，操坪上，万千民众只得掩面而泣，天宇间充溢一片哭声。

2

依据王敦指令，魏乂接任湘州刺史，令其与田嵩率领军队继续肃清湘州各处义军，收取各地方官吏，李恒则奉命将谯王司马承、易雄、王循等人押上监车，送往武昌听王敦处置。不过允许他们的手下随从和易雄儿子易天腾和亲属戴煜、宋成跟随他们前往，也算是王敦开了大恩。而长沙人桓雄，少仕州郡，谯王为湘州刺史，任命其为主簿。司马承为魏乂所执，佐吏奔散，独有桓雄与西曹韩阶、从事武延商议，一同改换衣服，打扮成童仆模样，跟随司马承去武昌。

李恒带着一大队人马，将谯王和几位湘州抗逆将领以及他们的亲信下属，冒着流火七月的炎阳，经巴陵过洞庭，向武昌进发。一路上，谯王及易雄一行，受尽了李恒军士的折磨，艰苦备尝。易雄一路之上，看到江河依旧，只是大战后满目疮痍，十分感慨，就对谯王司马承说道：

“王爷，想我晋室大好河山，竟毁在王敦这帮篡夺皇权的贼子手中！作为臣子，我真痛心疾首！”

谯王苦笑着：“王敦是早有反志，皇上也早已看出其狼子野心。只是刘隗、刁协等无能，若留得祖逖、周访将军在，何有今日?!”

这一日傍晚，进入荆州之临湘地面了。李恒下令在一处丛山之下宿营。

在夕阳的余晖中，谯王对易雄说：“易将军，此去武昌，我司马承必将被王敦所害，唯愿将军你保重，如能不死，当为我奏报皇上，我司马承未辱晋室!”

易雄在监车中向谯王拱手说道：“如能不死，当与王敦抗拒到底。但此番既去，估计难以生还。如王爷他日得以回朝，请向皇上表我易氏忠心!”

谯王苦笑道：“看来王敦绝不会放过你我，我们姑且一死以谢皇恩吧!”

易雄宣誓般说：“为晋室为民众，我易雄一死而已，绝不失德而偷生苟活!”

谯王拱手道：“易将军高义，我司马承无复担忧。听说广州陶侃等将军已经北上抗逆，朝中有众多如你和陶侃大人般忠义将士，岂能亡去!”

此时，只见几匹快马从远处驰来，在夕阳中显得特别刺眼。一会儿，谯王见王敦新命的荆州刺史王廙下了马。王廙是王敦从弟，当年在建康时，因谯王颇受皇上信任，此人曾百般巴结谯王，欲来湘州为官，但司马承看其阿谀奉承之态，没有向元帝推荐他，王廙便一直对司马承怀恨在心。如今来到跟前，究竟何意？谯王不好妄测。

王廙走到谯王监车前阴阳怪气地笑道：“王爷别来无恙啊！想当日你对王某何等傲慢，何等小视我王某！幸而我兄王大将军知人识人，让我就任荆州刺史，想不到我会与王爷平等为官吧！今日王爷何来如此惨状，竟至端坐监车之中啊?！王大将军敕命我前来相迎王爷哪!”

谯王鄙夷他，狠狠啐了一口：“依附反贼，自取灭亡而已，你何可猖狂做派!”

王廙又向易雄假惺惺拱手道：“易大人，当日你与张昌对峙时，何等英武！你怎么如此不识时务，竟跟随司马承反抗王敦大将军，如今我兄已掌握全国军政，皇帝已任命其为丞相，只怕不日即可取代晋室登基要建立新朝了，你不怕就此误了前程？某奉劝你一句：识时务者为俊杰，到了武昌见到王敦大将军，转个弯子，或许你我还有共同服侍新皇的缘分呢!”

易雄啐了他一口：“无耻反贼，竟不打自招：王敦之命竟敢说为‘敕令’！篡位谋反狼子野心昭然若揭！作为晋室臣子，竟附逆作乱为虎作伥，有何面目立于世间?！竟敢在此耀武扬威现世露丑!”

“嘿嘿!”王廙并不恼怒，“有你等好受的，等着吧!”然后对李恒说：“李将军，奉王大将军令，途中来见将军，有事相商，我们进屋一叙?”

李恒招手笑道：“王大人请!”

待他们两个进屋，炎阳已下西山，暮色苍茫间有了阵阵凉风扑面。易雄对谯王说：“王爷，估计王廙来者不善!”

“是啊!”谯王慨叹一声，“看得出来，王廙此番，是奉王敦之命，专为我而来。易将军，恐怕你我将要永诀了！请记住，尽量求得体面活着，一定要见到皇上，表达我之夙愿!”

望着已经59岁的日渐衰老的谯王，易雄双泪不禁，无言别过头去。他其实也知道，王廙此来，定会对谯王不利。

果然，王廙吃饱喝足之后，与李恒来到监车前面。一股腾腾杀气隐隐透了出来。

王廙冷冷地对司马承说：“恭喜王爷！奉王敦大将军令，今日要趁黑尽快送你上路了!”

易雄一听，怒从心起，双目眦裂，大声疾呼：“王廙竖子！竟敢如此胡来！谯王乃当今皇上叔父，朝廷钦命之湘州刺史，你有何权力害我谯王！”

王廙皮笑肉不笑地转向易雄：“告诉你个明白吧：如今王敦大将军已经占领建康，司马承放着王敦大将军之军司不受，竟敢聚众对抗大将军，自找灭亡，今君侧已清，皇上敕命对抗击王敦大将军之罪魁们一律杀无赦，诛杀司马承正是其旧主子之命，王敦大将军奉旧皇之命诛杀司马承，就怪不得我奉命行事之人了！况且，晋室旧皇不日即将禅让于我王敦大将军，新朝即将建立，谁违抗王敦大将军就只有死路一条！我奉劝你，易雄竖子！要不是大将军看你文才武略尚可为用，此番实在要送你与司马承同时上路的！我看你，识时务者为俊杰，不要执迷不悟，到了武昌，好生言语，或有生路，否则，司马承之今日就是你之明天！”

易雄怒声喝道：“一派胡言！皇上、太子在建康无虞，却胡编禅让皇位于王敦贼子！谯王乃皇上叔父，为朝廷有功无过，你竟敢假传圣旨，半路赶来谋害王爷！王爷为保晋室，何罪之有?！你竟敢矫命作伪，害王爷性命！王廙，你必须即刻送谯王往建康，送谯王至皇上身边！”

“这就由不得你怎么想了！”王廙笑道，“我只知唯王大将军之命是从了！”

谯王自知逃不过这一劫，对易雄拱手而别，“易将军珍重！与这等强盗无须多言，我司马承自来湘州，幸不辱使命，已竭尽全力忠于皇上。还望易将军珍重，自有报仇雪恨的一天。我晋室岂会被王敦鼠辈篡谋，他终有得到报应的一天！王廙疯狗，不必多言，要杀要剐，请便吧！”

于是，趁着夜黑风高，王廙与李恒着人押解谯王上山。谯王拖着沉重的步履，一步一回头向易雄等人致意，易雄不觉泪流满面。

装扮成随从的湘州主簿桓雄、西曹韩阶、从事武延紧紧地跟在谯王的后面，王廙怒喝道："你们找死吗？跟来干啥？"

桓雄回答道："大人，我长日跟随服侍谯王，何曾离开半步？即使王爷有难，总得有人收尸吧？"

王廙觉得这个人好生面熟，想了半天，才记起之前去长沙干事时，在谯王堂上见过，突然想起：那是湘州刺史的主簿桓雄！

王廙恶狠狠地对桓雄说："好你个湘州主簿，竟然假扮童仆随从！你不能跟去，你得随我们去武昌，听候大将军发落！"

桓雄知道自己是不能混过关去的了。好在之前已经与韩阶、武延商量过，无论如何要救出谯王，如果不能救出，也要将谯王遗体送往建康。现在看来谯王是难以逃过厄运了，于是向韩阶、武延使了个眼色，意欲让他们将遇害的谯王遗体送往建康。韩阶与武延会意，就随着谯王往山上走去。

这时，李恒对王廙说："王大人，魏将军临行前交代，谯王与易雄都年事已高，途中不能发生闪失，以免大将军怪罪，因此凡谯王手下随从和易雄儿子易天腾等，着令跟随服侍他们，毕竟都五六十岁的人了，魏乂将军原就指派我照此办理的，现在既然有湘州主簿桓雄混在其中，就将他用监车押送去武昌吧。我看谯王后事就交给他的另外两个随从吧！"

王廙点头："也好，这就省得我们收尸了！"

这天夜间，坚持湘州抗逆 103 天，尚才 59 岁的晋元帝堂叔——谯王司马承，就被王廙奉王敦令，杀害于临湘之外一处山林里了！韩阶和武延忍着悲痛，在附近寻得一副棺材，悄悄地装殓后，没有下葬，又悄悄地买舟东下，送去建康了。

后来谯王被明帝下诏隆重安葬，那是王敦叛乱失败后的事了。

3

当初，湘州抗逆战事胶着对峙时，司马承看看长沙城内兵员剧减，一面由易雄派出周该、周畸兄弟出城向南求取救援，一面又派邓骞前往襄阳，希望甘卓忠于朝廷，讨伐王敦。

这时，传来魏乂捷报，湘州府治已经攻陷，即日着李恒押解谯王和易雄等人送来武昌，王敦喜不自胜，立即指示魏乂继续攻占湘州全境，将谯王和易雄着李恒送来武昌。并特别指示魏乂，将虞悝全家就地处斩，他看过易雄写的檄文，觉得那是个人才，让李恒好生对待，将来要用他。至于谯王，王敦本就恨之入骨，过了一日，竟派从弟王廙赶去半路将其杀掉。至此，王敦觉得后方稳固了，终于落下了心底的一块大石了。

谯王司马承半路被害之后，易雄等人被押解到了武昌。

此时的武昌与湘州府治长沙战后满目疮痍的情景就截然不同了，不仅城墙坚固高耸，而且北面城防之下的长江上几十艘战船气势磅礴，王敦经过多年经营的武昌，简直可以与皇城建康相比！

街道上，市面竟然很是繁荣，店铺鳞次栉比，人来人往，颇有几分都城般的气象。只是明显地可以看出，城墙上旌旗招摇，士兵刀枪林立，又是一种杀气腾腾的情景。易雄坐在监车内，四面打望，看到这些景象，不禁长叹一声：皇上其实早该限制王敦的胡作非为了！

看见一大队士兵赶押着几辆监车匆匆地朝王敦府衙走去，街上的行人似乎并不感到惊讶，或许在这个地方，这种场景已经司空见惯了吧！对于押送者的吆喝，也不予理睬，依旧只是做着他们的生意，直至士兵们咋咋呼呼后，才退向一边。

易雄等人被直接带往王敦的府衙，就在前面宽阔的坪里停了下来，李恒独自一人进入府衙去了。

易雄打量这座府衙，实在十分气派，翘檐重阁，甚至有着城墙围裹，有点像一座小小的皇宫。士兵们戒备森严，那气势十分令人畏惧。易雄暗暗地冷笑，觉得王敦那人将府衙修造得如此这般，怎么会不令朝廷担忧！

李恒进入时，王敦正在府内处理一些事务，听手下报告李恒已将湘州人犯带到，竟下座握着李恒的手拉进堂上，笑眯眯地对李恒慰问一番，李恒跪拜下去，王敦连忙将其拉了起来，一连声地说：

“免了免了！李将军一路辛苦，在湘州受苦受累了！”

李恒从未得到过王敦如此礼遇，只得再次跪拜下去：“大将军，湘州一战，延时太久，没有按时完成使命，魏乂将军要我向大将军请罪，请求处罚我们！”

“无罪无罪，有功有功！”王敦这日十分高兴，“湘州人犯都带到了？司马承已经解决了？虞悝、虞望一家呢？”

李恒一一作答之后，王敦不断点头，然后向李恒说：

“且先将那易雄、桓雄两人带进来，我倒要见识一下易雄这个所谓神童才子有何能耐，竟敢写出那样的檄文来骂我王敦，如果真有才干文采，我这里倒还用得着！”

于是李恒就将捆绑着的易雄、桓雄带进大堂。

王敦首先将目光投向桓雄，看这人文雅中透着轩昂，颇有一种倔强气概，觉得不是个好令其屈服的角色，因此厉声喝道：

“你是桓雄？身为湘州主簿，竟敢妄撰什么檄文，反对于我，你可知罪？”

桓雄正色道：“我为主簿，文案之事是我的责任。可惜我不能有易雄将军那等笔力，所以我所撰之第一份湘州讨王檄文，没有起到什么作用，至今想来惭愧至极！”

王敦大怒：“你桓雄为司马承死党，湘州破城之后，你还不销声匿迹，竟然化装为随从，死心塌地跟随那处心积虑反我的老谯王，不是王廙识破，险些被你蒙混，谯王已死，你想跟随他去吗？”

桓雄笑道：“唯愿将军成全！”

“嘿嘿！”王敦冷笑道，“想死？没那么容易，先且受些活罪！”于是喝令手下将桓雄当堂痛打八十大板。

“让你知道本相的厉害！”王敦指斥道。

王敦之所以立即将桓雄上刑，一是因为桓雄长期跟随谯王司马承，此时见桓雄器宇轩昂，觉得此人决不可留存，但得给他点处罚；二是他要争取易雄为其所用，故意要做给易雄看，给易雄一种威慑的。就看你易雄知不知趣，害不害怕。

他这才将目光转向易雄。

王敦过去没有见过易雄，自从看到易雄所写的讨王檄文之后，一方面十分震怒，另一方面又不能不为易雄的文笔激情所折服，尽管这易雄在湘州帮助谯王指挥抵抗，但王敦明白：只要是人才，如能为己所用，也就可以不计前嫌。

看看堂下衣衫不整且捆绑着的易雄，虽然看去60多岁有些老态了，但站立堂下器宇轩昂，确实是一个倔强傲立之人，因文及人，不觉有点喜爱。就特意走下座来，对李恒喝道：

“怎么将易将军捆绑了？快快松绑看座！”

李恒令手下给易雄松了绑，在王敦下首设置了一席座位，但易雄昂首挺胸，拒绝就座。

王敦不禁心底动气，但他压抑着，笑笑对易雄以抚慰的口气说：

“久闻易将军大名，乃湘州一杰啊！只是跟随司马承对抗于我，走错了门哪！”

易雄没有立即对答，只是以一种冷笑的脸色向着王敦。毕竟他也是第一次见到这个大名鼎鼎、声威赫赫、反叛朝廷的大将军，没承想被其部下抓来之后，竟然被如此礼待。易雄知道，他王敦是要我投降让我为其服务，所以才如此对待的，但我易雄能卖身求荣吗？会背叛朝廷吗？哼！休想，宁愿死也不会就你王敦之范！他也知道，只要他易雄不就王敦之范，这个反叛之贼就会变脸，他易雄以身殉国结局只是迟早的事。

“易将军！我久闻你大名，如今君侧已清，天下太平，我已被任为丞相，正是用人之际，只要易将军服从于我，什么都好说！”王敦仍然一副不恼不怒的样子，对站立不肯坐下的易雄款款而语，“过去你跟随司马承反对我，相信你也是听信了那老谯王的蛊惑，你是一心想着皇上为着晋室，这与我清君侧的愿望其实一致，与虞悝、虞望那些地痞流氓是不一样的。我王敦佩服你的忠心，只不过跟随司马承是跟随错了，不管你过去怎样激烈，我王敦大度，俗话说宰相肚里好撑船，何况我确实已经是宰相，难道还容不下你吗？我不与你计较就是，只要你忠心服从于我，荣华富贵不在话下！”

易雄冷笑道：“好一个尖牙利齿的大将军，竟然说得如此动人！可惜动不了我易雄一颗忠君之心！想你王大将军，竟敢冒天下之大不韪，悍然发动战事，逼迫皇上，涂炭生灵，枉杀忠臣！远在建康的大臣们就不说了，单讲湘州吧：湘州乃晋室土地，皇上御使之国土，你为皇天之下一方驻守大臣，对朝政有看法有意见，尽可以臣子身份，奏请皇上，表达意见，以谏圣听，你身为臣子，哪来的权力擅自出兵东下建康，威胁皇上？又哪来的权力打击湘州之地残杀湘州军民？虞望一家，忠君爱国，你竟然残忍到将其全家杀害，这又是哪个给你的权力？更有甚者，谯王乃皇上叔父，朝廷所命之湘州刺史，你王敦又有什么资格与权力将其斩杀于半路之上?！所有这些，你不是反叛朝廷又是什么？肆意杀害朝廷命官，威逼皇上惊扰圣听，荼毒民众杀害无辜，你所有罪恶，罄竹难书！我易雄一家，从祖上起就是忠义传家，岂能认贼作父卖身求荣？！今日抗逆不成，被你抓住，就没有想到生还。皇上的恩情为谯王的恩义，我岂能忘却？要我投降于你，为你服务，以身后骂名赢得此身和家室富贵荣华，不是我易家家风！要杀要剐，随你之便！”

这一番话，令王敦几乎要跳了起来。但王敦强忍下怒气，暂时还不想发作。

“易先生，”王敦又一副礼贤下士的态势变换了一种口气，竟称他为先生了，“文人之行，就是如此，你想发泄就让你发泄一番吧！请你想清楚，不从于我，不仅你头颅不保，你之家族，大大小小都不得保命！”

易雄不禁打了一个冷噤，想到远在浏阳的五十余口家人，难道王敦也要斩尽杀绝？但既为晋室臣子，忠君忠义，我易雄是绝不会屈服的，就说：

“刀柄在你手中，那也只能随你之便了！”

“好一个冥顽不化的酸臭文人！”王敦终于动怒了，令人取出易雄于湘州抗逆之初为谯王撰写的《湘州军民讨伐王敦檄文》出来，严词正色地问：

“这是你之所为吧？”

易雄毫不避讳地说：“这确实为我所撰！可惜笔力不够，不能尽数你王敦罪恶，不能充分激起民愤！”

王敦终于恼羞成怒：“你这酸臭文人！竟敢如此辱骂于我，还敢狡辩不能充分激起民怒！湘州之所以以其荒僻之地简陋城池，抗我魏乂大军 103 天，就是你这狗屁檄文蛊惑大众，得以维持那么多天。你竟不知罪，真乃胆大妄为，不怕我即刻杀了你，进而再杀了你全家?!”

易雄正色道：“可惜我位卑力微，不能救国难，愧对皇上愧对谯王！今日得死于忠义，死得其所也！你休得多言，请即就死!”

王敦感到大为惊异，竟然碰上了这样一块硬石头。王敦生性残忍，但也是个豪爽硬气的人物，竟感觉易雄义正词严实在难得，这样的硬汉子能为自己所用，岂不更好？他还是想争取易雄就范。如能使易雄屈服，影响就大了！心想对那些仍在试图抵抗的文官武将，或许还是一种威慑、一种震动，他暂时还不想对易雄动手，反而命令参军甘昂，将易雄放了，却又暗地里交代甘昂，将易雄及其儿子随从一行，安排到一偏僻处住下，小心看守，软禁起来，看看是否还有争取的余地。王敦对易雄说：

“我王敦爱才，也佩服易先生的胆识。你如何骂我激我，我今日都不与你计较，你们一行，暂且随甘将军安排住下，好好想想我的话，待来日我们再谈吧！我就不相信，你会是一块顽石!”

4

易天腾一直在大将军府院子里行坐不安，他太了解父亲的脾气秉性了！李恒既然将其父亲松绑请进大将军府，似乎还很客气，但他知道父亲是不会低头屈服于与之战斗了三个多月的王敦的，那么父亲面临的结局就会很惨了！易天腾不能不十分担忧了。想到自己五个兄弟、两个姐妹，幸好作为老四的他此次能够一直跟随在父亲身边。大哥易天骥远在广州，在陶侃大人处担任参军，二哥易天骏也在建康温峤手下为官，大姐和小妹已经出嫁，夫家就在浏阳城里。如今的易家远不是易万年带着家人逃亡到达浏阳定居时的情景了，那时候家里就那么几口人，如今已经是五十多口人了，还不包括在外面的他们三兄弟，还有两个小兄弟留在浏阳西湖山下，照顾母亲耕种田亩。虽然随着晋室的相对安宁，家兴人旺了，但他在长沙失陷后目睹了虞悝、虞望一族几十口人丁惨遭屠戮的情景，他便不得不担忧自己一家的安危了！

然而，父亲的忠贞爱国之心，他是了解的，既然国破就不会吝惜家亡了！父亲此一去大将军府，只怕会凶多吉少！

但是易天腾感到十分震惊的是：桓雄主簿大人竟然不久就被打得皮开肉绽，被士兵扶了出来，而父亲竟安然无恙地从府衙里走出来了，那位梁州刺史甘卓的侄儿甘昂倒还有些谦恭地护送他们出来，上了一辆官车，甘昂还客气地请他和易雄以及原来谯王的一些随从和戴煜、宋成等几个跟着车子，走出了府衙操坪！

易天腾没有询问父亲，这种时候他也不敢询问，只是感到十分不解地跟着甘昂和官车走着。

甘昂带着一行人等往城西方向走去，到了珞珈山下了，竟然将他们安置在一官府馆舍里，而且以好饭好菜照护着这些人。只是明显地看出，这馆舍四周有士兵看守着，敢莫是把他们软禁起来了？

直到深夜，易天腾服侍将要就寝的父亲时，才和戴煜、宋成及几个原谯王的随从，挤进易雄单独住宿的房子里，大家都想知道王敦将要把易雄和他们这些人怎么处置。

一位谯王随从十分欣喜地对易雄说："恭喜将军！看来王敦不会惊扰将军了！"

戴煜也欣喜地说道："叔父应该是没事了！"

宋成跟着说："我们过几天可以陪同叔父回浏阳了！"

易天腾也问道："父亲，看来这是有惊无险了！或许王敦看到自己已经占据了石头城，皇上又任何他担任丞相了，不会对您对桓雄大人再动粗了吧？"

易雄苦笑了一声：“天腾！你们也太天真了！戴煜、宋成贤侄啊，恐怕我是很难随你们回得去了！你们看，桓雄大人有何过错？竟被他打得那样惨状，你们先好好服侍桓大人养好伤吧！以王敦那样的杀人如麻反叛朝廷的秉性，他能放过我吗？想我易家，历代忠良，今晋室被劫，皇上被王敦控制，不得已而暂时听从反贼，我易雄忠于君王，岂能为王敦贼子所容?!”

于是易雄将王敦见他时所说过的话，向儿子和随从们描述了一遍，然后说：“国之将倾，家复何在？我易雄岂能够卖身求荣献媚反贼？那怎么对得起惨死的谯王，怎么对得起远在建康都城的皇上，更对不起与我生死与共的虞家、周家兄弟和刘翼大人以及众多在长沙城垣战死的军士民众啊！我能为国而死，正是得其所哉！今日大家也都担惊受怕，一定累了，都休息去！走一步看一步吧！”

易天腾只好带领戴煜、宋成歇息在易雄外屋，他知道父亲这一晚断然不能入睡，他也会与他一样担忧着家中的亲人的。然后请原谯王的几个随从去照顾桓雄。

且说甘昂安排好部下小心看守易雄、桓雄一行人后回到王敦处复命，正值王敦的几位手下，包括军司、参军、曹官和谋士等都在王敦处议事，大家都觉得王敦怎么会对易雄、桓雄几个如此宽容？一参军感到不解，就问：

“大将军容禀：想那桓雄那般傲慢，易雄那般无礼，大将军您怎么能这般大度？”

甘昂也愤愤地说：“大将军太过宽容了！想那桓雄担任司马承主簿，与大将军作对时何等猖狂，兵败后竟又化装谯王随从死心塌地效忠那司马承，妄图蒙混而救出那谯王！易雄自虞望被我魏乂将军灭掉后，竟担任湘州司马指挥军事，损我多少将士？何况他俩都擅自糊涂檄文，一个在前，一个跟后，尤其那易雄文字毒辣影响很大，今日在堂上，还如此肆意谩骂于您，像此等贼人，岂可留之于世！”

王敦倒是显得十分大度地说：“我不是对他说过吗？文人无行，欺世盗名发泄发泄，就想我早早杀他，想留下个名声于世间，我便偏不如其之愿。再说，以我想来，易雄幼时以神童之誉，做到县吏再到湘州主簿及至别驾，颇有政声，据报在春陵县令任上还得清官之赞。这个人我得利用其名声，将其尽量拉入我之帐内，对四方官吏心之所向必有好处，所以暂时不必杀他，留着是有用的！至于桓雄，看其面相，傲然而不低俗，这种人与所谓长沙名士虞悝、虞望均为一路货色，倒是应该先行杀掉，以免后患！”

王敦这一番话，直说得众人点头称是，纷纷赞道：“大将军深谋远虑，我等不能识人！”

于是王敦交代甘昂，就于第二天夜间悄悄地将桓雄带出，表面上说是大将军有请说话，但易雄知道，这是桓雄的最后时刻了！于是对桓雄说：

“主簿大人珍重！你我同为晋室同助谯王，即便就死，也得千古之义了！”

桓雄自知此去再难回还了，挣扎着伤体抱拳告别：“易将军亦珍重，你我在地下相见吧！”

这一晚，桓雄竟被甘昂奉王敦之命残杀于珞珈山上。

接连几日，王敦都派手下人来馆舍劝导易雄，可是易雄一如既往，坚贞不屈，只说：“谢大将军美意！我易雄生是晋室人死为晋室鬼，不必多言不必劝解，能为忠义而死，得其所哉！”

一再拒绝王敦招安之后，易雄知道最后的时刻即将来临了。但那几位谯王随从看到众多王敦手下都来劝降，觉得易雄是不会被害的了，都觉得庆幸，一个个挤进易雄住屋祝贺他。

易雄笑道：“诸位好心，我谨领了！昨夜我做了一梦，梦见王敦召我，让我坐上一辆豪华的车子，车旁边却挂着一块肉。大家想想，有肉必有筋。筋斤相通，斤者，斤斧也！车旁有肉筋之陈，我能不被屠戮吗？我易雄之死只是这早晚的事了！”

于是易雄将儿子易天腾和戴煜、宋成叫进房间，十分秘密地对他们仨说：

“看来我的死期也就是这几天的事了！你们仨要想办法赶快逃离此地，尽快回到浏阳去！天腾你要告诉你母亲，就说我易雄对不起她，也对不起家中亲人，公私不能兼顾，忠孝不能两全。我估计我死之后，王敦不会放过我的家人，我这样坚定效忠晋室，王敦一定会十分恼怒，会将我易雄一家斩尽杀绝的！幸好你大哥在陶侃大人处，你二哥也在温峤大人处，可得幸免。你得尽快回去，带领你母亲和全数家人赶快逃离浏阳，家中一切都不要去管了，尽量将家人留下！王敦倒行逆施，不久就会有被灭的一日。到时候，晋室中兴，皇上重新掌权，我们易家人自有回还家中的一日。只是你们得十分秘密，要赶在王敦贼人赶往浏阳残害我易家一族之前赶快躲避逃亡！事不宜迟，你们赶快准备吧！”

“我们不能都逃走，总得留下一人在此照顾父亲您吧！”易天腾连连摇头。

“这样吧，”宋成说道，“天腾你必须回去，家里那么多人需要照管呢，你与戴煜表哥想法逃回去，我留下来照顾叔父。”

“也好！”易雄以不容商讨的口气决定：“就按你宋成表哥的话做。成儿做事麻利，就让他留下来给我收拾尸骨安排后事吧！”

易天腾知道父亲脾性和坚强意志，也不多说什么了，几个人抱着易雄悄悄痛哭一场后，易天腾就与戴煜趁夜色，在宋成的掩护下，悄悄地躲过了看守的士兵，竟然从珞珈山后逃出了武昌！

当王敦听到那些劝导易雄的官员回来报告说易雄拒不投降于他之

后，十分恼怒，于是对属下说：

“可恨这易雄不识抬举，真真是司马承死党！既然如此，还有留存的必要吗？今日看来，不杀不足以泄我心中之恨！甘昂，你去馆舍就地将他斩了！”

甘昂领命，来到易雄住地，笑着对易雄说：“易将军好不识抬举！今日奉王敦大丞相令，要送你回老家了！”

易雄正气凛然地走出馆舍，笑向天穹呼喊道：

“晋皇陛下，我易雄不能再尽忠义了！谯王，您之知遇恩惠，我无以为报，现在来跟随您了，只是来得有些迟了！”

甘昂将易雄秘密带往珞珈山上，易雄面朝东方，跪拜下去，呼喊道：“皇恩浩荡，唯愿我皇扫荡王敦反贼，还我晋国山河清明吧！”

这一夜，易雄喋血于武昌珞珈山上。宋成和几个原谯王随从，只得趁夜将其遗体暂厝于山下鸿源寺中。

5

易天腾与戴煜日夜兼程，风餐露宿。几天后，就到达长沙东郊，实在太累了，两人准备在东郊一客栈休息一晚后，明天再急速赶回浏阳去。

正在昏昏沉沉将欲睡去时，只听得一阵大门敲击的声音，并且伴有马蹄嘚嘚声。易天腾警觉，赶忙从住房的窗户间往客栈院子里窥望。只见一队人马闯进院子，易天腾吓了一跳，敢莫是来抓我们的吗？他向戴煜使了个眼色，两人就准备跳窗逃跑。

闯进院子里的人马有三十来个，为首的军官正是那连鬓胡须凶神恶煞般的甘昂！只听甘昂大呼小叫道：

“店家！店家滚出来！给爷爷安排房间！”

那店主本来已经打算就寝了，听到这一班来人，知道是一帮惹不起的军爷，连忙披衣起来，笑着打招呼：

“军爷要住店吗？正好还有几间空房，我这立即就安排妥当。”

“有好酒好菜先给我送些来！我那些军士也要安排些饭食。”只听见甘昂指示着。

那连鬓胡子黑大汉甘昂不久就被领进了易天腾两人的隔壁房间，易天腾示意戴煜暂时不要乱动，且看那些人说些什么。

一会儿，隔壁房里集聚了四个人，肯定是一些下级军官，店家送来了酒菜，那房间里就热闹起来了，吆五喝六吃得快活。因为客栈里的墙壁是木板隔开的板壁，所以易天腾两人从板壁缝隙里，将里面的军官们看得清清楚楚。

“参军大人！”一个高个子的对甘昂献媚般地说，“这一趟千里出差，参军大人辛苦了，相信回去后大将军是一定要奖赏您的！”

“那还用说！”一个矮墩墩的举起杯来也对甘昂说道，“武昌到浏阳，可真是千里迢迢哪！还不让我们去见魏乂大人，很秘密的啊！”

“如能进长沙城里待上几天，也好去妓院里玩玩哪！”一个年轻的俏皮地说着。

甘昂斥责道：“哪能想着玩呢！王大将军交给的可是重大任务呢！待抓住了那一家人，我再带你们在那浏阳玩一天！”

“那敢情好！”那年轻的笑道，“谢参军大人，我们敬你一杯！”

易天腾猛听得他们说避开长沙避开魏乂去浏阳，先自吃了一惊：这些家伙既然是从武昌来的，又是王敦命他们来的，肯定不是为追赶他易天腾两个赶来的，但听其说抓住一家人的话，易天腾马上就想到了这些人肯定是为他们易家来的！这么说，父亲已经遇难了？

“那易雄真是个死硬的家伙！”甘昂酒醉迷糊地叹息道，“放着高官厚禄不要，自己丢了小命也就罢了！这不，连一家人都得跟着去见阎王了!”

“不过那易雄也算条汉子!”高个子说，“我是跟着甘大人您去馆舍执行那易雄的死刑的，那家伙连眼皮都不眨一下呢！临死了还奢谈什么为晋室为皇上死啊是此生之愿呢，真不懂得那谯王哪来那么大力量，竟将这些手下调教得如此死心塌地的!”

听到这些，易天腾只觉得眼前一黑，几乎要倒下地去，幸好戴煜抱住了他，才没有失态。易天腾强自镇定，强忍住将要夺眶而出的眼泪，甚至差不多要哭出声来，但他毕竟忍住了。他记起了父亲临别时的话语，知道这些家伙是王敦派去浏阳灭其一族的，他不能迟疑，他不能休息，他得在这些家伙明天到达之前赶回浏阳家中。他轻轻地对戴煜耳语了几句，就悄悄地收拾一下，急如星火地等待那些人吃饱喝足一个个东倒西歪睡去以后，他们俩便越出窗户，消失在茫茫夜色之中。

易天腾策马飞奔紧赶慢赶，终于在天亮之前赶回了浏阳家里，见母亲潘青梅已经起来打开大门了。潘青梅也已 55 岁了，由于家事操劳，其实也已经显出老态来了。易雄夫人见儿子易天腾和戴煜风尘仆仆飞奔到家，就已经猜到什么事了，忍住眼泪问儿子：

“怎么，你父亲……?”

“父亲……!”易天腾扶着母亲坐到堂屋的椅子上，急急地将武昌馆舍里父亲交代的话向母亲复述了一遍，然后又将昨晚在长沙东郊旅社里遇见的那帮人的行径简单描述了一番，然后对潘青梅说：

“母亲，事不宜迟！得赶快将家里所有的人都叫起来，迅速躲进西湖山里去，或许还可寻得全家人一条活路!”

潘青梅沉吟了片刻，竟无比镇静地对儿子说：“儿啊！这西湖山也只能躲个一时半刻呢！如今魏乂占据了湘州，浏阳县令也换上了他王敦的人了！这些天一直有人在我们家四周监视，县令还三番五次着人来家里清查，现在这里也全是王敦的人控制着了，即使他不派人来残害我们一家，就是在这浏阳县里，我们一家也躲不过去的！儿啊，既然你父亲大义凛然为国而去，我们全家也只有跟着你父亲为国殉节了！与其被他们刀砍斧剁，不如我们自己以死而赴国难！”

易天腾不觉泪流满面，对母亲说，“父亲交代我逃出馆舍，千里迢迢赶了回来，就是想挽救全家 50 余口呢！母亲这样打算，虽然大义深明，可怜我易氏一家从魏朝开始至今，好不容易才有此安定的生活，发展到 50 余口人丁，如此全体共赴死难，我实实不甘心哪！”

“没有别的办法了！”潘青梅斩钉截铁地说，“那好吧，在那些杀我全家的歹徒尚未到达之前，我们赶快躲入西湖山里吧！只怕是能躲得了一时，躲不过半日呢！你们能够留得下一个两个，也不断了我浏阳易氏之血脉吧！即使我们这里全家死节，幸好还有你大哥、二哥在外面，亦可得延续易家香火！”

于是，易天腾与母亲潘青梅立即将家中儿孙等 50 余口人，带上了西湖山，躲进了深林之中。

但是他们没能躲过也不能逃出魔掌。王敦派来灭族的兵士在那参军甘卓的引领下，下午就到达了易家，因为扑了一个空，那参军恼羞成怒，大发雷霆，下令立即烧毁了易家的屋子，大火延及戴家和宋家的房子，也一并烧着了。甘卓找到县令，传达了王敦大将军、大丞相的命令，将县衙的护兵全数顶上，将西湖山围个水泄不通，为了将躲进山里的易家人逼出山来，就四面放起火来，一时间山火随着风势蔓延开来，潘青梅与儿子易天腾无法可想，只得顺着山势，退到了靠近浏阳河的樟树潭一角山嘴上。

易雄夫人对儿孙们说：“我们是没有活路了！这样也好，与其死在王敦的刀斧之下，不如我们自己死个清白！你们的父亲、祖父已在武昌就义，为忠为义已获千古声名，我们是忠义之家，岂能苟活于这豺狼当道之世?！我是决心随你们的父亲、祖父去的了！你们能够活得下来更好，如能学你们的父亲、祖父，就和我一起跳进这樟树潭吧！也留得个清白身子不受贼人侮辱！”

下面就是浏阳河深深的樟树潭，碧波荡漾深不可测。潘夫人对着深深的河水，悲愤地哭道：

“夫君！妻子无能，不能为你保住易家血脉，看来在劫难逃，只能随你为国殉节了！”

易雄夫人潘青梅在极其悲愤中纵身一跳，就堕入了深深的樟树潭里。

紧接着，易雄留在浏阳的50余口家人，就都随着他夫人一个个跳入了滚滚的浏阳河里，深深的樟树潭竟吞没了50余忠义之魂！

6

王敦既已得到丞相名号且又稳定了后方，就更加肆无忌惮了。于是专擅朝政，改易百官，几乎所有州牧都出自他的指令。并且重用沈充、诸葛瑶、邓岳、周抚、魏乂等心腹，以钱凤为其主要谋士。命沈充为大都督，总领东吴军事。晋元帝成了名义上的皇帝，政令不能出其宫门，皇帝手中没有了实际的权力。此时，北伐已成空文。平西将军祖约本是祖逖弟弟，但却无能，北伐之战累败，以致失去了淮、汉以北，黄河以南的大片国土，军队只好退守寿春。

内忧外患的晋元帝一气之下，竟至病倒了！永昌元年闰十一月己丑日，在病势加重之时，晋元帝召王导等商议，元帝独对王导说：

“我自为琅琊王之时遇到爱卿，不幸如今病重，谅难以逃过天命了！朕闻神尧以一旅取天下，而朕不能以天下讨羯胡而雪二帝之耻，此朕之所恨也，朕无颜见先帝于地下矣！幸有太子笃厚恭谨，可任大事。望卿等善加辅佐，各尽忠义吧！务图灭胡，复我晋室土地！”但当他一想到王敦的拥兵自重专权妄为，又不禁十分痛苦，以致苦不能言，大叫数声，吐血数斗，终于气绝而亡。

元帝既崩，王导等即立元帝之子司马绍即位，是为明帝。王敦见明帝新立，欺负他年少，就想夺其皇帝位。与谋士钱凤商议，说：

“去岁下京都，我就要成大事了，可恨甘卓与司马承扰乱我后方，使我不得遂志。今晋皇初立，我欲取而代之，未知可否？”

钱凤迫不及待地击掌说：“江东基业本是您王公一家所创，所谓‘王与马，共天下’，王在前而马在后。今司马睿已死，本应禅位于王公您哪，何来拥戴司马绍即位？王公您今拥有长江上下，百官皆出公门，已经后顾无忧，此时不行禅位大事更待何时？”

王敦大喜过望，就请钱凤为之设计篡谋大计，钱凤说：“只需向明帝上表，让其下诏，召王公您入朝，皇室必不敢违逆，公可趁机将军队移驻姑苏城，姑苏与京城乃咫尺之遥，明公即可就势行废立之大事。”

于是王敦率大军进驻姑苏。

晋明帝司马绍早已对王敦行事十分痛恨，苦于王敦拥兵在外，无以为计，接到王敦表章后，明帝决定将计就计，下诏王敦可以进入皇城，则好待机将其擒获。王敦又上表安插自己的王氏族人和亲信：以王导为司徒，王含为征东大将军，王舒为荆州刺史，王彬为江州刺史，自己领扬州刺史，以加强宗族势力，明帝都一一答应。

钱凤又给王敦出主意道：“温峤这人颇有谋略，不能让他老待在皇帝身边，应该让他来做您的司马。斩断那司马绍之一臂！”

于是王敦又上表征温峤为其左司马，明帝又答应，私下对温峤说：“我正欲有一人进入王敦军中，今他来征你去，你凡事小心。”

温峤说：“皇上放心，我自会注意。”

温峤带着易雄的二儿子易天骏到了王敦军中以后，没有说那是易雄的儿子，而是向王敦说是自己的义子，本姓刘，来自北方，推荐他做了王敦的书吏，让他随时掌握王敦的动向。易天骏自此小心谨慎，但每每看到杀害自己父亲的凶手时，总禁不住眼里冒火。温峤告诫他，千万不能露出半点破绽，因而他强压住心中的愤懑和苦痛，随时将掌握的王敦部署悄悄告知温峤。温峤则处处依从王敦，且为王敦出谋划策，慢慢地得到王敦的信任，易天骏也处处表现出对王敦的恭谨，只是到了夜间才掩面偷偷哭泣，但他知道，必须以最大的毅力压抑自己，温大人交给他的任务是一刻也不能忘的，他得利用做书吏的便利，掌握王敦的许多部署信息。这样，温峤与易天骏在王敦手下，就如插入其中的两颗大小钉子，使得王敦的一切部署都在他们的掌控之中了。

温峤又特别注意结交王敦的亲信钱凤，慢慢地两人似为莫逆。在王敦军中许多日子后，温峤通过易天骏也就逐步摸清了王敦的所有部署与安排，但如何向明帝报告，以对王敦采取措施呢？这是个十分棘手的问题。

碰巧丹阳尹职位空缺，王敦就与钱凤、温峤商议派谁能够胜任？温峤发现机会来了，他知道钱凤是不能须臾离开王敦的，故意推荐钱凤可当此任，钱凤以为温峤美意，反而极力推荐温峤。王敦说：

“两位都是我心腹之人，而钱凤则一直为我谋划，暂时不能离开，我看丹阳尹也是重要职位，那就请温太真（温峤字）屈就吧！”

没想到王敦与钱凤都已中计，于是温峤假意推辞数次之后，接受了任命，不过他假说需要一个能干的书吏，因此提出要带那假装姓刘的书吏，其实是易天骏一道离开，因为他不能让易雄的儿子再在王敦处了，否则迟早会露出马脚的。

王敦说：“这个容易，那刘书吏本就是你带来的，你要用，就由你带走吧！”

于是温峤带着易天骏急忙赶往丹阳上任。王敦竟然将温峤送出军营。待王敦回营时钱凤突然醒悟，连忙向王敦说：“我等皆中温峤之计了！温峤与朝廷关系密切，他为什么独独要带走那刘姓书吏？我们的部署他们两个是全数知悉的，其中恐怕有诈！明公宜速速派骑兵追回来，温峤是不可离开的！”

王敦此时对温峤已经深信不疑，对钱凤的话不以为然：“你过虑了！温峤对我已属亲随了，那刘姓书吏只不过做些书案小事，能有什么问题？你都快成惊弓之鸟了！”

温峤回到京城，立即向明帝汇报王敦军营的一切动作，王敦的所有叛逆夺位之计尽被明帝掌握。于是明帝当机立断，部署反击王敦之战。为分裂王氏家族，故意命王导为大都督、领扬州刺史；又命温峤都督北部军事，实际掌握并指挥着国家军队，应詹、郗鉴、庾亮、卞壶为皇城各处都督，下诏征召各处太守苏峻、王邃、祖约、陶瞻及刘遐等率兵入卫京城。外地早有广州刺史陶侃等全国各地勤王之师应声而起，王敦没想到自己竟然陷入严重对抗之中，而且有人向钱凤报告说，那所谓刘姓书吏，其实是被王敦于武昌杀掉的易雄的二儿子！

钱凤连连捶胸顿足：“失误！失误！我钱凤瞎眼失误了！竟让这样一个人做了丞相的书吏！”

听钱凤这么一说，王敦此时才对温峤恨得牙齿痒痒，大呼道：

“想我英明一世，竟被温峤小儿所欺！我当活捉他，寝其皮食其肉！”

人算不如天算，真是天不助其邪恶。恰在此时，王敦却身犯重病，不能行动。只好命其弟王含为大元帅，以攻击晋明帝司马绍。王含无能，迅速败在温峤等手中，王敦的病势日益加重，竟随之含恨死去！

王含既败，只好和儿子逃到荆州刺史王舒处，王舒假意热情接待，将其父子灌醉杀了，转向明帝邀功请赏；钱凤逃到阖泸州又被周光杀掉，亦献其首级于京师；而王敦的另一死党沈充在兵败后只身逃亡，竟然迷了路，误入其过去的部下吴儒家，吴儒将沈充引入重壁之中，也将其杀了，献首级于京师。所有王敦部下死党此时已群龙无首，四散逃窜。曾经轰轰烈烈、威震一时的王敦叛乱至此便结束了！

尾声　身后辉煌

王敦叛乱平定之后，易雄的两个儿子易天骥和易天骏分别从陶侃军中和温峤军中赶到武昌，与一直留守在武昌看护易雄遗体的宋成会合，沿水路将易雄的遗体运回浏阳去。

一路上，易天骥、易天骏两兄弟禁不住日日以泪洗面，在船上每日装香上供，许多天后，才沿着湘江进入浏阳河，船到了西湖山下樟树潭。

岸上，已经闻信的浏阳民众成千上万，集聚在岸边，等待易雄的遗体回乡。

当初，易雄夫人率全家50余口被逼无奈跳入樟树潭后，直到第二天，才由戴煜组织民众，将50余具大小遗体打捞上来。戴家和宋家虽然没有人罹难，但房子已经烧毁，他们不顾自身，全力安埋易氏忠烈一家。彼时，浏阳县里还是王敦派来的县令，湘州又还在魏乂统治之下。他们不能大张旗鼓举办丧事，只得请乡人将50余具遗体草草埋葬在西湖山下原易家段上面。当戴煜看到那50余具尸体时，怎么也忍不住眼泪，尤其是看到前一天还和自己千里奔回的易天腾的遗体时，就扑在他的这位表兄弟的遗体上痛哭不止。没有办法，戴家和宋家所有的人，都沉浸在无比的悲痛之中。

现在，易雄的遗体又在其两个儿子的护送下回到西湖山。几家人和新派来的县令商量，准备隆重安葬易雄夫妇，但葬到哪里去呢？

一时半会儿还真不好抉择。

恰好此时易雄的几位好友，那“浏阳四公子”中的王宕、孔正明和欧阳剑都赶回来了。他们都在外面做过官，王宕还是陶侃将军的手下，欧阳剑也在温峤那里，所以那浏阳县令就将他们接进了县府，谈及对易雄的安葬地时，三个人一致说到澄冲的蜈蚣岭，当年去给恩师潘繁豫做寿时，他们上蜈蚣岭玩耍，易雄就曾说过那是死后最好的安葬地。

既然易雄年轻时就有过这样的话，县令当时就对易天骥和易天骏说：“我们还是送易将军安息在澄冲蜈蚣岭吧！”

王宕还说：“那蜈蚣岭上还有个将军洞呢，我看送易大人安葬在那‘将军洞’最为合适！”

易雄的葬礼是十分隆重的，从西湖山往澄冲的三十多里路上，人们肃立两旁，送这位名重一时的英雄归山。易家仅存的两个儿子又将母亲的遗骨起出来，与易雄一道合葬在澄冲蜈蚣岭上的将军洞，那是一场轰动浏阳也为浏阳记忆1700余年的葬礼和一处夫妇合葬墓地了！

当时，王敦之乱既平，明帝即下诏封赏所有勤王者，尤其是追封已经死难的谯王司马承、戴渊、周凯等大臣，对坚持103天的湘州将士虞悝、虞望、周该、周畸、刘翼等死难者均深加追奖，尤其对易雄给予了至高的荣誉：追封为“靖节”，敕令建祠于易雄故居，号为宜阳，作为四时八节的祭祀之地。

易雄以其忠义忠烈赢得了历代的尊崇。他就义1000多年后的元代，元代皇帝敕令封易雄为忠愍侯；到明代，更尊为宜阳别驾之神。

墓地上，一副对联充分赞颂了这位浏阳历史上最早的英雄，联曰：

一点丹心当年鄂渚成忠魂

千秋正气今日宜阳作正神

易雄已经被尊崇为一位忠义之神了！就像三国时期的关云长一样，成了一位神明被人们敬奉着了！

至清代，易雄夫妻的合葬墓地，被皇家保护，那英雄的墓地之庄严肃穆，直至今天。

易雄的精神影响了他的后代，历代出现的易氏著名人物就不胜枚举了！

一代英杰千古楷模易雄，以其忠贞人格、忠义之血在历史的天空中闪耀出了灿烂的光彩，为浏阳这块神奇的土地添上极为光辉的一笔！

跋

虔敬与沉思：寻找安放灵魂的一种方式
——读彭天翼先生历史传记小说《东晋名将易雄》

张传福

所谓文明史，也是治乱史。历史的舞台，不仅有“你方唱罢我登场”的热闹，更有诛九族的惨烈！在史册的缝隙和尘埃里，寻觅那些往事已经模糊、灵魂依然鲜活的面容，再现王朝的兴废裹挟人的命运；或者，用人的命运折射王朝的命运——这应该是《东晋名将易雄》历史叙事的自觉追求。

倘能远离浮世喧哗，静夜展读，不难感受到作者叙述易雄将军及其满门忠烈时的虔敬与沉思。作者似乎在努力寻找一种安放先贤英烈灵魂的方式，并让灵魂在娓娓的讲述中获得重生。

一、彰显大一统，倾情铸忠魂

小说以史实为依据，用易氏三代人命运的时空跨度，经纬故事，塑造形象，讲述历史的沧桑和人的命途多舛。小说将人物的命运置于“八王之乱”、张昌之乱、王敦叛乱、湘州抗逆等大的历史事件背景之下进行叙述，具有大开大合的艺术张力。作者以饱蘸热情的笔触，塑造了易雄这位治世能为百姓谋福祉、乱世能积极勤王平叛的忠臣良将光辉形象。

东晋的建立，是司马睿倚仗琅琊王氏等拥立而成的；王氏兄弟专擅朝政便成必然，“王与马，共天下。”便是生动写照。短暂的太平并没有使东晋更加强大。东晋的威胁一是来自北方，二是来自琅琊王氏集团。

小说用了两章约四分之一的内容叙述易雄作为“父母官”的经历，用了近一半篇幅叙述自晋元帝司马睿至晋明帝司马绍的东晋社会动荡。如“湘州抗逆”中易雄为刺史司马承撰写勤王的檄文，可谓句句铿锵，其才气和胆气的背后是坚定的忠君思想：

> 我大晋民人，历经三国战乱百余载，渴望休养生息，幸得武帝英明，创“太康之治”；元帝神武，立大晋之本。正官民竭力同心北伐复统之际，王敦贼子竟欲坏我大晋神器，狼子野心，昭然欲揭！
>
> ……
>
> 吾意坚决，务战王敦，尽忠报国，保护皇上，即死无憾！凡我湘州郡县，各界军民人等，望檄文到达之时，即行起兵勤王，齐聚府治，与王敦叛逆决一死战，不获全胜，决不收兵！旌旗到处，鼓钹齐鸣，誓将反贼擒之于帐下！
>
> 试看今日之域中，竟是谁家之天下?!

小说第六章这部分内容信息密度尤其大，体量也大。变幻莫测的场景激荡着历史的风云。尤其是王敦叛乱以“清君侧”名义起兵，大军很快抵达建康、占据石头城一节，写得逼真而令人扼腕叹息：刘隗已逃亡赵，刁协在逃亡中被手下砍死；晋元帝妥协，加封王敦为丞相；戴渊和周凯两人同时被王敦迫害，实为惊心动魄！

小说浓墨重彩叙述的“湘州抗逆”，本来就是勤王的重要组成部分（王敦一面直逼建康，一面派魏乂、李恒攻打长沙）。由于寡不敌众，长沙城最终沦陷。司马承、易雄被押解到武昌，不屈被害；虞悝、虞望兄弟及全家大小被害，周该、周畸被害，死守长沙城的无数军民被害……保卫战极其惨烈。

小说第八章“喋血武昌”中易雄面对魏乂劝降的慷慨陈词，充满浩然之气：

……

易雄冷笑道：“魏乂将军真真‘好意’，竟然肯青睐我小小一舂陵县令易雄！想我易氏一族，从始祖在易水发达以来，至我祖父承球老大人，敢于在曹丕篡汉称帝时主持正义，血洒许昌，赢得世人敬佩。我易雄一家，跟随祖母颠沛流离，幸得晋室统一全国经历太康之治，民众得以休养生息。却不料北土沦陷，晋室振兴江南，又遇王敦逆贼，为一己私利，掀起战事，荼毒人民。我易氏乃忠贞之族，岂会与你等逆贼为伍?!保我湘州保我谯王保我晋室，乃易雄职责，何惧七尺身躯抛掷乡野?!士可杀不可辱，死则死耳，岂可卖身求荣！

怒对张昌以及湘州抗逆被俘，易雄慷慨赴死的内容，《晋书·列传》忠义《易雄》篇中已有记载：

张昌治乱也，执太守万嗣，将斩之，雄与贼争论曲直。贼怒，叱使牵雄斩之，雄趋出自若。贼又呼问之，雄对如初。如此者三，贼乃舍之。嗣由是获免，雄遂知名。……送到武昌，敦遣人以檄示雄而数之，雄曰：“此实有之，惜雄位微力弱，不能救国难。王室如毁，雄安用生为！今日即戮，得做忠鬼，乃所愿也。”……寻而敦遣人潜杀之。当时见者，莫不伤惋。[1]

易雄的忠君思想，其文化渊源便是“孝悌、忠信、礼义、廉耻”儒家文化的影响，其直接来源应是其祖易承球。

易氏祖孙的忠君思想，本质上是“大一统”观念起支配作用，都是为了维护大一统的皇权；而讴歌抗逆和平叛斗争，就是要彰显“大一统”的历史观和英雄观，为英雄招魂。

二、嗟尔万古贤，世代长相忆

祖父毕竟是下级官僚，到父亲易万年一代，门衰祚薄。易雄虽是读书人出身，俨然庶族。他“因习律令及施行故事”为州里所称，后步入仕途，但忠君而爱民。史实有载：

> 易雄字兴长，长沙浏阳人也。少为县吏，自念卑贱，无由自达，乃脱帻挂县门而去。因习律令及施行故事，结交豪右，州里稍称之。仕郡，为主簿。……举孝廉，为州主簿，迁别驾。[2]

为刻画好县令李绛、书吏易雄等爱民好官形象，小说设置了如下情节：易雄积极配合李绛新建浏阳县城；配合李绛指挥抗洪救灾，以及支持李绛冒着触犯“王法”的危险开仓赈灾等重要情节……这些无疑是形象成长的重要起点。而易雄担任“春陵县令”，其爱民情感，更是得到了充分体现。作者怀揣古仁人之心，使用了代入感很强的语言，刻画这位胸有大格局的父母官：

---

① 房玄龄：《晋书》卷八十九，列传第五十九，北京：中华书局2000年版。

② 房玄龄：《晋书》卷八十九，列传第五十九，北京：中华书局2000年版。

"回乡也已几年了……他总是怀念万嗣，想起自己在担任湘州别驾时的情景……对经历一百余年得到的晋之统一局面以及在这个朝代中人民相对的休养生息状态，是十分赞赏的，尽管如今只有半壁江山，但他不希望这个难得的政治局面发生大的变故。"

湘州新刺史谯王司马承重新起用他，并没有恢复他别驾的职务，只让他前去充任春陵县令，他也干得很努力。妥善处理乡民因争夺灌溉水源发生的群体性械斗事件，在刘家祠堂"现场办公"的情节，堪称妙想；为促进刘姓与柏姓两家心悦诚服永远和好，易雄提醒刘家族长破费招待柏家寨来的客人，更是神来之笔：

"刘家族长，本县带着柏家寨的客人初来贵地，你刘家不要破费破费招待招待我们？"

……

"只招待我县上的人等吗？你之近邻柏家寨来的可都是本县的客人啊！"

于是，刘畅立即安排人在祠堂准备午饭酒肉，易雄要的就是这个气氛，他正想趁机将世仇多年的两家拢到一块，趁喝酒吃饭的当口，他还要筹划更加深远的大事呢！

用民间的方式，即把世仇多年的两家拢到一块吃饭喝酒，冰释前嫌，起到了对簿公堂无法起到的作用；趁喝酒吃饭的当口，发起刘、柏两大家族通力合作修筑了水库的倡议，从根本上解决了争抢水源灌溉这一问题；主持修建舜帝庙，以永久纪念人文始祖，凝聚人心……这些父母官的大小事情，无疑都是易雄的大手笔。小说从安民和化民等方面立体地刻画了贤者易雄。嗟尔古贤，跃然纸上。

三、贤者爱羽毛，君子重气节

早年间，浏阳名儒潘繁豫对易雄这位义子兼女婿，进行长期而系统的儒家文化培养与熏陶，并把他锻造成一名知进退而有担当的君子。

《晋书》记载了易雄的两次辞职（一次是“自念卑贱，无由自达”而辞职归田；一次是“自以门寒，不宜久处上纲”而辞职归田）。小说利用这一史实，进一步丰富了易雄的精神内核。不仅揭示了门阀制度的腐朽，而且表现了他不愿与县令王申、刺史沈铸同流合污，彰显了易雄爱惜羽毛的正直君子本色。

孔子认为蘧伯玉是个君子：“君子哉蘧伯玉！邦有道，则仕；邦无道，则可卷而怀之。”[①] 国家有道，他就出来做官；国家无道，他就把自己的才能收藏起来。也就是说，懂得进退，方称贤者。有观点认为：“学者有三证，必有一要。三证，取予、去就、死生。一要，诚善是也。”所谓“去就”（仕隐），其实就是出处、仕隐，是学者必须面对的三个艰难选择之一。[②]

面对贪腐官僚，两次不愿意同流合污，毅然选择辞职归田，可见其出处去就；面对叛将魏乂的劝降，誓死不愿意合作，可见其取予立场；城陷失守，面对死生毅然英勇赴死，则为死生之要。

史实对易雄的“三个选择”，可谓惜墨如金。小说刻画易雄的“三个选择”，可谓浓墨重彩，散发出耀眼光芒。

吕思勉先生肯定“士大夫而多有猷、有为、有守……”[③] 却看不

---

① 陈宝良：《明代士大夫的精神世界》，北京：北京师范大学出版社 2017 年版。

② 陈宝良：《明代士大夫的精神世界》，北京：北京师范大学出版社 2017 年版。

③ 吕思勉：《两晋南北朝史·上》，上海：上海古籍出版社 2020 年版。

起东晋名士："东晋名士，看似前仆后继，忠于王室，实多动于好名之私，挟一忠君之念耳。此等忠君之念，沿自列国并列之时，不能为一统之益，而时或转为其累。"①

与东晋名流或"率图苟安而怠恢复"（"如蔡谟之沮庾亮"），或"不恤为裂冠毁冕之行"（"如王敦、桓温之称兵"）② 比较，易雄作为忠臣的后代或代表，却是时代的另类。作者发现了"这一个"易雄，为之立传，弘扬其"忠义"，彰显"大一统"史观，合乎时宜而警示人心，这应是作品重要意义之所在。

四、忧思接千载，悲剧多慷慨

读罢全书，我感到了作者有一种深长的忧思。这种忧思的直接现实就是小说的悲剧意义。那么采取什么样的叙事策略来演绎这种悲剧呢？作者头脑里闪现了"伦理叙事"这一概念。

有研究者指出："叙事伦理……它总体体现为小说'伦理叙事'中的叙事目的、叙事原则、叙事规约性和叙事文化立场选择等。它和小说主题学之间具有密切的指涉关系……叙事伦理在'伦理叙事'中构建自身和彰显自身，是对'怎样进行叙事'和'为什么如此叙事'的阐释和评价……"③

看似写实的朴实叙事，其实是羚羊挂角，匠心独运的。

（一）逆向叙事

触动作者创作《东晋名将易雄》是作者所见清代道光年间（1821）重修易雄夫妇合葬墓墙上书刻"一门靖节死作国殇，生为人杰百代流芳"这两句话。据《县志》记载，这"一门靖节"讲述的

---

① 吕思勉：《两晋南北朝史·上》，上海：上海古籍出版社 2020 年版。
② 吕思勉：《两晋南北朝史·上》，上海：上海古籍出版社 2020 年版。
③ 张文红：《伦理叙事与叙事伦理》，北京：社会科学出版社 2006 年版。

其实是“易雄的妻子潘夫人带着50余家人全数投入浏阳河深深的樟树潭里，全部跟随易雄将军以身殉国的壮举”。“我不禁深深被古人那种以死相拼、以死谢恩的大节大义所感动!”作者这种通过从悲剧结局去推想过程，还原历史的叙事，权且称之为逆向叙事。这种广泛运用于传记文学创作的“逆向叙事”，它的逻辑大前提是：事实为“真”；而造成此种结局的过程可以有若干种可能，但这于结论的“真”无妨。一言以蔽之，传记文学只要把握好历史人物形象的定位(如英雄圣贤、逆臣贰子、奸佞小人等)，合理想象事件发生发展变化的过程，塑造艺术形象，是完全符合艺术真实创作法则的。

作者的“逆向叙事”策略，不仅体现在小说整体的构思上，也体现在局部的叙述上。如小说的开篇，作家就采用倒叙来叙事：描写易雄妻子潘夫人带领全家50余口殉难（结局）的情景。从第二章开始，作者用充满热情的语言，叙述易雄这位“西山神童”的励志故事，这才是真正时间意义上的开始，那是易雄祖辈第一次成功大逃亡以后，定居湘州郡浏阳县的事情。

（二）伦理叙事

伦理叙事作为传记小说叙事的常见形式，已经具有比较成熟的概念体系。传记小说，它的非虚构叙事和虚构叙事特点都是服务于“真实”的结果。这里真实应该是“本真”（本来如此）和“艺术真实”（应该如此）的集中体现，是历史与现实与理想的统一。作家对历史的伦理叙事，意在证明“一切历史都是当代史”。

作为伦理叙事，《东晋名将易雄》全书八章每一章节内容都是伦理叙事，因为集中起来就是为了塑造一位“进退有据、忠君爱民、杀身成仁”的充满道德伦理的光辉形象。“在中国文化体系中……‘士’传统与‘忠君爱国’‘杀身成仁’和‘士为知己者死’等伦理的价值规约共通，具有鲜明的伦理要义色彩。”①

把易雄刻画成“忠义”的形象，与其说是伦理叙事的需要，毋宁说是还原英雄传奇的必然要求。

忽然想起林觉民《与妻书》的句子，顿感英雄的铁血柔情，也是支撑信念的砥柱：

> ……
>
> 吾爱汝至，所以为汝谋者惟恐未尽。汝幸而偶我，又何不幸而生今日中国！吾幸而得汝，又何不幸而生今日之中国！卒不忍独善其身。嗟夫！巾短情长，所未尽者，尚有万千，汝可以模拟得之。吾今不能见汝矣！汝不能舍吾，其时时于梦中得我乎？一恸……②

“无情未必真豪杰，怜子如何不丈夫。”铁血与柔情岂止是文学的一种浪漫；感人心者莫先乎情！人伦之情，崇高与平凡、喜乐与悲苦，或许就是伦理叙事的灵魂。文学史实表明：英雄传奇其实往往就是英雄悲剧；而且是个人悲剧与时代悲剧的双重悲剧；悲剧必然充满个性色彩，个人化情感甚或弥漫其间。

英雄史诗常常把英雄悲剧纯化为讲述崇高的传奇，这其实是一贯做法。有人以十七年“革命历史小说”《林海雪原》中杨子荣的形象塑造为例，怀疑这类叙事的历史真实：认为“它不但被抽空了具体的日常生活场景，而且人物在虚拟的单向度的抽象逻辑时空中呈现出

---

① 张文红：伦理叙事与叙事伦理》，北京：社会科学出版社 2006 年版。

② 陈碧：《林觉民铁血柔情的黄花岗烈士》，福建：福建人民出版社 2020 年版。

纯粹精神化特质”。[1] 甚至认为这种“历史真实……它被放大在线性历史发展逻辑观念和政治伦理之镜下呈现出虚幻的伪真实性。”[2] “日常生活场景”（包括主人公的个人化情感）固然是历史叙事不可分的一个方面，但虚化甚至掏空英雄的“崇高”，过分强调“日常生活场景”在叙述“历史真实”中的绝对作用，这是有欠公允的。论者不甚了解英雄传奇叙事的传统。弱化甚至有意忽略日常生活场景，这其实并不是英雄叙事的遗憾，中外无数经典英雄史诗叙事就是明证。故此，宁愿相信《东晋名将易雄》是一部英雄悲剧——尽管它尚不够不能承受生命之重的悲剧色彩。综观全篇，“兴亡百姓苦”的感慨与“满门节烈”的意义是交互一体的，这正是英雄叙事的主题单一性中又具复杂性的体现。

也许，这正是安放先贤英烈灵魂的最好方式。

① 张文红：《伦理叙事与叙事伦理》，北京：社会科学出版社2006年版。
② 张文红：《伦理叙事与叙事伦理》，北京：社会科学出版社2006年版。

后　　记

这是我近 12 年前的一部作品。

我于湖南师范大学文学院退休后，定居故里浏阳，写了一些文字并得出版。这一年，我 72 岁了，年轻时曾想写一系列关于浏阳的历史小说，但因为工作繁忙，未能如愿。退休后，想重拾旧愿。但年事已高，不敢造次了。然心有不甘，就想写几位浏阳历史名人，初定写东晋的易雄、元代的欧阳玄和清代的谭嗣同，拟名《浏阳三杰》，每本 20 余万字，作为传记性历史小说系列。于是最初有了这个《东晋名将易雄》。但因为妻得重病不能自理数年，为照顾她，没能完成另两部。当年这本书也出于种种原因没能出版。

现在，感谢我的学生朋友蒋焱兰编审的帮助，12 年后得以将此书面世，也算了却了我多年的心愿。某之感激之情，实在无以言表！借此付梓之际，特留数言，以表谢忱吧！